W0289450

Passion sur les flots

*

Un ténébreux sauveteur

LOUISA GEORGE

Passion sur les flots

Traduction française de
EVELINE CHARLÈS

Blanche

HARLEQUIN

Collection : Blanche

Titre original :
SAVED BY THEIR ONE-NIGHT BABY

© 2019, Louisa George.
© 2020, HarperCollins France pour la traduction française.

Ce livre est publié avec l'autorisation de HARLEQUIN BOOKS S.A.

Tous droits réservés, y compris le droit de reproduction de tout ou partie de l'ouvrage, sous quelque forme que ce soit.
Toute représentation ou reproduction, par quelque procédé que ce soit, constituerait une contrefaçon sanctionnée par les articles 425 et suivants du Code pénal.

Si vous achetez ce livre privé de tout ou partie de sa couverture, nous vous signalons qu'il est en vente irrégulière. Il est considéré comme « invendu » et l'éditeur comme l'auteur n'ont reçu aucun paiement pour ce livre « détérioré ».

Cette œuvre est une œuvre de fiction. Les noms propres, les personnages, les lieux, les intrigues, sont soit le fruit de l'imagination de l'auteur, soit utilisés dans le cadre d'une œuvre de fiction. Toute ressemblance avec des personnes réelles, vivantes ou décédées, des entreprises, des événements ou des lieux, serait une pure coïncidence.

Le visuel de couverture est reproduit avec l'autorisation de :

© SHUTTERSTOCK/IVASHSTUDIO/ROYALTY FREE

Tous droits réservés.

HARPERCOLLINS FRANCE
83-85, boulevard Vincent-Auriol, 75646 PARIS CEDEX 13
Service Lectrices — Tél. : 01 45 82 47 47

www.harlequin.fr

ISBN 978-2-2804-3643-4 — ISSN 0223-5056

Prologue

Noir. Tellement noir.

Noir, froid, et quelque chose pesait sur son torse.

Il avait si froid !

Et mal à la tête.

Un craquement sinistre brisa l'épais silence, et la panique gagna chaque cellule de son corps.

— Johnny ? Nick ? Ethan ? Il y a quelqu'un ?

C'est moi ! Je m'appelle Ethan Reid.

Il se mit à trembler de tous ses membres. Quelqu'un criait son nom… Il y avait quelqu'un dans le noir.

— Froid. Tête.

Il était certain de l'avoir dit à voix haute, mais il ne s'était pas entendu. Il tenta de respirer profondément, mais quelque chose pesait sur son torse et il ne pouvait pas bouger.

Quelque chose de lourd sur son torse, ses jambes et ses bras… Il était cloué au sol. Un sol humide et glacé. Il parvint à redresser la tête, mais rencontra un obstacle inébranlable.

Où était-il ? Que s'était-il passé ?

Réfléchis. Réfléchis.

L'obscurité était si épaisse qu'il avait l'impression de s'y noyer.

— Froid, essaya-t-il de dire. Froid.

— Ethan ? Merci, mon Dieu ! Reste avec moi, Ethan.

Une main chaude sur la sienne. Un faisceau de lumière.

— Ethan ? Tu m'entends ?

Il souffrait trop pour hocher la tête.

— Serre ma main, si tu m'entends.

C'était la voix de Chase Barrington. Pourquoi il aurait dû serrer la main de Chase Barrington ? Ils s'étaient disputés, non ? Il n'avait pas la moindre envie de lui obéir, mais ça avait l'air important…

— Eh, Ethan ? Je t'ai dit de me serrer la main si tu m'entendais.

Il ne venait pas de le faire ?

La chaleur s'éloigna, ainsi que la voix. De très loin, il entendit de nouveau Chase et tenta de comprendre ce qu'il disait.

— C'est Chase. Écoute, certains copains ont été…

Chase s'interrompit, la voix brisée par le chagrin.

— … retrouvés, fit-il. Ethan était dans la salle de séchage la dernière fois que je l'ai vu avant… Je ne peux pas le sortir, parce qu'il est sous trois étages de briques et de plâtre, avec une énorme poutre au milieu. En plus, il ne répond pas.

Non ! Je suis là ! Au secours !

Quelqu'un d'autre dit quelque chose d'incompréhensible.

— Et Nick ? demanda Chase. Vous l'avez trouvé ? Il est… où ? Où ? Mais c'est complètement effondré ! Oh ! non !

Des voix étouffées lui répondirent.

— Non, je ne vais pas rester dehors et attendre. Qui sait combien de temps ça va prendre, pour les dégager ? Que ce soit Nick ou Ethan, je ne vais pas rien faire. Foutez-moi la paix. Ethan est là et je sais que je peux le sortir, d'accord ? Il doit être gelé, ou pire.

Ethan tenta de se concentrer. De la neige. Oui, il était dans la neige.

Fais encore un effort.

Dans un chalet, quelque part en France.

Il battit des paupières et vit le faisceau de lumière grandir. Dans la lueur bleutée, il aperçut des câbles qui pendaient, une poutre brisée, une partie de mur.

Merde ! Il y a une moitié de mur sur ma jambe.

— Au secours ! Sortez-moi de là.

— Ethan ? Tu as dit quelque chose ? Ne bouge pas, sinon tu vas tout faire tomber sur nous.

Encore Chase Barrington. Pourquoi lui ?

— Froid.

— J'ai une couverture de survie.

De l'air chaud balaya le visage d'Ethan et quelque chose fut poussé contre son côté droit.

— Je n'arrive pas à la mettre sur toi, Ethan, mais ils ne vont pas tarder à arriver.

— Qui ?

— Les secouristes. Ils arrivent, mais il y a une tempête de neige…

La voix de Chase était bizarre. Un peu trop douce pour un adolescent de dix-sept ans habituellement imbu de lui-même.

— Tu dois rester éveillé, d'accord ?

Un coup de poignard transperça le crâne d'Ethan.

— Qu'est-ce qui est arrivé ?

— Une avalanche. Elle a emporté le chalet. Tu es coincé.

Ah, oui… Maintenant, ça lui revenait. Des épreuves entre équipes de ski juniors. Le chalet. Il y avait eu un énorme bruit, puis il était tombé et s'était retrouvé dans le noir.

— Froid.

— Je sais. On est dans les Alpes et il est presque minuit. Je sais que tu as mal, mais essaie de ne pas y penser.

De nouveau, il y eut un craquement sinistre, puis une pluie de poussière leur tomba dessus. Dehors, des gens se mirent à crier.

— Qu'est-ce qui se passe ?

— C'est juste un petit glissement, inutile de paniquer.

— Je ne panique pas, mais j'ai froid et je suis mouillé.

— Toujours à geindre, dit Chase sans agressivité. Prends ma main.

Ethan entendit le frôlement d'une veste de ski contre le bois, puis la main de Chase se referma sur la sienne et il cessa quelques secondes de trembler.

Un nouveau craquement retentit et il sentit les doigts de Chase se crisper jusqu'à ce que le bruit cesse.

— Respire, Ethan, tout va bien.

C'était le problème : il ne parvenait pas à remplir suffisamment ses poumons d'air.

— Je suis là depuis combien de temps ?

— Sept ou huit heures.

— Si longtemps ?

Rien d'étonnant à ce qu'il ait froid. C'était peut-être un cauchemar… Il rêvait qu'il était coincé dans ce trou avec le type qu'il détestait le plus au monde.

— Où sont les autres ?

Il y eut un bref silence.

— Dehors.

— Tant mieux. Tout le monde ?

— Sauf toi et… Nick. Mais il… Il va s'en sortir.

La voix de Chase se brisa. Ethan comprit que Nick n'allait pas si bien que cela.

— Pourquoi est-ce que tu es ici, au lieu d'être auprès de lui ? Vous êtes tellement potes, tous les deux, on dirait un couple marié.

En fait, c'était au sujet de Nick qu'ils s'étaient disputés, devant la salle de séchage. Toujours la même rengaine : il s'agissait de savoir qui était une poule mouillée, qui allait gagner et qui allait tomber en slalomant. Il y avait eu un échange de piques typique de l'esprit compétitif des adolescents, d'autant que Nick était toujours tellement sûr de lui !

Il avait une chance d'être pris dans l'équipe junior d'Angleterre et tout le monde, y compris Ethan et Chase, se battaient pour y avoir aussi leur place.

Après quelques secondes, Chase répondit.

— Ça t'emmerde, non ? Mais jusqu'à ce qu'on te sorte de là, tu vas devoir me supporter. Tu as de la chance que je sois assez mince pour ramper jusqu'à toi dans ce trou minuscule.

— De la chance ? J'ai un mur sur les jambes !

Mais il se réjouissait que les autres soient en sécurité. Pourtant… S'il avait de la chance, cela voulait-il dire que Nick n'en avait pas ? Chase avait-il choisi de le secourir au lieu de Nick ? Ça n'avait aucun sens.

— Tu parles, c'est déjà ça, répondit Chase.

— Je n'arrive pas à respirer.

— Si tu parles, c'est que tu respires. Quand tu sortiras de là, Reid, je vais te battre à plate couture dans la descente jusqu'à La Sache.

— C'est sûr.

— Waouh ! Tu m'as toujours battu, jusqu'à maintenant. Depuis quand tu as décidé de ne plus fanfaronner ?

— Je ne sens plus mes pieds.

Il y eut un bref silence, puis Chase laissa échapper un juron.

— C'est à cause du froid.

Soudain, Ethan fut submergé par la panique.

— Je ne veux pas mourir ! Pas ici et pas comme ça !

À dix-sept ans, il était trop jeune pour mourir…

Il y eut de nouveau un craquement sinistre. Quand leur environnement cessa de trembler, Chase inspira bruyamment.

— Tu ne vas pas mourir, mon pote.

— Regarde les choses en face. Je suis gelé, j'ai mal et je suis coincé sous un bâtiment effondré… J'ai très chaud, tout à coup ! Tu peux enlever la couverture ?

— Tu ne peux pas avoir chaud ! Écoute-moi, il faut que tu tiennes. Quelqu'un va venir te sortir de là.

Tendant le bras dans la brèche étroite, Chase frotta le torse d'Ethan pour améliorer sa circulation sanguine, lui massa la paume de la main.

— Ne dis jamais à personne que j'ai fait ça, d'accord ? fit-il tout bas.

— Je serai muet comme une tombe… C'est le cas de le dire. J'ai peur, Chase !

Ethan se reprocha aussitôt sa faiblesse. Il devait prétendre que tout allait bien, faire preuve de courage.

— On se la fera, cette fichue descente, dit Chase. Un de ces jours parfaits où le ciel est si bleu que c'en est presque aveuglant.

La terre se remit brusquement à trembler sous Ethan et une partie du chalet qui tenait encore debout s'effondra.

— Fiche le camp, Chase. Va-t'en avant que tout le bâtiment ne nous tombe dessus.

Mais au lieu d'obéir, Chase serra plus fort la main d'Ethan.

— Imagine ! Tu es en pleine forme et tu réussis trois slaloms parfaits.

Il y eut un nouveau craquement et la respiration de Chase s'accéléra.

— D'accord. On dirait qu'on va devoir faire quelque chose, et vite.

Chase braqua sa torche sur la poutre.

— Bon, dit-il. On va encore essayer.

Se tournant légèrement dans l'espace réduit, il pressa ses pieds contre la poutre brisée et poussa.

— Tu ne peux toujours pas bouger ?

— Non, répondit Ethan en se tortillant pour se libérer.

Mais chaque fois que Chase bougeait, des débris et de la poussière tombaient autour d'eux comme des confettis.

Chase éclaira le plafond, qu'ils virent tous les deux onduler comme une vague. D'une minute à l'autre, ils allaient être écrasés sous son poids.

— Un, deux, trois !

La poutre se déplaça suffisamment pour qu'Ethan dégage l'une de ses jambes.

— On y est presque !

Un autre craquement.

— C'est trop dangereux ! Laisse-moi là et sors. Je n'ai pas envie d'avoir ta mort sur la conscience.

Secouant la tête, Chase poursuivit son effort.

— Nos vieux vont être trop contents, quand on sortira. J'ai hâte de voir leurs têtes.

— Mes parents sont là ?

Ethan savait que Chase essayait de le distraire, de le faire parler pour le garder en vie.

— M. Wheeler a dit qu'il allait appeler tous les parents.

— D'accord. Dis-leur... Dis-leur que je leur pardonne.

— Tu leur diras toi-même. Il y aura aussi la télé. Tu seras célèbre... Le garçon qui a survécu.

— Et toi ? Qu'est-ce que tu seras ? La pauvre orpheline rescapée ?

— Dans tes rêves !

Une pluie de poussière les enveloppa. Dehors, quelqu'un leur cria en français de rester tranquilles.

Ne bougez pas ! Attendez ! Attendez !

Ethan détestait cette langue. Il détestait la neige. Il détestait être pris au piège. Il ne voulait pas mourir.

Des voix affolées. Des sirènes.

Mais Chase croisa son regard et ne le lâcha pas.

— On va recommencer. Je n'aurais jamais pensé te dire ça un jour, mais tu vas devoir m'aider, ou alors on mourra ensemble ici et il n'en est pas question. Un, deux, trois !

Soudain, Ethan fut tiré hors de son piège de pierre et de neige. Ensuite, l'air frais envahit ses poumons et l'endroit où il se trouvait quelques secondes auparavant s'effondra sous ses yeux.

Il respirait.

Il était vivant. Chase Barrington l'avait sauvé.

Et c'était quelque chose qu'il n'aurait jamais cru possible.

Plus tard, quand les ambulanciers le prirent en charge, Ethan vit Chase parler avec des secouristes qui venaient d'arriver. Il vit ses épaules se courber, sa main essuyer ses yeux. Puis sa vue fut bloquée par l'arrivée d'une file de voitures. Des parents éplorés en jaillirent, criant et sanglotant. Il se souleva pour tenter d'apercevoir son père ou sa mère.

Ils n'y étaient pas, évidemment. Que pouvait-il faire de plus, pour attirer leur attention ?

Puis, alors que son brancard était poussé dans une

ambulance, il vit Chase s'éloigner d'une femme, la laissant éplorée dans la nuit noire.

— Chase ! Chase ! appela-t-il.

Chase surgit près de lui, mais toute vaillance semblait l'avoir quitté. Il avait les yeux rouges et gonflés. Après tout, ce n'était qu'un gamin de dix-sept ans qui vivait un cauchemar, comme lui, Ethan.

— Écoute, Reid, je dois partir.

Ethan leva la main pour que les ambulanciers ne referment pas tout de suite les portières.

— Et Nick ?

Chase secoua la tête, et toussa pour étouffer un sanglot.

— Il… Il ne s'en est pas sorti. C'est sa mère… Nick était son fils unique.

L'ambulancier installa la perfusion.

— Je suis désolé, dit-il doucement. J'en ai compté quatre.

Quatre morts ? Quatre camarades de l'équipe ?

— Mais tu m'avais dit qu'ils étaient sains et saufs ?

Chase haussa les épaules.

— Je t'ai dit qu'ils étaient dehors.

Son meilleur ami était en danger et il avait choisi d'en sauver un autre… Quelqu'un qu'il n'aimait même pas.

— Tu m'as laissé croire qu'ils étaient vivants.

— Tu avais besoin de t'accrocher à quelque chose.

C'était vrai…

— Je suis désolé, pour Nick, et aussi que tu aies dû faire ce choix.

— Tu étais le plus proche.

Le visage de Chase s'assombrit, comme quand ils s'étaient disputés, quelques heures auparavant. Serrant les poings, il semblait lutter pour maîtriser son émotion.

— Tu as intérêt à en valoir le coup, Reid.

Sachant quel type génial Nick avait été et à en juger par la manière dont ses parents à lui le traitaient, Ethan en doutait. Mais si une seconde chance lui était accordée, il allait la mériter.

— Je ferai en sorte que tu ne le regrettes pas, Chase. Je te dois la vie, merci. Si un jour tu as besoin de quelque chose, trouve-moi et je serai là pour toi.

À la façon dont Chase le toisa, il ne l'appellerait jamais. Pire encore, il estimait avoir fait le mauvais choix.

1.

La France.

Ethan n'aurait pas cru y retourner un jour, mais le sens de l'honneur et du devoir l'emportait parfois sur tout le reste, bon sens compris.

Le Dr Ethan Reid laissa tomber son sac de voyage kaki sur le sol de sa chambre d'hôtel et chercha le minibar. Après avoir ouvert tous les placards, il laissa échapper un grognement frustré. Pas de chance ! Mais puisqu'il était contraint d'être en France, il avait besoin d'un verre, du moins s'il voulait dormir.

Après une douche rapide, il se changea et, même du onzième étage, emprunta l'escalier. Les employés qu'il croisa regardèrent avec étonnement cet homme de haute taille aux cheveux couleur sable et à la veste poussiéreuse – il avait passé les quatre années précédentes en Afrique – qui dévalait les marches deux à deux au lieu de prendre l'ascenseur comme tout le monde.

Peu lui importait ou, comme on disait ici : *et alors ?*

Après avoir vécu si longtemps sous une tente, il aurait aimé s'installer dehors, sur la terrasse, mais l'orage le contraignit à rester dans le bar. La salle était tranquille. Quelques hommes seuls tapotaient sur le clavier de leur ordinateur ou de leur smartphone. À en croire leurs costumes, ils devaient être à Marseille pour affaires.

Ethan commanda un whisky soda au bar et tâcha de ne pas engager la conversation avec le serveur. Ses instructions étaient dans son téléphone. Le sortant de sa poche, il les parcourut de nouveau, aussi tendu que la première fois qu'il les avait lues.

Comment avait-il pu accepter ?

18 h 30 : rendez-vous du personnel médical avec Chase Barrington, coordinateur des opérations de recherche et de sauvetage, sur le pont du *Poséidon*.

19 heures : consignes de sécurité avant le départ.

19 h 30 : départ.

C'était parti ! Il allait passer six semaines à arracher des migrants à la mer Méditerranée, à les soigner et à les amener jusqu'au port qui accepterait de les accueillir.

Derrière lui, une voix de femme l'arracha à ses pensées.

— Un spritz, *s'il vous plaît*.

D'abord contrarié d'entendre quelqu'un parler en français, il s'aperçut qu'il le comprenait encore un peu.

— *Merci*. C'est une belle nuit. J'adore les orages. Je sais… C'est un peu… dingue.

Tout en glissant du français à l'anglais, la femme eut un rire doux qui chassa l'atmosphère de renfermé de la salle de bar.

— Je suis là pour trouver la liberté, l'excitation, l'aventure.

Il ne put s'empêcher de se retourner. Qui était la propriétaire de ce rire qui venait chercher de tels trésors à Marseille ? À quelques mètres, devant le bar, il vit une jeune femme de petite taille vêtue d'une jupe bleu marine et d'un T-shirt rayé bleu et blanc. Une écharpe de soie sombre était posée sur ses épaules et un petit sac de cuir noir pendait à son épaule. Elle avait de grands yeux sombres et des cheveux miel encadraient son joli visage.

Comme si elle devinait qu'il la fixait, elle posa son regard sur lui. Waouh ! Elle était bien plus que jolie. Avec sa peau mate, son sourire généreux et l'énergie qui émanait d'elle, elle rayonnait de charisme.

Elle était fascinante, au sens le plus fort du mot.

Regardant autour de lui, Ethan constata que tous les hommes présents avaient les yeux braqués sur elle.

Il détourna les yeux. Pas question d'accorder à cette inconnue plus d'un seul regard. Le lendemain, il allait devoir affronter un démon ou deux, et il fallait qu'il garde la tête froide. Il essaya de dissiper la tension qui l'habitait à l'idée de revoir Chase, après toutes ces années, et de passer les six prochaines semaines à secourir des migrants.

Il baissa les yeux vers le menu, mais la crispation qu'il éprouvait au creux de l'estomac n'avait rien à voir avec de la faim.

Elle rit.

Bon sang ! De nouveau, il lui lança un coup d'œil parce qu'il ne pouvait pas faire autrement.

Elle parlait à un homme qui devait avoir une quinzaine d'années de plus qu'elle… Trop vieux pour être son petit ami et trop jeune pour être son père.

Mince et musclé, ce type ressemblait à une hermine… Non, à une fouine ! Il se penchait vers elle avec une concupiscence évidente. Le sourire qui étirait sa bouche n'atteignait pas ses yeux. Il dit quelque chose à la femme.

Elle recula d'un pas.

— Non merci, je ne suis pas intéressée.

Quelque chose, dans son attitude, alerta Ethan qui tendit l'oreille.

L'homme caressa la main de l'inconnue du bout de l'index.

— Je suis certain que vous l'êtes. On peut boire un verre, s'amuser un peu. Il suffit peut-être que je vous convainque.

La convaincre ? Ethan ne connaissait que trop bien la façon qu'avaient certains individus de « convaincre » les femmes. Mais après tout, cela ne le regardait pas.

Il continua pourtant de surveiller la scène.

Reculant d'un autre pas, la femme secoua la tête.

— Je vous ai dit que je n'étais pas intéressée. Laissez-moi.

Sachant qu'il l'emportait clairement sur cet homme, que

ce soit en taille, en poids et en intelligence, Ethan s'approcha et lui tapa sur l'épaule. La fouine se retourna et pâlit.

Ethan le regarda droit dans les yeux.

— Elle vous a dit de la laisser tranquille, alors faites-le. Quand une femme vous dit non, elle le pense vraiment. J'ajouterai que, quand une femme dit oui à un gars comme vous, elle veut dire non.

— Je me montrais juste amical !

— Certainement pas. Vous étiez menaçant, et maintenant vous allez partir.

— D'accord, d'accord, j'ai compris. Je vous laisse, ma belle.

— *Merci*, murmura la femme.

Elle attendit que la fouine se fût éloignée pour se tourner vers Ethan.

— Je gérais la situation.

— J'en suis persuadé, mais je connais ce genre d'individu. C'est plus facile de s'en débarrasser à plusieurs.

— Sur le coup, j'ai cru que vous alliez jouer le rôle du petit ami : « Salut, chérie, désolé d'être en retard. Gros *bisous*, mon cœur. »

Elle venait de faire allusion à de gros baisers ? Leurs regards se croisèrent et elle détourna les yeux, tandis que deux taches rouges naissaient sur ses joues.

Il voulut la faire sourire :

— Permettez-moi de vérifier mon français. Un moment, j'ai cru que vous aviez dit « bison » et je me suis demandé s'il était normal, en France, qu'un petit ami amène un buffle à un rancart.

La femme éclata de rire.

— Votre français est parfait.

— Je ne suis pas revenu en France depuis longtemps, il est un peu rouillé. Votre anglais est bien meilleur.

— Ma mère est anglaise et mon père français, dit-elle avant de vider son verre et de le reposer sur le bar. Très bien, monsieur le Chevalier blanc, il est temps pour moi d'aller dormir. Merci d'être venu à mon secours.

— De rien. Je vous accompagne jusqu'à l'ascenseur pour m'assurer que cet abruti est parti.

Tout en maintenant une certaine distance avec elle, il perçut un doux parfum de noix de coco et d'hibiscus. Elle sentait bon, elle était jolie et elle le faisait rire. En d'autres circonstances, il aurait éventuellement flirté avec elle. Mais pas ce soir. Ce n'était pas le genre de femme à vouloir ce qu'il pouvait lui donner… À savoir une nuit, et rien de plus.

Une fois devant l'ascenseur, elle pressa le bouton et inclina poliment la tête dans sa direction. Ethan se dirigea vers la porte de l'escalier, qui ne bougea pas lorsqu'il la poussa. Il pesa dessus avec son épaule, en vain.

— C'est bizarre, dit-il, elle ne devrait pas être fermée, c'est une sortie de secours en cas d'incendie.

— L'ascenseur arrive, répondit la femme. Venez !

— Non merci.

— Vite !

Courant vers lui, elle lui prit la main en riant. Haussant les épaules, il la suivit. Après tout, la montée ne durerait que quelques secondes.

Il s'agissait d'un modèle assez ancien d'ascenseur, avec une grille en accordéon comme il en avait vu dans les films. Tout en la fermant derrière eux, il demanda :

— Quel étage ?

— Onzième, s'il vous plaît.

— Le même que moi… Drôle de coïncidence. Au moins, ils ne diffusent pas de musique aseptisée.

— J'ai l'impression que vous n'aimez pas les ascenseurs.

— Je préfère les escaliers, c'est tout.

Impossible de faire la conversation et de respirer en même temps.

Premier étage.

L'inconnue tapota le sol du pied. Elle portait des ballerines noires plates, avec un petit nœud sur le dessus. C'était adorable ! La plupart des femmes qu'il avait fréquentées se contentaient de chaussures de randonnée ou marchaient pieds nus. Il n'était pas habitué à se trouver dans un lieu pourvu d'électricité et d'eau potable, en compagnie d'une jolie femme qui sentait le fruit et les fleurs plutôt que la poussière et la sueur.

Deuxième étage.

— Alors ? demanda-t-elle. Que fait un chevalier à Marseille. Vous êtes là pour le travail ? En vacances ?

— Pour le travail.

Il omit de préciser qu'il allait embarquer sur un bateau le lendemain et affronter un fantôme du passé.

— Et vous ? demanda-t-il.

Troisième étage.

— Pour l'aventure, dit-elle, les yeux brillants, les pupilles légèrement dilatées.

Quatrième étage.

— Ah oui ! Vous êtes ici pour trouver la liberté, l'excitation, l'aventure.

— Oh ! vous m'avez entendue ?

Pinçant les lèvres, elle pouffa.

Cinquième étage.

— Exact. C'est plutôt intrigant. Vous venez d'être libérée de prison, ou quelque chose comme ça ?

Elle se posa brièvement la main sur la bouche.

— Je comprends que vous puissiez l'entendre ainsi. Oui, je suis une espionne mystérieuse et insaisissable qui vient de s'échapper de sa geôle.

— Si vous étiez insaisissable, vous n'auriez pas été enfermée et vous ne m'en parleriez pas.

Quoi qu'il en soit, elle constituait une délicieuse distraction.

— Un bon point pour vous, dit-elle. Oh !

Il y eut une brusque secousse. La femme s'agrippa au bras d'Ethan pour ne pas tomber. Un bruit sourd et la grille cliqueta, puis un choc et une autre secousse.

Ensuite… Plus rien. Pas un son. La cabine ne bougeait plus.

Sixième étage.

Respire ! Ce n'est qu'un ascenseur.

La femme lui tenait toujours le bras.

— Vous croyez que c'est une panne d'électricité ? demanda-t-elle, les yeux brillants d'excitation. C'est peut-être à cause de l'orage. Au moins, la lampe est encore allumée.

Mais son sourire mourut quand l'ampoule clignota et grésilla avant de s'éteindre.

Ethan sortit son téléphone de sa poche et alluma la torche. Ce faisceau lumineux dans un espace réduit réveilla en lui des souvenirs désagréables qui hantaient encore ses nuits.

Posant la main sur celle de sa compagne d'infortune, il la pressa légèrement pour lui faire comprendre que tout irait bien. Au premier contact, un léger fourmillement se répandit sous sa peau. Bon sang ! Comment réagirait-il à quelque chose de plus intense ? Par exemple, s'il l'embrassait… Ou s'il lui ôtait ses vêtements ?

— Tout va bien se passer, dit-il avant d'abattre son poing sur le bouton du onzième étage, puis sur la grille.

— Ça va ? demanda-t-elle.

Il appuya sur l'alarme.

— Parfaitement bien.

— Moi aussi. J'adore être coincée dans un ascenseur.

— On n'est pas coincés.

— D'accord. J'adore ne pas être coincée avec un homme qui ne veut pas me secourir. Trop de négations.

Posant la main sur sa nuque, elle tourna la tête à droite et à gauche comme pour apaiser des contractures.

— Personne ne répond, dit Ethan. Apparemment, l'alarme ne fonctionne pas. Normalement, il devrait y avoir un téléphone.

Il frappa une plaque de métal, sur la paroi. Elle s'ouvrit, révélant des fils pendant sur une étagère qui avait dû autrefois accueillir un téléphone.

— *Tant pis.* Je vais me servir du mien, dit-elle.

Elle secoua bientôt la tête.

— Pas de réseau. Il ne nous reste plus qu'à attendre. Ce ne sera sûrement pas long.

Se laissant glisser le long de la paroi, elle s'assit par terre et le tira par la main pour qu'il en fasse autant. Avant de s'exécuter, il plaça son téléphone dans la niche, si bien qu'un pâle rayon de lumière éclairait un coin de la cabine.

— À propos, dit-elle, je m'appelle Claire.

— Et moi Ethan.

— Ravie de faire votre connaissance, Ethan. Alors… Qu'est-ce que je suis, si je ne suis pas espionne ? J'ai toujours voulu faire partie d'un groupe musical, mais je chante faux… Je pourrais être acrobate dans un cirque, mais j'ai le vertige. Je sais ! Je suis la princesse d'une petite principauté, je suis immensément riche, mais je ne cesse d'aider les gens moins fortunés que moi. Et vous ?

— Je ne suis pas princesse.

De nouveau, ce rire pétillant. Une douce chaleur se glissa sous la peau d'Ethan. Jamais auparavant il n'avait trouvé le rire d'une femme particulièrement sexy, mais celui-là se frayait un chemin jusqu'à son sexe.

— Allez, Ethan, jouez le jeu. Vous ne me connaissez pas, alors vous pouvez faire semblant d'être qui vous voulez. Comment saurais-je un jour la vérité ? Laissez votre imagination vagabonder… Je sais ! Vous êtes un fringant chevalier qui aime conduire des voitures de course à toute vitesse. Vous êtes très riche. Vous venez d'un pays exotique, comme…

— L'Angleterre.

— Non ! Pourquoi pas Monte Carlo ? Vous avez au moins trente millions en banque.

— Je n'aime pas votre jeu, Claire.

Se retenant de hurler, il se mit à marteler la grille.

— Pourquoi ? J'essaie simplement de vous distraire.

— Je ne suis pas un gamin.

— Inutile de vous défouler sur cette grille. S'il y a une panne d'électricité, il faut attendre.

Lui prenant la main, elle l'attira près d'elle.

— Dites-moi plutôt pourquoi un homme insiste pour emprunter l'escalier ? Pourquoi il hésite à prendre l'ascenseur avec une femme susceptible de l'amuser ?

— J'avais peut-être envie de faire un peu d'exercice.

— Ou peut-être il y a autre chose que vous ne voulez pas dire.

— C'est faux. Je préfère simplement ne pas me fier à une machine.

— Vous avez un mauvais souvenir d'un ascenseur ?

— Quelque chose comme ça. J'ai été coincé sous un bâtiment effondré. On a mis plusieurs heures à me sortir de là, mais d'autres avaient été tués. J'ai eu de la chance.

C'était la première fois qu'il évoquait ce souvenir devant quelqu'un, mais c'était peut-être plus facile quand on savait qu'on ne reverrait jamais la personne.

Claire posa la main sur son bras.

— Désolée… Vous voulez boire un verre ? J'ai une botte secrète.

Elle fouilla dans son sac et en sortit une flasque en argent. Elle ôta le bouchon, puis elle but une gorgée et se mit à tousser. Après avoir essuyé le goulot du plat de la main, elle la tendit à Ethan.

— La nuit risque d'être longue, autant en profiter. Heureusement que mon *papa* est amateur de bon cognac.

— Merci.

Il apprécia la sensation de brûlure, dans sa gorge. Sa tension s'atténua légèrement.

— Vous êtes le genre de personne avec qui on se sentirait bien sur une île déserte, dit-il.

— Et vous, le genre de personne avec qui on aime être coincé dans un ascenseur.

Elle lui adressa un sourire si rayonnant que quelque chose, dans la poitrine d'Ethan, explosa.

— C'est bon à entendre. À dire vrai, je suis anglais mais j'ai travaillé en Afrique pendant des années.

— Ah ! cela explique le bronzage. Vous avez aimé ? Je n'y suis jamais allée, mais je compte bien m'y rendre un jour. Certains endroits sont fascinants.

— Je m'y sens bien.

Ne voulant pas ternir cette image romantique, il ne précisa pas le travail qu'il y avait effectué.

— Et vous ? demanda-t-il. Dans quelle aventure vous lancez-vous ?

— Oh ! rien d'important ! Je pars en mer.

2.

Qu'est-ce que cela voulait dire ?

Ethan avala une gorgée de cognac. Il s'était attendu à ce que Claire parle de vacances ou d'un nouveau travail. De surcroît, cette perspective semblait l'exciter, alors que l'idée d'embarquer le lendemain sur un bateau le remplissait d'effroi.

— Pourquoi ce choix ? demanda-t-il.

— Je viens de rompre avec un homme qui m'avait fait un million de promesses et qui m'a laissée tomber sans en avoir tenu une seule. Nous avions tout planifié… Le mariage, le nombre d'enfants et même à quels intervalles nous les ferions. Tout s'est évaporé. Pfuit ! J'ai donc décidé de profiter à fond de ma liberté retrouvée et de faire toutes les choses dont j'avais rêvé. En guise de thérapie, mes copines m'ont fait rédiger une sorte de liste d'objectifs à atteindre.

— Quels sont-ils ?

— Naviguer, me faire tatouer, boire du kava aux Fidji, nager parmi les requins, faire de la gymnastique acrobatique, bla-bla, les trucs habituels.

— J'imagine que vous retrouver coincée dans un ascenseur avec un inconnu n'en faisait pas partie ?

— Non, mais j'envisageais de danser avec un inconnu. Je devrais peut-être ajouter ça sur ma liste.

— Peut-être.

Lui aurait pu lister d'autres envies, comme de l'embrasser,

de lui passer les doigts dans les cheveux, de la soulever pour la plaquer à la paroi. Il sentit son sang bouillonner.

— Mais il y a des choses encore plus importantes, dit-elle, comme de saisir des opportunités, de prendre des risques. J'ai toujours été trop timorée pour sortir de ma zone de confort, mais ça y est.

Il la fixait, fasciné par ses yeux brillants d'excitation. Décidément, elle était belle à couper le souffle, sexy et drôle.

— J'espère que cette panne ne vous fera pas manquer votre bateau, dit-il.

— Il ne part que demain, nous avons la nuit devant nous, monsieur le Chevalier.

— On le dirait, en effet.

— Je peux vous dire un secret ?

Lorsqu'elle se pencha vers lui, il n'aurait su dire lequel d'entre eux prit les mains de l'autre. Lui ? Elle ? Pour la première fois de sa vie, il aurait aimé que cet enfermement ne cesse jamais.

Il lui caressa l'intérieur de la main.

Qu'étaient-ils en train de faire ?

— Bien sûr. Dites-moi vos secrets, Claire.

Elle sourit timidement.

— En réalité, je bluffe. J'ai l'air de dire que j'ai tout réglé, mais j'hésite. J'ai l'impression de marcher en équilibre sur une corde raide, sans filet. Les copines disaient que ce serait amusant, de partir à l'aventure, mais je me demande si je suis vraiment excitée ou si ce que je sens, au creux de l'estomac, c'est de la terreur.

— Quelquefois, c'est la même chose… Les deux côtés de la même médaille. Venez…

Il se leva, l'aida à se mettre debout et la fit rester dans un coin de la cabine. L'espace était terriblement restreint et il dut réprimer un brusque accès de panique. Ils seraient bientôt délivrés, il n'était pas pris au piège et il ne regardait pas la mort en face.

Il contemplait la plus jolie femme qu'il avait vue depuis

longtemps et envisageait de l'embrasser. Il n'allait pas laisser la peur gâter cet instant.

Il attira Claire au centre de la cabine.

— Marchez avec moi et ne regardez pas par terre. Vous pouvez le faire.

Elle mit précautionneusement un pied devant l'autre, comme si elle se trouvait vraiment sur une corde raide.

— Je peux le faire, répéta-t-elle.

Elle se mit à rire, elle semblait loin d'être effrayée mais elle fit semblant d'hésiter.

— Doucement !

L'attirant contre lui, il plongea les mains dans l'épaisse chevelure. Le parfum délicieux de Claire embrasa le désir qui bouillonnait déjà en lui. Il voulait l'embrasser, la déshabiller et trouver la vraie Claire.

Pendant quelques secondes, ils restèrent serrés l'un contre l'autre comme si rien ne pouvait les séparer. Puis elle posa les mains sur ses épaules, la tête contre son torse, et se balança légèrement.

— Vous entendez de la musique ? dit-il en respirant l'odeur citronnée exhalée par ses cheveux.

— C'est un rythme lent, répondit-elle.

Rejetant la tête en arrière, elle leva les yeux vers lui, les doigts refermés sur les biceps d'Ethan. Elle posa ensuite une paume froide sur sa joue avant de caresser sa bouche.

— Désormais, dit-elle, je pourrai dire que j'ai dansé avec un inconnu. Dites-moi, Ethan, vous êtes marié ? Vous avez une petite amie ? Êtes-vous du genre infidèle ?

— Non, non, et sûrement pas.

— Parfait.

Elle ferma un instant les yeux, elle était incroyablement tentante. Il sentait son souffle léger, tandis que l'odeur d'hibiscus emplissait l'atmosphère.

— Alors, oui, oui, et sûrement oui.

Déchiré entre la raison et le désir, il poussa un grognement.

— Claire, qu'est-ce que vous êtes en train de faire ?

Ouvrant les yeux, elle lui sourit.

— Je prends un risque et ça me plaît, parce que vous me plaisez. Vous voulez prendre un risque, vous aussi ?

Bien sûr que oui ! Mais il devait s'assurer qu'elle comprenait ce que cela impliquait.

— Vous devez savoir que, demain, je serai parti. Je ne vais pas vous faire un million de promesses que je ne tiendrai pas, parce que je ne peux rien vous promettre du tout.

— C'est très bien comme ça.

Si elle avait réfléchi une seconde, Claire aurait su qu'Ethan venait de gagner son estime. D'après ce qu'elle savait déjà de lui, c'était un homme bien et honnête, qui n'avait pas l'habitude de se laisser séduire dans un ascenseur.

Elle leva les yeux vers lui et plongea dans ses beaux yeux bleus. Éclairé par le faisceau lumineux de son téléphone, il était superbe… Grand, musclé, avec des cheveux indisciplinés d'un blond vénitien et la mâchoire ombrée par une barbe de deux jours.

Il n'était pas imbu de lui-même ni arrogant. Lorsqu'il avait chassé son admirateur importun, il n'en avait pas profité pour la draguer. Elle s'était donc demandé qui il était et son imagination s'était emballée.

— Vous êtes peut-être ma première aventure, dit-elle. Je ne veux rien savoir de plus à votre propos que votre prénom : Ethan, le pilote de course.

Prenant le téléphone, elle l'éteignit. Aussitôt, une obscurité complice les enveloppa.

— Claire… Vous voulez me montrer ces acrobaties dont vous m'avez parlé ?

Il la colla contre la paroi. Il avait beau être chevaleresque, il savait ce qu'il voulait.

— Embrassez-moi d'abord.

Quelle audace ! Ses copines auraient été fières d'elle ! Il s'empara brutalement de sa bouche. Il n'y eut pas d'hésitation ni de douce exploration, et c'était exactement ce dont elle avait besoin.

C'était le baiser qu'elle voulait… Une langue chaude qui la liquéfiait littéralement sur place, des mains qui caressaient son visage, puis sa gorge, puis ses seins.

Tandis qu'elle nouait ses bras autour du cou d'Ethan, il glissa ses doigts sous son soutien-gorge et taquina ses mamelons.

— Vous aimez ça ?

— Oui.

Elle était tellement excitée qu'elle parvenait à peine à parler.

— Il y a d'autres buts importants, sur votre liste ? demanda-t-il dans un souffle.

Posant la main sur son entrejambe, elle sentit son sexe durci, sous le jean.

— Ça. Faire l'amour avec un inconnu. C'est mon amie Marianne qui l'a ajouté.

— Cette Marianne me plaît, mais vous me plaisez encore plus.

Remontant sa jupe, il joua avec le bord de son slip de dentelle, Aussitôt, elle se tortilla contre lui.

— C'est réciproque, dit-elle en baissant la fermeture Éclair de son pantalon.

Un instant plus tard, elle tenait le sexe d'Ethan dans sa main… Si dur, et c'était pour elle ! Elle se sentait forte, invincible et excitée à la limite du supportable.

Tandis qu'ils s'embrassaient passionnément, elle remarqua à peine qu'il baissait sa culotte, bien trop occupée elle-même à le caresser.

Il émit quelques jurons dans son cou, ce qui ne fit que l'embraser davantage.

— Vous avez un préservatif, beau chevalier ?

— Absolument.

Se débarrassant de son jean, il prit un sachet dans une poche, l'ouvrit et déroula le préservatif le long de son sexe.

Ces quelques secondes parurent un siècle à Claire. Ensuite, il l'assit sur une barre d'appui qu'elle n'avait même pas vue et empoigna ses fesses dans ses grandes mains.

— Vous êtes sûre de vouloir continuer ?

— Oui, mais l'espace est réduit, alors les acrobaties vont commencer.

Elle passa une jambe autour de la taille d'Ethan, dont le sexe était maintenant tout proche.

— Vous devez savoir que je ne me comporte pas de cette manière, d'habitude, dit-elle.

— Moi non plus. Jamais.

— C'est juste que... J'ai envie de vous, je ne sais même pas pourquoi, mais c'est comme ça.

Il l'avait attirée au premier coup d'œil. Plus encore, il y avait quelque chose d'intrigant, en lui. Elle savait seulement qu'elle le désirait.

Lui prenant la main, elle l'encouragea à soulever son autre jambe autour de sa hanche.

— S'il vous plaît.

— À la liberté ! dit-il en s'enfonçant en elle.

— Oui.

Elle ferma les yeux, s'enivrant de l'odeur de cet inconnu. Elle voulait que ses mains et sa bouche parcourent son corps, elle le voulait plus profondément en elle.

— À l'excitation, dit-il.

— Amen ! répondit-elle. Encore !

Il se mit à aller et venir en elle.

— À l'aventure.

— Seigneur, oui !

Jamais elle ne s'était sentie aussi vivante, insouciante et belle.

Le rythme s'accéléra encore et encore. Il l'embrassa passionnément jusqu'à ce qu'elle le supplie de jouir avec elle... Ce qu'ils firent.

*
* *

Un grondement lointain ramena Claire à la réalité. Hors d'haleine et rassasiée, elle se laissa glisser sur le sol.

Il y eut un choc et la cabine trembla.

— Qu'est-ce que c'était ?

La prenant dans ses bras, Ethan déposa une pluie de baisers sur sa bouche, son nez et sa gorge.

— L'électricité.

L'ascenseur bougea. Posant son front sur celui de Claire, il se mit à rire.

— La terre a tremblé, ou est-ce l'ascenseur ?

— Les deux ? répondit-elle en riant à son tour.

Elle aimait qu'ils partagent le même humour. Du coup, ce qui venait de se passer était davantage qu'une simple partie de jambes en l'air.

Septième étage.

Le cœur battant, elle ramassa sa culotte et la fourra dans son sac.

Demande-lui de rester avec toi cette nuit.

La peau d'Ethan avait été longuement brûlée par les rayons du soleil, il sentait les terres exotiques et c'était là qu'il retournerait, elle le savait. Un homme comme lui ne se laissait pas piéger dans une relation. La chaleur, le soleil et un tourbillon de sable le lui prendraient.

Il s'habilla rapidement pendant qu'elle baissait sa jupe et passait la main dans ses cheveux. Il lui caressa la joue et elle ignora la boule qui s'était formée dans sa gorge.

— Le timing est parfait, fit-elle d'un ton léger.

Huitième étage.

Demande-moi de rester avec toi cette nuit.

— Parfait, répéta-t-il.

Passant un doigt léger sous le menton de Claire, il frôla sa bouche de la sienne.

Neuvième étage.

Les portes s'ouvrirent brusquement. Claire s'écarta vivement d'Ethan. Le directeur de l'hôtel tira sur la grille, puis il s'inclina.

— *Je suis désolé*, dit-il en se tordant les mains. L'orage a provoqué une panne d'électricité.

— *Merci beaucoup, ce n'est rien*, répondit Claire en français. Il n'y a pas de problème.

Elle jeta un coup d'œil à Ethan, qui semblait contenir un fou rire.

Que venaient-ils de faire ?

Comment une simple conversation s'était-elle muée en une incroyable partie de jambes en l'air ? Quelle force inexplicable les avait-elle poussés l'un vers l'autre ?

Elle glissa un regard discret vers Ethan. C'était vraiment le plus bel homme qu'elle avait jamais vu, mystérieux et réservé. Il aurait été intéressant de passer davantage de temps avec lui pour découvrir qui il était vraiment.

Après que le directeur se fut abondamment excusé, l'ascenseur redémarra.

Dixième étage.

Dites quelque chose.

Onzième étage.

Lorsqu'ils sortirent de la cabine, Ethan passa un bras autour des épaules de Claire.

— Vous avez envie d'un dernier verre ?

Oui, où que cela les mène. Toutes les fibres de son corps aspiraient aux caresses d'Ethan et il aurait été facile d'accepter la proposition.

Mais entre eux, tout était fini avant même d'avoir commencé. Elle commençait une nouvelle vie et la dernière chose qu'elle souhaitait, c'était tomber amoureuse d'un homme qui la priverait de cette indépendance retrouvée avant de l'abandonner, le cœur brisé.

Elle avait déjà vécu cela et elle n'avait nullement l'intention de renouveler l'expérience.

Prenant une profonde inspiration, elle fit la seule réponse possible :

— Non merci. Une grosse journée m'attend demain, je dois me coucher.

— Nous pourrions simplement dormir ensemble.

— Permettez-moi d'en douter.

À l'idée de se réveiller sous les caresses de cette bouche et la pression de ce grand corps, elle sentit son sang bouillonner dans ses veines.

S'écartant, elle se haussa sur la pointe des pieds pour lui déposer un baiser sur la joue.

— Je veux que ce soit un souvenir parfait, sans qu'il soit gâché au matin, quand je me glisserai hors de votre chambre comme si nous avions fait quelque chose de honteux. Évitons-nous les banalités et la déception.

— C'est impossible, répondit-il. Pas après une seule nuit. Et je ne pense pas que votre prénom et le mot « déception » puissent figurer dans une même phrase, Claire.

— En tout cas, je n'en prendrai pas le risque. Mais merci, c'était extraordinaire. J'emmènerai cette belle rencontre avec moi en mer. Bonne nuit, mon beau chevalier.

— Je n'aurais jamais cru apprécier d'être coincé dans un ascenseur, mais ça a été le cas, dit-il avec un sourire.

Il la contemplait d'une façon qui en disait long sur son envie de prolonger ce plaisir avec elle. Grâce à lui, elle se sentait belle et désirée. Cela prouvait qu'il y avait des hommes qui la voulaient. Des hommes séduisants. Des inconnus. Ethan… Qui était-il réellement ? Qui était cet homme qui pouvait la faire fondre d'un regard ?

Un dernier sourire étira sa belle bouche.

— Bonne nuit, Claire. Je vous souhaite de poursuivre votre aventure avec succès.

— J'en ai bien l'intention.

J'ai déjà commencé.

Un instant plus tard, elle entrait dans sa chambre, un large sourire aux lèvres.

C'était le premier jour de sa nouvelle vie.

Mission accomplie.

3.

Après être passé par la douane, Ethan s'engagea sur le quai, son sac sur l'épaule, et inspira une bouffée d'air marin. Le *SOS Poséidon* se dressait devant lui.

Il allait y passer six semaines.

Il avait beau savoir que son engagement était limité dans le temps, son cœur se mit à battre la chamade. Durant quelques secondes, il envisagea de faire demi-tour pour retrouver Claire à l'hôtel.

Et ensuite ?

Elle avait des projets qu'il n'avait pas à contrarier. Il ne connaissait même pas son nom de famille. En fait, il ne savait rien d'elle… Seulement l'odeur de sa peau, le contact de son corps souple entre ses bras, le son de son rire.

Il sourit intérieurement. La nuit qu'il venait de passer resterait à jamais gravée dans sa mémoire. Ce souvenir l'aiderait à tenir le coup pendant les longues nuits passées sur le bateau.

Au moment où il posait le pied sur la passerelle, il perçut un bruit de voix, derrière lui. En se retournant, il fit face à un fantôme de son passé… Cela faisait seize ans qu'il n'avait pas revu Chase Barrington.

Ramené dans un lieu où il ne voulait plus jamais retourner, il sentit son sang bouillonner dans ses veines.

Le froid. La neige. La mort.

— Je t'aurais reconnu n'importe où, dit Chase en franchissant la distance qui les séparait.

Il avait le même sourire qu'autrefois, fugace. Le temps l'avait épargné, ne faisant que renforcer ce qu'il était adolescent : grand et vigoureux, se tenant sur le quai comme s'il était le propriétaire de ce fichu bateau. Mais en tant que coordinateur de cette mission de sauvetage, il avait certainement beaucoup de responsabilités.

— Pareil, dit Ethan.

Que faire ensuite ? Lui serrer la main ? Le remercier de lui avoir sauvé la vie ? Il savait qu'il devait tout à Chase, mais aussi que celui-ci avait pour finir regretté son choix.

Les bras pendant de chaque côté du corps, Chase ne lui donnait aucun indice. Ethan fit alors ce qu'il aurait fait avec n'importe quel vieil ami, il lui serra la main avec force, après quoi il recula. Après tout, ils n'étaient pas exactement de vieux amis.

Chase jeta un coup d'œil à la femme avec qui il était arrivé et lui tendit le sac à dos qu'il portait. Il avait les yeux humides, ce qui surprit Ethan. Était-ce à cause de lui, ou de cette femme ?

Mais peut-être péchait-il par un excès d'imagination, car, lorsque Chase se tourna de nouveau vers lui, son attitude était toute professionnelle.

— Allons dans la cuisine. Avec un peu de chance, il y aura du café. Je te remercie de nous avoir sauvé la mise. Le pédiatre nous a laissés tomber à la dernière minute et nous avions peur de ne pas trouver de remplaçant qui ait une expérience des migrants.

— Pas de problème. Je vais là où on a besoin de moi.

Il était clair que Chase avait fait appel à lui en dernier recours. Et lui-même n'avait accepté que parce qu'il lui devait la vie… Il lui en devait même deux.

Comment racheter une vie perdue ? Combien d'existences fallait-il sauver pour compenser celle qu'on avait volée ? Ethan avait passé les dix dernières années à se concentrer sur ce but et il lui semblait toujours ne pas l'avoir atteint.

Une fois dans la cuisine, Chase servit le café.

— Tu as été au Soudan, non ?

Ethan referma ses mains sur son mug. Malgré le mois d'avril, les matinées étaient fraîches. Sans compter qu'il s'était habitué à la chaleur du désert.

— Au Soudan. Au Darfour. En Éthiopie. Partout où il fait chaud.

Il n'ajouta pas qu'il évitait les zones froides et neigeuses. C'était inutile. Chase était la seule personne au monde à savoir pourquoi. D'un autre côté, il ne comprendrait sans doute pas qu'Ethan soit encore affecté par des événements survenus tant d'années auparavant. Lui-même était plutôt du genre à tourner la page.

Comme cette belle inconnue, la nuit précédente.

Ethan regretta brusquement que les choses se soient terminées aussi brutalement. Cela faisait longtemps qu'il n'avait pas éprouvé une attirance aussi immédiate pour une femme – peut-être même n'était-ce jamais arrivé.

Battant des paupières, il revint à l'instant présent. Il n'avait certainement pas besoin de penser à une femme qu'il ne reverrait probablement jamais.

— Tu n'as jamais travaillé sur un bateau ? demanda Chase sur un ton presque trop poli.

Très bien, Ethan pouvait entrer dans son jeu. Il valait mieux qu'ils ne rouvrent pas la blessure qui les reliait l'un à l'autre. D'un autre côté, peut-être fallait-il crever l'abcès.

Il hésita une seconde avant de répondre.

— Je préfère la terre ferme, dit-il avec un sourire.

Il y eut un éclair de compréhension dans le regard de Chase, qui hocha brièvement la tête.

— Tu t'habitueras très vite. Les deux premiers jours sont les plus difficiles, mais nous avons des remèdes contre la nausée. Je vais te montrer ta cabine. Malheureusement, tu la partages avec Akil, un membre de l'équipe. Je te le présenterai plus tard.

— Pas de souci. J'ai souvent vécu sous la tente, alors ça ne me gêne pas.

— Tant mieux, parce qu'on n'a rien de mieux à t'offrir.

Chase fit faire à Ethan une rapide visite du bateau, ainsi que de l'espace médical. Ils descendirent ensuite des marches de métal et parvinrent devant ce qui ressemblait à un placard, mais était en réalité une cabine. Entre les deux couchettes et la porte, il y avait juste assez de place pour se retourner. Remarquant qu'il n'y avait pas de hublot, Ethan espéra que Chase ne devinait pas son malaise.

Ce dernier lui montra une petite niche.

— Il y a deux T-shirts avec notre logo, là-dedans. Tu devras en porter un chaque fois que tu seras en service. Sur le côté, il y a un ciré en cas de mauvais temps. La salle de bains commune est au bout du couloir. Pendant la réunion d'information, je ferai le point sur le matériel de sécurité, mais tiens-toi à la corde chaque fois que tu montes sur le pont quand il y a de la houle. Ce n'est pas le grand luxe, mais nous réservons le plus d'espace possible aux migrants. Nous avons besoin d'isoler les femmes enceintes, les mères qui allaitent et certains malades. Les hommes, et de façon générale les gens qui vont bien, dorment sur le pont. Cela dépend du nombre de personnes que nous recueillons.

— Parfait.

Six semaines.

Le bateau tangua et Ethan, l'estomac soulevé, s'agrippa au mur.

— On se retrouve sur le pont dans dix minutes, dit Chase. Tu feras la connaissance des autres.

Ethan jeta son sac sur la couchette qui semblait inoccupée. Cette mission allait être infernale. Il retrouvait un ancien adversaire surgi du passé, il devrait dormir dans la cabine la plus minuscule de toute l'histoire des cabines minuscules. Un endroit humide et froid… Que pouvait-il y avoir de pire ?

Laissant échapper un soupir, il passa la main dans ses cheveux et se prépara à rencontrer les autres membres de l'équipe. Avec un peu de chance, il ne se préoccuperait de rien d'autre que de sauver des vies.

Lorsqu'il arriva sur le pont, une dizaine de personnes vêtues du T-Shirt de l'association bavardaient et riaient. Elles semblaient à l'aise et unies par une camaraderie qu'il connaissait bien et avait souvent vue dans les groupes de bénévoles.

Chase le présenta au capitaine, un chirurgien américain, puis à certains membres de l'équipe, une sage-femme danoise du nom de Freja, et à Akil, l'Égyptien qui partageait sa cabine.

— J'espère que tu ne ronfles pas, mon pote. Content que tu sois parmi nous.

Akil serra la main d'Ethan et un sourire se forma entre son impressionnante moustache noire et sa barbe.

Ça avait l'air d'être un homme d'extérieur. Peut-être, avec un peu de chance, ne serait-il pas souvent dans la cabine ?

— Désolé, mon vieux, je ne te promets rien.

— Voici Kristina, une généraliste dont c'est la première mission.

La voix de Chase s'était adoucie, lorsqu'il lui présenta la femme qu'Ethan avait vue sur le quai.

Intéressant.

À moins que ce ne soit son imagination, car Chase s'éloignait sans accorder un second regard à Kristina. Celle-ci rougit fortement et sourit à Ethan. Cela n'avait visiblement aucun rapport avec lui.

— Salut, Ethan, j'espère que vous allez vous souvenir de nos prénoms. Nous vous testerons dans une minute.

— Je vais sûrement me tromper, mais ne m'en voulez pas…

Ethan s'interrompit brusquement. Une porte venait de s'ouvrir et une femme essoufflée avait surgi sur le pont. Elle portait un short bleu, le T-shirt réglementaire, et ses cheveux miel dansaient autour de son visage souriant.

— Bonjour, tout le monde. Désolée d'être en retard. J'ai soigné un membre de l'équipage qui s'était écorché la main.

Une odeur de noix de coco et d'hibiscus flotta dans l'air salé et le cœur d'Ethan se mit à battre la chamade.

— Claire ?

— Ethan ?

Elle recula d'un pas, la bouche ouverte et les yeux écarquillés par ce qui ressemblait bien à de l'horreur.

C'était cela, son aventure ? La liberté et l'excitation dont elle rêvait ? Un bateau pour migrants dépourvu de luxe et sans aucun confort ?

— Vous vous connaissez ? demanda Chase.

On a fait l'amour dans un ascenseur.

— On s'est croisés, dit Ethan.

Mais son corps ne disait pas exactement la même chose. Il avait gardé le souvenir de leur escapade de la nuit précédente et la situation aurait difficilement pu être pire.

Ethan et Claire avaient été d'accord pour que ce ne soit que l'affaire d'un soir, puisqu'ils étaient censés ne jamais se revoir.

Elle tâcha de réguler sa respiration et rejoignit le groupe d'un pas qu'elle voulait nonchalant.

Ethan ? Comment était-ce possible ?

Au grand soleil, il était encore plus splendide qu'à la lumière tamisée du bar ou dans la pénombre de l'ascenseur. Elle ne connaissait pas son nom de famille ni son métier, mais elle avait vu son visage au moment de l'orgasme.

À la façon dont il admit devant le groupe qu'ils s'étaient rencontrés, elle comprit qu'il souhaitait autant qu'elle oublier cet épisode. Mais vu qu'ils allaient passer quelques semaines ensemble, cela n'allait pas être facile.

— Le monde est petit, fit-elle.

Une brusque chaleur avait envahi son corps. Elle espéra, malheureusement en vain, que celle-ci ne se matérialiserait pas par une rougeur gênante. Par bonheur, une femme lui tendit une bouteille d'eau en souriant et lui fit de la place dans le demi-cercle formé par le groupe pour écouter l'organisateur.

— Merci, dit-elle d'une voix faible. Je m'appelle Claire.

— Kristina, répondit la femme en lui tendant la main. Salut.

— C'est votre première mission ? demanda Claire en la lui serrant.

— Oui. J'ai cru comprendre que vous connaissiez déjà quelqu'un. Ce sera plus facile pour vous.

— Je ne le connais pas vraiment. Nous nous sommes juste rencontrés… Je veux dire, hier. Nous étions dans le même hôtel, on s'est croisés au bar.

Elle bafouillait, ce qui empirait encore les choses, mais Kristina sourit.

— En tout cas, il a l'air plutôt sympa.

— Sympa, c'est vrai.

Ce n'était pas tout à fait le mot que Claire aurait employé… Sexy… Génial au lit… Elle réprima un sourire et jeta un coup d'œil à Ethan, qui bavardait avec un membre de l'équipe et riait. Qu'est-ce qui avait bien pu l'amener sur ce bateau, lui dont l'endroit favori était l'Afrique ?

Elle le vit se crisper quand Chase réclama l'attention de tous. Aussitôt, des questions supplémentaires lui vinrent à l'esprit. Ethan avait-il un problème avec l'organisateur ?

De toute façon, cela ne la regardait pas. Elle était là pour découvrir qui elle était vraiment et prendre sa vie en main pour la première fois depuis des années.

Elle se concentra sur Chase, qui répartissait les tâches de la matinée.

— Nous sommes autorisés à patrouiller entre ici et le sud des eaux territoriales du Liban, dit-il, et nous partons dans cette direction aujourd'hui. Une fois là-bas, nous attendrons de recevoir les rapports d'autres bateaux et des gardes-côtes, ou bien les observations transmises par des avions. Parfois, l'attente peut durer des jours avant qu'on reçoive un appel à l'aide, mais il arrive aussi que ce soit une question d'heures. Dans l'intervalle, nous ne manquons pas d'occupations. J'ai fait un inventaire du matériel de chaque salle médicale et tout devrait être en ordre, mais nous effectuons des vérifications quotidiennes. Cela nous permet de demander par radio à être approvisionné, si c'est nécessaire. Kristina, tu peux vérifier les médicaments avec Freja ? Claire et Ethan, je voudrais que vous inspectiez le bloc et que vous vous assuriez que les bouteilles à oxygène et l'électrocardiographe fonctionnent. Les chariots de réa sont équipés, il vous reste à prendre connaissance du contenu. En cas de tempête, nous devons savoir exactement où est le matériel d'urgence pour mettre la main dessus dès que nous en avons besoin.

Super ! Si Ethan devait travailler dans l'espace de soins, il appartenait sans doute au corps médical, ce qui impliquait qu'ils allaient passer beaucoup de temps ensemble.

La bouche sèche, elle suivit Ethan qui la guida jusqu'à « l'hôpital », puis dans l'espace chirurgical qui servait apparemment de bloc, de salle d'accouchement et éventuellement de morgue.

Il lui tint la porte et la referma derrière elle avant de poser ses yeux bleus sur elle.

— Cette situation est hallucinante !

Ce n'était pas un reproche. Il semblait simplement troublé, peut-être un peu effrayé comme elle-même l'était.

— Vous êtes médecin ? Pourquoi êtes-vous là, Ethan ?

— Pédiatre. Et vous ?

— Infirmière. Combien de temps dure votre engagement ?

— Six semaines.

— Moi, neuf.

Au moins, elle bénéficierait d'un peu de temps durant lequel elle pourrait respirer.

— Quand je vous ai dit que je partais en mer, dit-elle, il ne vous est pas venu à l'idée de me dire que vous aussi ?

— Si je me souviens bien, Claire, vous ne vouliez pas

parler de la vie réelle. Je vous imaginais sur un yacht de luxe naviguant autour de la Méditerranée, ou…

Il sourit et continua :

— Pour être honnête, je n'avais pas envie de vous imaginer ailleurs que dans cet ascenseur.

Elle frissonna. Il était clair qu'entre eux l'attirance était toujours aussi forte, ce qui tombait mal, pour quelqu'un qui avait décidé de tout oublier et de recommencer à zéro.

— Après avoir été trompée par mon ex, dit-elle, j'avais besoin de retrouver l'estime de moi-même et de me sentir forte à nouveau. La nuit dernière, j'ai fait ce que *je* voulais et je n'en ai pas honte.

— Vous n'avez pas à l'être. Nous sommes tous les deux adultes, nous étions consentants et ça a été extraordinaire.

— Pourtant, vous n'avez pas eu l'air spécialement content de me voir.

Il se tourna pour contrôler les valves des bouteilles à oxygène, puis il inscrivit quelques mots sur la feuille que Chase lui avait remise.

— Dans six semaines, je repars pour l'Afrique… Je ne crois pas que nous devions poursuivre cette relation.

C'était exactement ce qu'elle s'apprêtait à lui dire, cependant elle fut étrangement blessée.

— Ne craignez rien, dit-elle. Je suis d'accord pour tirer un trait sur ce qui s'est passé.

Menteuse ! Elle laissait parler la raison… Restait à convaincre son corps.

— Tant mieux, dit-il, parce que je ne voudrais pas que nous nous sentions gênés pendant toute la durée de la mission.

— Ce ne sera pas de mon fait, en tout cas.

— Ni du mien. Amis, alors ?

— Oui. Dans un endroit comme celui-ci, je crois que nous pouvons tous les deux bénéficier de la présence d'un ami.

Elle refusait d'admettre que son corps réclamait davantage.

Le sourire d'Ethan s'accentua.

— Je suis ravi d'avoir contribué à vous offrir un peu de l'excitation que vous recherchiez.

— C'est ce que vous avez fait, croyez-moi.

Elle se sentit rougir au souvenir de ses mains sur sa peau, de sa bouche et de son sexe en elle.

Quelqu'un ouvrit la porte, l'arrachant à ses pensées. Le visage d'Ethan s'assombrit dès qu'il vit Chase. Que se passait-il entre ces deux-là ? On aurait dit deux cerfs sur le point de s'affronter.

— Tout le monde sur le pont ! dit Chase. Le *Moonbird* a envoyé un message par radio. Il y aurait une embarcation surchargée en détresse, à huit miles nautiques d'ici, sud-sud-ouest. L'équipage a repéré une quinzaine de personnes à bord, pas de gilets de sauvetage. Une fumée épaisse sort d'un côté du canot.

Le cœur de Claire s'arrêta un instant de battre. Elle était là pour cela, pour sauver des vies, pas pour se languir d'un homme inaccessible.

— On arrive, Chase. On finira plus tard.

— Très bien. Nous examinons toutes les personnes qui montent à bord. Un traducteur sera à votre disposition, mais tout cela vous sera très vite familier.

Tandis qu'ils le suivaient dehors, Ethan se tourna vers Claire.

— Vous êtes au courant, pour ce *Moonbird* ?

— C'est un avion humanitaire qui patrouille sur la zone.

À cet instant, le bateau plongea en avant. Elle s'agrippa à la rampe.

— Comment le savez-vous ? demanda Ethan en lui posant une main sur la hanche pour l'empêcher de tomber.

Simple geste amical…

— Quand j'ai su que j'étais engagée, j'ai fait des recherches. Pas vous ?

— J'ai accepté de venir au dernier moment. Ils ne trouvaient pas de pédiatre. On m'a envoyé un fichier par mail, mais je n'ai pas encore fini de le lire. Restez là. Ça devient dangereux.

Il courut chercher des gilets de sauvetage et en rapporta deux. Il lui en tendit un et enfila l'autre. Si elle ne se trompait pas, il était aussi verdâtre qu'elle devait l'être elle-même.

— Ça ne doit pas être considéré comme un bon point, quand on vomit en pleine action, dit-elle en resserrant le gilet autour de sa taille.

— Je ne pense pas, répondit-il avec un rire.

Mais il ne la regardait plus. Ses yeux étaient fixés sur Chase qui se tenait sur le pont, ses jumelles braquées vers la mer.

— Ethan, vous avez déjà travaillé avec Chase ?

— Non. Pourquoi ?

— Vous avez l'air un peu tendus en présence l'un de l'autre. C'est une question de rivalité masculine ?

— Je connais à peine ce type et je suis sûr qu'il est excellent à ce poste.

— Vous ne répondez pas à ma question.

Une vague s'abattit sur le pont et Claire eut l'impression que son estomac se retournait.

— On met longtemps, pour faire huit miles nautiques ?

— Je n'en sais rien. Vous voulez vous asseoir quelque part ? demanda-t-il.

— J'aimerais bien, mais je ne vais pas le faire.

— Ils ont des remèdes contre le mal de mer. Vous voulez que j'aille vous en prendre ?

— Non merci, ça va aller.

— Vous n'êtes pas obligée de lutter contre la nausée. Vous ne serez d'aucune utilité, si vous êtes malade. Je peux vous dire un secret ? demanda-t-il pour conclure avec un sourire.

Elle se revit collée contre lui, dans l'ascenseur…

— Bien sûr.

Il s'agrippa au bastingage.

— Je suis sûr que je vais vomir d'une seconde à l'autre, si je ne prends pas un cachet quelconque.

— C'est ça, votre secret ? fit-elle en riant.

Elle le regarda se diriger de l'autre côté du pont malgré une vague énorme qui venait à la rencontre du bateau. Elle aurait voulu qu'il ne soit pas aussi gentil avec elle. C'était bien gentil, d'être amis, mais pas quand votre corps vous suppliait de franchir la ligne jaune.

4.

Ethan s'interrogeait. Était-ce vraiment ce qu'il attendait depuis seize ans ?

Se retrouver sur un bateau ballotté par le vent, en compagnie d'un homme qui avait choisi de lui sauver la vie à la place d'un autre plus estimable que lui ?

S'il avait été superstitieux, il y aurait vu une sorte de test.

Comme il s'efforçait de rejoindre Claire, il s'aperçut que Chase l'observait et il leva la main pour lui faire signe que tout allait bien.

Chase hocha la tête et se détourna.

Il allait falloir qu'ils discutent, mais pas aujourd'hui. Il venait de remettre les cachets à Claire quand les moteurs ralentirent. Quelqu'un héla l'embarcation sur laquelle étaient entassés les migrants. Un membre de l'équipe, une caisse de gilets de sauvetage dans les bras, passa près d'Ethan. L'échelle fut descendue pour que le canot puisse s'amarrer.

— Ça va aller ? demanda Ethan à Claire.

— Il faudra bien.

Elle avala les comprimés avec une gorgée d'eau de la bouteille qu'elle avait dans une poche. Ignorant sa propre nausée, il lui sourit.

— Allons-y, alors. L'aventure commence.

De là où il se trouvait, il pouvait voir les secouristes formant une chaîne humaine. À l'avant de l'embarcation, il y avait deux petits enfants aux visages terrorisés.

Comme toujours au début d'une mission, l'inaction lui

pesait, mais il y avait des protocoles à respecter. Il savait que l'équipage agissait au plus vite, mais les mains lui démangeaient.

Il fit un pas en avant, mais Akil le retint.

— Non, Ethan. C'est ta première fois. Attends qu'on te passe les enfants. On a besoin de toi à bord, pas dans l'eau.

Un instant plus tard, on tendait à Ethan un petit garçon trempé qui devait avoir six ans. Sa peau ocre était glacée et ses immenses yeux bruns reflétaient sa panique, mais il n'émit pas un son.

En revanche, la suivante était une petite fille qui hurlait et gigotait. Ce fut Claire qui la réceptionna.

— Eh, mon bonhomme, tu es en sécurité, maintenant.

Ethan enveloppa le garçon dans une couverture de survie et tenta de l'apaiser, aidé par une traductrice du nom de Fatima.

— Tout va bien. Où est ta maman ?

L'enfant pointa le doigt en direction d'une femme qu'on aidait à monter à bord.

— C'est ta maman ?

Le garçon hocha la tête.

— Génial. On va tous vous emmener dans la salle de soins.

Malgré les efforts de Claire et de Fatima pour rassurer la petite fille, celle-ci hurlait de plus belle. La mère fut à son tour enveloppée dans une couverture et emmenée. L'embarcation de fortune ne contenait aucune possession : pas un jouet, pas de sac avec des papiers ou des vêtements de rechange.

Ethan assit le garçon sur une table d'examen et évalua rapidement son état. Il souffrait d'hypothermie, de malnutrition et de déshydratation. Ses côtes saillaient sous sa peau et ses poignets étaient incroyablement frêles. Son cœur battait un peu trop lentement au goût d'Ethan, ce qui était probablement dû au refroidissement de son corps.

Grâce aux explications de la mère, interrompues par les

hurlements incessants de la petite fille, Ethan apprit que les enfants n'étaient pas vaccinés. Le garçon s'appelait Hassan et sa sœur Aya.

— Pouvez-vous leur expliquer qu'ils vont devoir ôter leurs vêtements mouillés, et leur en prendre des secs dans la cabine voisine ? dit Ethan à la traductrice. La maman pourra se changer à l'abri des regards. J'aiderai Hassan à s'habiller, puis je prendrai sa température et nous devrons les hydrater rapidement.

Fatima traduisit pour le gamin, qui fixa Ethan de ses immenses yeux sombres. Ethan l'aida à retirer son gilet de sauvetage, puis le T-shirt de coton trempé. Hassan était docile et presque endormi, aussi Ethan frotta-t-il ses petits membres tremblants pour rétablir la circulation. Il fut immédiatement ramené dans l'espace noir et glacé où Chase avait fait la même chose pour lui.

Il chassa ce souvenir qui hantait déjà ses nuits et n'avait pas à interférer dans son travail.

— Allez, mon bonhomme, on a besoin de te réchauffer.

— *La poulette grise, qui est dans l'église*, chantonnait Claire en berçant la petite Aya, désormais enveloppée dans une chaude couverture de laine.

Une mèche de cheveux blonds barrait son visage tandis qu'elle fredonnait ce qui devait être une berceuse française. Ethan se rappela avoir glissé les doigts dans cette chevelure soyeuse et, aussitôt, il fut submergé par le désir. Quand la chanson prit fin, Claire leva la tête et leurs regards se croisèrent. L'espace de quelques secondes, quelque chose passa entre eux… Un courant brûlant qui n'avait rien d'amical.

Pensait-elle à la même chose que lui ? Se souvenait-elle des baisers passionnés qu'ils avaient échangés, de leurs corps enlacés et des doux gémissements qui avaient résonné dans la cabine de l'ascenseur ?

Hassan lui tira la main, lui rappelant ce qu'il était censé faire. S'arrachant à la contemplation de Claire, il aida l'enfant à mettre les vêtements secs que Fatima avait apportés, puis lui prit sa température, qui était trop basse.

— Nous allons devoir te réchauffer de l'intérieur. Qu'est-ce que tu dirais d'un chocolat chaud ?

La maman revint, chaudement vêtue. Elle lui adressa quelques mots difficilement compréhensibles mais vaguement familiers. C'était le langage des réfugiés :

« Merci… Aidez mes bébés. Manger, s'il vous plaît. Je veux vivre. »

Ethan connaissait cette panique, la manière dont elle vous envahissait. Il savait combien on pouvait abandonner facilement au lieu d'agir, comment on s'accrochait au moindre espoir, à n'importe qui.

Tu as intérêt à en valoir le coup, Reid.

Il espérait vraiment que c'était le cas.

Mais pourquoi son esprit le ramenait si facilement dans le passé ? Était-ce le fait de se retrouver sur ce bateau avec Chase et Claire qui le rendait fou ?

Fatima porta une tasse de chocolat aux lèvres du petit garçon, qui sourit pour la première fois.

— Je peux en avoir pour Aya ? demanda Claire d'une voix douce.

Elle tendit sa main libre pour prendre la tasse que Fatima lui donnait.

Pendant que la petite fille buvait une gorgée de liquide brûlant, Ethan exposa les priorités :

— Nous avons besoin de savoir d'où ils viennent et ce qu'ils ont réussi à manger ou à boire. Sans oublier leur passé médical… Bref, tout ce qui nous servira à les maintenir en bonne santé. Il faut mettre des vêtements secs à Aya.

— Oui. Je la garde dans mes bras une minute de plus pour qu'elle sache qu'elle est en sécurité. Dès qu'elle sera calmée, je m'en occuperai et vous pourrez l'examiner.

— D'accord. Une fois qu'ils auront mangé, j'estimerai leurs besoins médicaux. Quand les familles arrivent dans les camps, nous leur donnons en général un jour ou deux pour s'installer, ensuite nous faisons de notre mieux pour les protéger contre les maladies et bien les nourrir. Parfois, ils ont tenu des semaines avec très peu de nourriture, surtout les parents.

Le visage de Claire s'assombrit.

— Imagine comme leur situation doit être terrible, pour qu'ils prennent des risques pareils.

Ayant travaillé dans de nombreux camps à travers l'Afrique, il savait exactement ce qu'il en était.

— Beaucoup fuient la torture ou la guerre, d'autres le trafic humain. Parfois ils courent de plus grands dangers en restant chez eux qu'en prenant la fuite. Ce n'est pas à nous de juger, nous devons juste les aider à reconstruire quelque chose de mieux que ce qu'ils ont laissé derrière eux.

— Je ne pense pas à les juger. Je suis là pour les aider.

Les cheveux emmêlés, les joues rougies par le vent, Claire tenait dans ses bras une petite fille en haillons. Son jean était troué au niveau des genoux et son T-shirt réglementaire trop grand pour elle. Ethan ne put s'empêcher de lui sourire.

— Ce n'est pas tout à fait la croisière de luxe que j'avais imaginée pour vous.

— Parce que vous imaginiez de travers. C'est drôle, comme nous faisons tous des hypothèses délirantes.

Elle lui adressa un sourire moqueur qui lui rappela la nuit précédente.

— Mais je suis contente de m'être trompée.

— À quel propos ?

— Je suis contente que vous ne soyez pas un pilote de course.

Pour la première fois depuis qu'il avait quitté l'Afrique, il fut ridiculement content d'être sur ce bateau avec elle.

À cet instant, Akil arriva avec quatre enfants.

— Quatre de plus pour toi, doc. Il va y en avoir deux autres, on est en train de les faire monter à bord.

Impossible de dormir, dans cette cabine obscure. Le

fracas des vagues contre la coque et le bourdonnement incessant des moteurs auraient dû bercer Ethan, mais de trop nombreuses pensées se bousculaient dans sa tête. Et les ronflements d'Akil n'arrangeaient rien.

Il n'arrivait pas à chasser de son esprit l'image de Claire, la petite fille dans ses bras. Et elle était contente qu'il ne soit pas pilote de course… Cette simple remarque avait illuminé la journée d'Ethan.

Faire l'amour avec elle avait été une expérience extraordinaire. D'habitude, il se souciait peu de revoir ses partenaires d'une nuit. Mais chaque fois que Claire était près de lui, il était sur le qui-vive et, lorsqu'elle n'était pas dans son champ de vision, il se demandait où elle était. Pas seulement parce qu'il avait envie de la voir, mais parce qu'il avait besoin de la savoir saine et sauve.

Avec un soupir, il tira l'oreiller de dessous sa tête et se le colla sur les oreilles. Mais l'insomnie ne venait pas de l'extérieur. La cause était en lui et il ne parvint pas à trouver le sommeil.

Rejetant les couvertures, il se glissa sans bruit hors de la cabine. Peut-être une petite promenade sur le pont le fatiguerait-elle suffisamment pour le faire dormir ?

Une fois dehors, il inspira profondément l'air salé et scruta l'obscurité. Un million d'étoiles parsemait le ciel. Des bruits étouffés et des ronflements lui parvenaient de l'espace réservé aux hommes. En dehors de cela, il n'y avait aucun son, hormis le clapotement de la mer, contre la coque.

Fermant les yeux, il imagina Claire endormie, les bras repliés sous la nuque.

Cinq semaines et six jours…

— Ohé !

C'était Claire, berçant une Aya assoupie contre son épaule.

— Vous êtes réveillé, vous aussi ? demanda-t-elle.

À la grande surprise d'Ethan, son cœur fit des bonds dans sa poitrine à la vue de cette femme qu'il ne connaissait que depuis la veille. Elle semblait tranquille et détendue, et, tandis qu'elle murmurait de douces paroles à l'oreille de la petite fille, il sentit son cœur se serrer. Le problème, c'était qu'elle lui faisait imaginer toutes sortes de choses inaccessibles, comme ce que ce serait de s'éveiller auprès d'elle… *Chaque jour.*

Il tâcha de revenir à la réalité.

— J'ai toujours du mal à trouver le sommeil, la première nuit dans un nouvel endroit. Ce doit être à cause des bruits, des odeurs ou des couchettes inconfortables. Mais le deuxième soir, je tombe de fatigue. Comment va le mal de mer ?

Claire fit la grimace et tapota le dos de la petite fille.

— Tout juste supportable. Et vous ?

— Je me suis dit que ça irait mieux si je fixais l'horizon, et aussi que l'air frais me ferait du bien.

— Je parie que vous étiez à mille lieues d'ici.

— Exact. J'étais au Darfour, si vous voulez tout savoir.

— Ah bon ? Parlez-moi du Darfour. Comment est-ce ?

C'était l'enfer sur terre, parfois, mais il s'efforçait de ne pas y penser.

— C'est plat, sec et poussiéreux. Mais très tôt, le matin, c'est si paisible que vous pouvez presque croire que le mal n'existe pas. Et puis le soleil se lève sur la terre rouge qui s'étend devant vous. Ensuite, les bébés commencent à pleurer, l'appel à la prière retentit, les mères quémandent de la nourriture. Dans un lieu pareil, aussi surpeuplé, les tensions tournent facilement à la bagarre. Mais au milieu de tout cela, comme par miracle, les enfants jouent. Leurs sourires peuvent éclairer votre journée.

— Waouh ! On dirait que vous aimez ça.

— Ne vous méprenez pas, la pauvreté et la douleur règnent dans les camps, mais pour tenir vous devez croire que chaque journée vous apportera quelque chose de positif. Parlons d'autre chose… Vous avez des parents proches ?

— Et comment ! Trop proches, quelquefois. J'ai deux sœurs et deux frères. C'est toujours le chaos et vous n'avez pas un instant d'intimité. Ils vivent encore tous dans le village où nous avons grandi. Certains sont toujours à l'école, il y en a un qui est parti faire des études supérieures et est revenu. Quand je suis partie, je ne fuyais pas seulement mon ex, mais aussi ma famille. Ma plus jeune sœur a quatre ans et je suis l'aînée.

— Quel âge avez-vous donc ?

— Vingt-six ans. Mes parents ne s'attendaient pas à l'arrivée d'Elizabeth, mais nous l'adorons tous plus les uns que les autres.

Il pensa à sa propre enfance solitaire entre un père et une mère bien plus occupés par leurs recherches universitaires que par ce fils si peu important.

— Si je comprends bien, vous deviez parfois vous abstraire de la réalité.

— Oui, ça doit être ça. Quand les plus jeunes devenaient trop belliqueux, j'avais besoin de me créer un espace de paix et de calme au milieu de l'anarchie. C'est pareil dans ce bateau. Quand il me secoue comme un prunier, pourquoi ne pas faire semblant que je suis ailleurs ?

— Dans un ascenseur, par exemple ?

Les mots avaient échappé à Ethan.

— Ethan, nous étions d'accord pour…

Elle lui jeta un coup d'œil réprobateur, mais il avait vu le souvenir brouiller son regard. S'il ne se trompait pas, elle le désirait autant que la nuit précédente… Et c'était absolument réciproque.

Il brûlait d'envie de la prendre dans ses bras pour l'embrasser sur la bouche.

— J'essayais simplement de vous distraire, dit-il. C'est arrivé, Claire, et on ne peut pas prétendre le contraire.

— Mais nous ne sommes pas obligés d'en parler. Nos projets sont divergents. Si nous voulons survivre pendant plusieurs semaines dans cet espace réduit, nous devons accepter d'oublier ce qui s'est passé entre nous.

— D'accord. Vous avez raison.

— Ce n'est pas que je n'en aie pas envie, mais je suis là

pour travailler, pas pour batifoler avec l'homme avec lequel il ne vaudrait mieux pas.

Il ne put s'empêcher de rire.

— Apparemment, vous m'avez percé à jour.

— Il est temps que je couche Aya. Je voulais permettre à sa mère de se reposer un peu. Ils étaient tous épuisés et je suppose que la route sera encore longue, avant qu'ils trouvent la paix.

Haussant les épaules en signe de résignation, Claire gagna l'espace réservé aux femmes et posa délicatement l'enfant contre sa mère. Toute son attitude reflétait un espoir qu'il eut du mal à supporter.

— Il est difficile de ne pas s'attacher, dit-il quand elle revint, mais ils seront partis dans quelques heures.

— Peut-être quelques jours, parce qu'on m'a dit qu'il y avait un problème pour trouver un port d'accueil.

— Nous sommes là pour les aider à reconstruire leurs vies, Claire. C'est la première étape. Nous les mettons en sécurité et ensuite nous les laissons partir, quel que soit le pays qui les acceptera. Pour nous, ce sera terminé et nous ne pouvons pas suivre leur itinéraire. On voudrait savoir ce qui va leur arriver… On leur souhaite tous le bonheur.

Il se tut un instant, car ils savaient tous les deux que certains d'entre eux ne le connaîtraient jamais.

— Je dois sans cesse me rappeler que je ne dois pas trop m'impliquer, dit-il finalement.

— Ce n'est pas facile. J'ai du mal à accepter qu'ils soient à la merci d'étrangers.

Elle jeta un dernier regard à la petite Aya puis ils s'éloignèrent sur le pont.

— Je sais, mais nous sommes aussi des étrangers, et pourtant nous prenons soin d'eux. Et au moins, nous les confions à des associations qui peuvent les aider. Vous avez magnifiquement réagi, aujourd'hui, Claire. Il faut beaucoup de courage pour quitter tout ce qu'on connaît et venir ici faire ce type de travail. Ça peut être douloureux, mais on est aussi récompensé. Vous avez eu du mal à vous endormir parce que vous pensiez aux événements de la journée ?

— Oui. J'ai l'impression que je ne pourrai plus jamais trouver le sommeil avec toutes ces pensées qui tourbillonnent dans ma tête.

Elle posa la main sur sa nuque et tourna la tête à droite et à gauche, comme pour soulager sa tension. Il dut serrer les poings pour s'empêcher de glisser les mains dans ses cheveux et la masser. À cet instant, ils parvinrent au niveau de Chase, assis dans un coin sombre du pont. Les yeux fixés sur la mer, il semblait réfléchir, comme s'il cherchait à résoudre les problèmes de l'univers.

— Tout va bien, Chase ?

— Oui.

Ethan n'avait pas envie de le laisser seul, mais Claire secoua la tête et le tira par le bras. Il n'eut pas d'autre choix que de la suivre.

Un peu plus loin, elle murmura :

— Il est là depuis une heure. D'après Akil, il se tient là tous les soirs, à regarder au loin. Ils ne le dérangent pas. Je suppose qu'on a tous des moyens différents de faire face.

Ou pas.

Chase évoquait-il le passé tous les soirs ? Se demandait-il pourquoi il était encore sur cette terre alors que quatre adolescents étaient morts quand le bâtiment s'était effondré ? Sa tête menaçait-elle d'exploser comme celle d'Ethan quand les mots tourbillonnaient dans son esprit :

Pourquoi moi ? Pourquoi moi ? Pourquoi moi ?

Chase se demandait-il s'il y avait eu une raison supérieure pour qu'il sauve Ethan et pas Nick ?

Et comment pouvait-il s'assurer qu'Ethan en « valait le coup », finalement ?

Peut-être utilisait-il la même mesure qu'Ethan lui-même, à savoir le nombre de vies sauvées ? Mais il n'y en aurait jamais assez.

— Eh ! Ça va ?

La main de Claire, sur son bras, le ramena à l'instant présent.

— Ne me dites rien, dit-elle avec un doux sourire qui le frappa en plein cœur. Vous êtes de nouveau en Afrique ?

— Pas cette fois, mais j'étais très loin.

— Vous voulez en parler ?

— Non, mais merci.

— Vous devez la laisser partir.

— Quoi ?

— Cette chose qui vous ronge de l'intérieur.

Il se passa la main dans les cheveux, étonné qu'elle soit aussi perspicace.

— C'est ce qui se passe, quand on vit les uns sur les autres, dit-il. Les gens finissent par vous connaître trop bien.

— Vous voulez que je vous laisse seul ? Désolée. J'aurais dû y penser. On est un peu claustrophobe, avec tous ces gens dans un espace aussi réduit. Je voulais juste vous aider.

— Vous m'aidez plus que vous ne l'imaginez.

Elle le fixait avec tant d'empathie et de compassion qu'il eut envie de lui raconter ce qui s'était vraiment passé, la nuit où il s'était retrouvé coincé sous un bâtiment effondré.

Mais à quoi bon lui parler du rôle de Chase, dans cette histoire ? Absolument à rien, à part ouvrir la boîte de Pandore qu'il tenait bien close depuis seize ans. Certains souvenirs ne devaient être évoqués qu'avec ceux qui les partageaient.

Avec Chase ? Un jour, peut-être.

En tout cas, pas maintenant, alors que Claire pouvait les entendre. Il s'étonnait d'être tellement attiré par elle. À cet instant précis, il aurait voulu remettre en place une mèche de cheveux blonds soulevés par le vent, mais il se garda bien de la toucher.

Il recula d'un pas.

— Vous devriez essayer de dormir, dit-il. Nous aurons peut-être une rude journée, demain.

— Vous aussi.

— *Essayer* est le terme exact. Bonne nuit, Claire.

Il descendit derrière elle les marches de métal, s'efforçant de ne pas prêter attention au balancement de ses hanches ni à la danse de sa queue-de-cheval. Il ne fallait pas respirer cette odeur de noix de coco ni souhaiter qu'une machine à remonter le temps le ramène vingt-quatre heures plus tôt.

Un instant plus tard, il s'étendait sur sa couchette étroite et glissait ses mains sous sa nuque, les ronflements d'Akil pour bande-son.

Se porter au secours des réfugiés était devenu une seconde nature pour lui, c'était autre chose qui le plongeait dans le trouble. La seule chose dont il était certain, c'était que plus il resterait sur ce bateau, plus tout deviendrait plus difficile pour lui.

5.

Le lendemain après-midi, ils arrivèrent à Malte et Claire dut faire ses adieux à Hassan, à Aya et à leur mère, ainsi qu'aux autres migrants. Elle se réjouissait de les savoir en sécurité.

Ils repartirent ensuite vers les eaux internationales et arrachèrent d'autres réfugiés à une mer inhospitalière.

Encore et encore.

Le flot continuel de ces pauvres gens semblait ne jamais devoir cesser. Au bout de seize jours, ils avaient secouru quatre cent trente-deux hommes, femmes et enfants, et les avaient déposés dans les ports nord-méditerranéens qui voulaient bien les accueillir.

Claire s'émerveillait de leur résilience. Ces malheureux ne possédaient rigoureusement rien, hormis l'instinct de survie qui les avait fait fuir des atrocités si terribles qu'ils parvenaient difficilement à les évoquer.

Dans le même temps, elle avait dû passer quinze heures sur vingt-quatre à proximité d'Ethan, ce qui la rendait littéralement folle. Bien sûr, ils avaient de bonnes raisons d'être constamment ensemble, comme maintenant, alors que l'équipage allait procéder à un nouveau sauvetage. La tentation de le toucher était presque insupportable, mais, depuis qu'ils avaient décidé, d'un commun accord, de ne pas parler de ce qui s'était passé entre eux, il gardait ses distances.

Elle en faisait autant, mais plus ils travaillaient côte à

côte, plus elle constatait sa compassion et son efficacité, et plus elle s'attachait à lui.

— Claire ? Venez vite ! Elle est en plein travail !

Ethan soutenait une femme à la grossesse avancée qu'il tentait d'amener jusqu'à la salle de soins.

— Oh ! bien sûr. On va vous installer dans un endroit plus confortable. Comment vous appelez-vous ?

Mais la femme continuait de gémir, une main sur son ventre et l'autre pointée en direction de l'embarcation.

Tout en prenant son bras, Claire se tourna vers la traductrice.

— Fatima ? Vous pouvez traduire ? Elle est avec quelqu'un d'autre. Son mari ? Ses enfants ?

Fatima, qui partageait la cabine de Claire, parla à la femme. Elle s'interrompit, essaya plusieurs langues différentes. Finalement, il s'avéra que cette femme venait d'Érythrée et que son mari se trouvait parmi les cadavres qui étaient hissés à bord au moment même. Claire réprima un sentiment de détresse et d'horreur, parce que ce n'était rien à côté de ce que Mariam – ils connaissaient désormais son prénom – devait éprouver.

— Y a-t-il quelqu'un d'autre, avec elle ?

Fatima secoua la tête en signe de dénégation. Ethan et Claire aidèrent Mariam à grimper sur la table d'examen, puis Claire enfila des gants et murmura des paroles d'apaisement à la jeune femme, qui se détendit suffisamment pour qu'elle puisse l'examiner.

— Est-ce qu'elle connaît la date prévue de son accouchement ?

Fatima posa la question.

— Fin juin, à peu près.

Claire n'apprécia pas ce qu'elle constatait.

— Ça fait huit semaines d'avance… La poche des eaux est rompue, le col est à sept centimètres et les contractions très régulières. Le bébé arrive. On peut faire quelque chose pour retarder la naissance ?

Ethan secoua la tête.

— J'en doute, mais on va faire une injection de bétaméthasone pour aider les poumons du bébé.

— Si seulement Freja était là !

Leur sage-femme avait dû les quitter dans le dernier port pour une urgence familiale et ils n'avaient toujours pas de remplaçante.

Ils posèrent une perfusion et injectèrent le produit, mais Claire remarqua que ses mains tremblaient un peu. Une nouvelle vie était en jeu et cette responsabilité pesait lourdement sur leurs épaules.

— On va y arriver, dit Ethan avec une telle conviction qu'elle ne put s'empêcher de le croire. Je vais demander à Chase d'appeler la base par radio, pour que Mariam soit hélitreuillée.

— Par ce temps ? Ils vont avoir du mal à trouver un hélicoptère et je ne suis pas sûre que nous ayons le temps de l'attendre. Ce qui est sûr, c'est que ce bébé va avoir besoin de soins intensifs.

— Je vais voir Chase, dit Fatima.

— Attendez ! dit Ethan, dont le visage crispé reflétait l'angoisse malgré les paroles positives qu'il venait de prononcer. Dites-lui qu'il s'agit d'un prématuré et que nous avons absolument besoin d'un hélicoptère si nous voulons le sauver. Répétez-lui ça.

Le cœur de Claire fit un bond dans sa poitrine. Ethan se souciait profondément de ses patients, c'était davantage qu'un métier pour lui. Il plaça deux bandes sur l'abdomen de Mariam pour effectuer une surveillance fœtale et tenta de la détendre.

— Très bien, Mariam, le bébé ne va pas tarder à arriver.

— Non ! Non !

— Il faut que vous soyez forte, ma chérie, dit Claire, parce qu'il va naître, que nous le voulions ou non.

— Non !

C'était clairement le seul mot qu'elle connaissait…

Soudain, sa respiration changea et elle parut se focaliser

davantage sur ses contractions, de plus en plus fréquentes et fortes. Descendant de la table d'examen, elle se mit debout et commença à haleter.

Au début de la contraction suivante, Ethan leva la main et compta sur ses doigts :

— Un, deux, trois, poussez !

Mariam poussa en gémissant.

Pas de bébé.

Claire lui serra la main.

— Vous faites ce qu'il faut, Mariam. Attendez la prochaine contraction et ensuite poussez.

Claire mima ce qu'elle venait de dire, espérant que Mariam comprendrait.

— C'est bon ! On respire, on respire, on pousse ! Poussez pour moi !

Pas de bébé.

Le rythme cardiaque qui paraissait si fort et si clair un instant auparavant commençait à ralentir, ce qui impliquait un début de souffrance fœtale.

— Vous pouvez recommencer, Mariam. Je sais que vous avez mal, mais ce sera bientôt terminé.

Quand la contraction suivante arriva, Ethan prit le relais :

— Un, deux, trois, poussez ! Encore !

Toujours pas de bébé.

— Non ! Non ! cria Mariam.

Claire repoussa les cheveux de la jeune femme en arrière et entreprit de lui masser le bas du dos. Mais la poussée suivante n'eut aucun résultat.

Le rythme cardiaque du bébé ralentissait et celui de Claire accélérait.

— Elle est épuisée.

Elle aida Mariam à remonter sur la table. Le visage crispé par la douleur, en sueur, leur patiente n'avait plus de forces.

Mariam poussa, poussa et poussa encore. En vain. Claire sentait la panique monter en elle, mais elle s'efforçait de conserver son calme.

— Encore une fois, ma chérie.

Étendue sur le lit, Mariam ferma les yeux.

Ethan hocha la tête.

— D'accord, dit-il.

Claire posa sur lui un regard surpris.

— Vous pensez à quoi ?

— J'étais en train d'examiner toutes les raisons possibles qui pourraient freiner le travail. Je pense que le cordon ombilical est enroulé autour du cou. Très bien, Mariam, encore une fois.

La voix d'Ethan était calme, comme s'il ne se faisait aucun souci. Heureusement, Fatima revint et put de nouveau les aider.

— Suivez les instructions d'Ethan, dit Claire en prenant la main de Mariam. Pour la vie de votre enfant.

— Poussez !

Et le bébé fut là… silencieux.

Claire cessa de respirer.

Sans manifester la moindre tension, Ethan coupa le cordon et prit le petit corps flasque, qu'il plaça dans la couveuse. Il frictionna la minuscule poitrine, aspira le mucus et l'ausculta. Après avoir marmonné quelques mots incompréhensibles, il massa de nouveau le petit thorax. Mariam ne lâchait pas les mains de Claire.

Respire, petit bout. Respire !

Il y eut un faible cri, puis un autre.

Ethan se retourna et hocha imperceptiblement la tête.

— Vous avez une belle petite fille, déclara-t-il.

Mariam prit le bébé dans ses bras et la fixa, les yeux secs, comme abasourdie. Tant de choses s'étaient produites en quelques heures qu'elle devait avoir du mal à les intégrer.

Une mort. Une vie.

— Elle est si petite !

— Elle est belle, dit Claire d'une voix émue.

Et c'était vrai, mais le nourrisson était fragile et il y avait un risque de problèmes respiratoires, d'infection et bien d'autres menaces. Elle posa l'enfant contre la peau nue de sa mère et fixa un oxymètre de pouls à son pied minuscule.

— Je voudrais juste que ton père soit là, murmura Mariam. Mais je ferai tout pour que tu sois en sécurité.

Lorsque Fatima traduisit ces paroles, sa voix se brisa. Ils restèrent tous à contempler cette petite vie qui avait résisté à des circonstances aussi terribles.

Chase parut sur le seuil.

— L'hélicoptère sera là dans une heure. On les emmène à Marseille. Tout va bien ?

— Elle est trop petite, dit Ethan, mais ça va. Merci.

— Je ne suis pas le cinglé qui va piloter en plein milieu de la tempête, alors ne me remercie pas.

Mais Claire remarqua le regard presque complice que les deux hommes échangeaient. En attendant le transfert, elle aida Mariam à mettre des vêtements secs et écouta Fatima, qui traduisait le récit de cette maman :

— Mon mari a été battu et torturé pour gagner l'argent nécessaire au voyage. Nous devions fuir. Mais nous étions trop nombreux et nous avons compris que le bateau ne nous amènerait pas jusqu'à terre. Les gens ont eu peur, ils ont voulu que le capitaine lance un appel de détresse, mais il a refusé parce qu'il ne voulait pas aller en prison. Il y a eu une bagarre et mon mari m'a poussée à l'avant du bateau, ensuite il a été frappé et il est tombé à l'eau… Il n'avait pas de gilet de sauvetage et les vagues étaient trop fortes pour qu'il puisse nager.

— Comment vous débrouillerez-vous, dans un pays étranger ?

Un éclair de détermination passa dans les yeux de Mariam.

— Mon mari est mort pour nous sauver. Je me battrai tous les jours pour mon enfant, elle sera mon espoir. Je vais l'appeler Awate, ce qui veut dire Victoire.

Claire aurait voulu posséder la moitié du courage de cette femme. Tandis qu'elle l'écoutait, elle surprit le regard d'Ethan posé sur elle. Il lui avait recommandé de ne pas s'impliquer, mais c'était trop difficile.

Après le départ de la mère et de l'enfant, elle sentit soudain qu'elle se vidait de toute énergie. Elle n'avait qu'une seule envie : regagner sa couchette, tirer les couvertures sur sa tête et dormir.

— Ça va ? demanda Ethan.

L'épuisement de Claire se mua en envie de poser sa tête sur son épaule et de sentir ses grands bras autour d'elle.

— Je ne sais pas. Je ne m'attendais pas à ressentir tout ça.

— Venez avec moi.

Ethan entraîna Claire dans la cuisine et la fit asseoir sur un tabouret. Elle tremblait et, s'il avait pu l'attirer contre lui, il l'aurait fait. Il lui prépara une boisson et posa le mug brûlant entre ses mains.

— Désolé, ce n'est pas du cognac.

Il savait qu'il n'aurait pas dû faire allusion à l'épisode de l'ascenseur, mais il n'avait pas pu s'en empêcher.

Les cheveux de Claire s'étaient échappés de sa queue-de-cheval et elle paraissait exténuée, avec ses yeux soulignés par de larges cernes. Elle parvint pourtant à lui adresser un lent sourire sexy.

« Ce n'est pas que je n'en aie pas envie. »

Après deux semaines, les paroles de Claire tournoyaient encore dans sa tête.

Elle but une gorgée et soupira.

— Le cognac émousse les sens, dit-elle, mais le chocolat guérit tous les maux.

Ce n'était pas vrai, mais l'embrasser ferait l'affaire.

Il avait gardé ses distances et il l'avait observée pendant qu'elle s'initiait à cette existence. Il avait vu combien elle était affectée, combien elle se dévouait à tous ces gens. Il avait été profondément touché par la sollicitude qu'elle leur témoignait. Elle était généreuse, compatissante, et elle parvenait à lui faire croire qu'il y avait encore du bon dans ce bas monde.

Pour couronner le tout, elle n'avait pas conscience de sa beauté, alors qu'il suffisait qu'il la regarde pour la désirer. Mais même si cela devait le tuer, il ne changerait pas de ligne de conduite.

— Vous avez fait du beau boulot, aujourd'hui, dit-il après un long silence.

— Combien de vies avez-vous sauvées, Ethan ?

— Huit cent quatre-vingt-deux.

— Vous les avez comptées ?

Il ne lui fournit aucune explication.

— Et je suis sûre que vous avez donné à chacun de vos patients autant de soin et d'attention que vous en avez donné à Mariam et à son enfant, dit-elle. Mais vous n'en parlez jamais.

— Croyez-moi, je deviendrais fou si je me laissais aller à l'émotion.

Que ferait Nick aujourd'hui, s'il avait vécu ? La même chose que Chase et Ethan ? Ou bien exercerait-il un métier bien tranquille à Londres ? Ou alors, il serait le sportif médaillé qu'il se destinait à être. Ethan se frotta le menton, décidé à ne plus y penser.

— Mais il se peut que je le sois déjà, fit-il.

Elle se mit à rire.

— On doit tous l'être plus ou moins, ou on n'aurait pas quitté la terre ferme. Très bien, monsieur le Chevalier, qu'est-ce qui vous a décidé à faire ce travail, au lieu de gagner de l'argent ? De nombreux médecins gagnent très bien leur vie dans des cabinets privés.

Monsieur le Chevalier.

Le titre le ramena une nouvelle fois dans l'ascenseur. Elle. La douceur de sa peau. Il ferma un instant les yeux.

— Je voulais aider les gens qui n'ont pas eu autant de chance que moi. Il y a quelques années, j'ai fait un héritage, si bien que je n'ai pas à me soucier de mon salaire.

Elle fronça les sourcils.

— Cela implique la mort de quelqu'un, si vous avez hérité.

— Mes parents, il y a six ans.

— Je suis désolée, Ethan. Ils sont morts en même temps ?

— Oui, dans un accident de voiture, en revenant de fouilles. Ils étaient archéologues.

— D'une certaine façon, partir ensemble était mieux pour eux, mais vous les avez perdus tous les deux à la fois.

Tendant le bras, elle lui prit la main et en caressa le dos de son pouce.

— Nous n'étions pas très proches.

— Bien sûr que si, puisque c'étaient vos parents !

— Vous avez eu une enfance très différente de la mienne, Claire. Mes parents étaient passionnés par leur métier et absorbés par un monde dont je ne faisais pas partie. Ils préféraient me savoir dans un pensionnat plutôt que dans leur vie. Quand ils partaient, ils payaient des gens pour s'occuper de moi. J'ai eu une flopée de baby-sitters qui ne s'intéressaient nullement à moi. Mais étrangement, mes parents s'y connaissaient en placements financiers. Ils ont investi en Bourse et leurs actions leur ont beaucoup rapporté, sans compter qu'ils ont contracté une assurance vie très confortable.

Elle se tut un instant.

— Vous savez, dit-elle, j'aime vraiment ma famille, mais j'avais besoin de m'éloigner d'elle et du village pour mener ma propre vie.

— Qu'est-il arrivé aux projets que vous aviez faits avec votre fiancé ?

— Oh ! lui.

Comme si elle venait de comprendre qu'ils se tenaient toujours la main, elle retira la sienne et reprit son mug.

— Je le connaissais depuis l'école primaire, dit-elle. Nous avons grandi dans le même village. Ensuite, je suis partie faire mes études d'infirmière et nous nous sommes un peu éloignés l'un de l'autre. Mais les promesses que nous nous étions faites tenaient toujours. Nous devions nous installer ensemble dès que j'aurais eu un poste au centre médical local et il allait reprendre le garage de son père. Mais j'avais passé ma vie à m'occuper de mes frères et sœurs, et j'aspirais à autre chose. Quand je rencontrais des gens qui avaient voyagé, je trouvais ça génial. Je me disais qu'on pourrait en faire autant, puis revenir au village, je n'envisageais pas de rompre. Mais David ne partageait pas mes envies. Ses parents vieillissaient et il ne voulait pas les quitter. Alors j'ai accepté de rester pour lui… pour nous… Mais nous nous disputions de plus en plus souvent et un jour je l'ai trouvé avec une de nos amies. Mon univers s'est effondré, mais finalement il m'a fait le cadeau de la liberté.

Le fiancé était un imbécile, de l'avoir laissée partir. Mais s'il ne l'avait pas trompée, elle ne serait pas là, avec *lui.*

— J'adore ça, dit-elle. J'aime être libre, n'avoir ni liens ni responsabilités. J'aime prendre mes décisions seule.

— L'indépendance vous va bien.

— Oui, mais c'est aussi un dur travail, dit-elle, le visage de nouveau assombri. Ces derniers jours ont été instructifs.

— Vous avez choisi une voie difficile. Comme vous le disiez, il existe des métiers plus faciles, répondit-il en lui posant une main sur l'épaule.

— Ethan… Nous avions dit que nous cesserions de faire ça. Mais je n'aurais pas dû vous toucher la main, désolée. J'étais seulement triste pour vous.

— Je voulais vous masser l'épaule, d'accord ? Vous êtes toute nouée.

— Juste les épaules ?

— Oui, malheureusement.

Elle se laissa aller contre sa main et gémit doucement dès qu'il commença.

— C'est bon… Si bon !

Fermant les yeux, il respira le parfum d'hibiscus, tâchant d'ignorer les battements accélérés de son cœur et l'envie folle de la caresser. Il parvint même à adopter un ton poli :

— Ça va mieux, maintenant ?

— Oui. Seigneur, que c'est agréable !

Ces mots balayèrent la résolution d'Ethan. Ses doigts glissèrent sur la peau douce de la nuque. Claire respira plus vite et la température de la cuisine monta de quelques degrés.

S'il posait sa bouche sur son cou… S'il la tournait vers lui, il pourrait remonter de sa gorge vers ses lèvres.

Il la fit pivoter légèrement et leurs regards se retinrent. À cet instant, le souvenir de ce qu'ils avaient fait dans l'ascenseur, leurs baisers et leurs gémissements de plaisir, grondèrent en lui.

Il la voulait.

Et s'il en croyait la façon dont elle le fixait, c'était réciproque. S'ils avaient été dans l'ascenseur, rien n'aurait été plus simple que de céder à la tentation, mais ce n'était pas simple du tout. Elle avait des rêves qu'il ne voulait pas ruiner et lui-même avait des engagements qui n'incluaient personne d'autre que lui-même.

Elle se leva d'un bond, comme si elle lisait de nouveau en lui.

— Ethan. Qu'est-ce qu'on est en train de faire ? Et si…

— Si quoi ? Si quelqu'un entre et vous voit en train de boire un chocolat chaud en discutant avec un membre de l'équipe d'une urgence médicale ? Quel choc ! Quelle horreur ! On a le droit de parler de l'accouchement de Mariam, il est même impératif de parler, après ce genre d'événements.

Elle lui sourit timidement.

— Avec un membre de l'équipe qui a les mains sur moi.

— Une seule main, dit-il en la retirant à regret. Vous avez voulu plus d'une fois me réconforter et je souhaitais en faire autant. Mais…

Comment mettre des mots sur ce qu'ils ne devaient pas évoquer ?

— Je sais, dit-elle.

Elle lui jeta un coup d'œil de dessous ses cils incroyablement longs. Son regard était sérieux, mais ses yeux pétillaient néanmoins de malice. Elle était tellement belle qu'il en eut presque mal.

— Il semble que nous ne puissions pas nous faire confiance, dit-elle.

Il rit, mais elle avait raison. Quelques minutes de plus et la situation aurait pu se compliquer.

— On dirait bien, oui. Si vous n'avez plus besoin de moi, je vais retourner dans la salle de soins, au cas où mes services seraient utiles.

Avec un peu de chance, il serait occupé pendant les vingt-six prochains jours.

— Je me sens mieux, merci. Attendez…

Lui prenant la main, elle la porta à ses lèvres et en embrassa chaque articulation avant de le balayer du regard avec un tel désir qu'il faillit sur-le-champ lui arracher ses vêtements. Ne pas la toucher était la chose la plus difficile qu'il avait jamais faite.

Elle expira lentement.

— Merci pour le chocolat chaud.

— De rien.

Il s'en alla avant de commettre l'irrémédiable, l'embrasser par exemple. Il n'avait rien à lui offrir, hormis une vie de sable, de poussière et d'inquiétude.

6.

Quelques jours plus tard, la mer commença à se calmer. Depuis Mariam, ils n'avaient pas secouru d'autres migrants. Claire était assise sur le pont et lisait un livre, profitant du soleil matinal qui perçait à travers les nuages.

Du moins, elle faisait semblant de lire tout en observant Akil qui apprenait à Ethan les nœuds marins au moyen d'une grosse corde. Elle pouvait voir l'expression concentrée d'Ethan, sa satisfaction chaque fois qu'il réussissait et sa détermination quand il échouait.

Lorsqu'il réfléchissait, une mèche tombait sur son front et il pinçait les lèvres. Il tenait la corde comme s'il était né marin, ses larges épaules étaient capables de supporter bien plus que sa part de travail… et c'était ce qu'il faisait. Il était compatissant, sexy, drôle et sérieux…

Elle n'était pas seulement attirée par son physique, il y avait entre eux une connexion aussi solide que cette corde et lui résister était épuisant.

Mais tant pis ! Elle n'était pas prête à revoir ses projets en fonction d'Ethan. Elle n'abandonnerait pas sa liberté une deuxième fois pour un homme.

Mais il n'y avait aucun mal à faire du lèche-vitrines… Ce type était un véritable plaisir pour les yeux.

Épuisant !

Akil dit quelque chose et les deux hommes éclatèrent de rire. Ethan se tourna vers elle et la surprit en train de le contempler.

Oups !

Elle se mit le livre ouvert devant la figure, mais cela ne l'empêcha pas d'avoir la chair de poule. Comme Ethan venait vers elle, elle se sentit aussi futile qu'une adolescente amoureuse.

— Eh, Claire !

Il se tenait entre le soleil et elle, si bien qu'elle ne pouvait observer son visage en détail. Mais elle n'en avait pas besoin pour voir sa peau bronzée, ses pommettes saillantes, ses yeux clairs ou son sourire hésitant.

— Oh ! bonjour. Je ne vous avais pas vu. Belle journée.

— C'est sympa, d'avoir un peu de répit et de jouir de la croisière, si je puis dire. Qu'est-ce que vous diriez d'un petit séjour à Naples ?

— Je rêve d'une pizza napolitaine. N'importe quoi serait meilleur que ce qu'on nous sert à bord.

— Vous allez être satisfaite, puisque nous allons faire une escale à Naples.

— Pour de bon ?

— Nous devons nous réapprovisionner et Freja va revenir à bord. D'après la rumeur, on aurait droit à quelques heures sur la terre ferme. Vous pourrez déguster une pizza.

— Et boire un verre de vin rouge ! Génial !

Cette perspective donna mal au cœur à Claire. Bizarre ! D'habitude, elle adorait le vin rouge.

— Pourquoi pas un Aperol ? fit-elle.

— Et une glace.

Fatima venait vers eux en ajustant son hijab.

— J'ai entendu les mots « pizza » et « glace » ? J'en suis ! Je connais les meilleurs restaurants italiens. Akil viendra avec nous, s'il peut avoir un moment de libre. Il adore les glaces. N'oublions pas Kristina. Je suis sûre qu'une pause ne lui ferait pas de mal.

— Quel programme fantastique ! dit Claire en se levant d'un bond.

Se tournant vers la proue du bateau, elle laissa échapper

une exclamation de surprise. Au loin, elle apercevait les maisons de pierre ocre et crème donnant sur le port, dominées par un château imposant, au sommet d'une colline. Le puissant Vésuve se dessinait sur la droite et, entre le rivage et le *Poséidon*, il y avait une multitude de petits yachts blancs.

— Génial ! dit-elle. Je n'ai jamais été aussi excitée de voir la terre ferme.

Mais à la grande surprise de Claire, ses jambes étaient si tremblantes lorsqu'elle emprunta la passerelle, qu'elle dut se concentrer pour ne pas trébucher.

— Est-ce que c'est comme le décalage horaire, après un voyage en avion ? J'ai l'impression d'être ivre.

— J'espère qu'on le sera bientôt, fit Kristina en riant. Ça fait du bien, de débarquer !

— Je le saurai quand je marcherai correctement. Je regrette que les autres restent à bord alors qu'on va s'amuser.

Kristina jeta un coup d'œil en arrière. Chase se tenait sur le pont et leur adressait des signes de la main. Voyant le visage de Kristina s'assombrir, Claire se demanda s'il se passait quelque chose entre eux.

— C'est vrai, dit-elle seulement. Une pause aurait été salutaire pour tous.

Claire remarqua qu'Ethan regardait Chase, lui aussi. Quel lien pouvait bien unir ces deux hommes ? Mais cela ne la regardait vraiment pas ! D'autant qu'elle s'était promis de garder ses distances avec Ethan, depuis qu'ils avaient failli s'embrasser.

Fatima glissa un bras sous le sien, Kristina en fit autant de l'autre côté et elles se dirigèrent vers la rue où trouver, selon Fatima, la meilleure nourriture de Naples.

Malheureusement, ils n'étaient pas les seuls à avoir eu cette idée. En soupirant, Fatima se plaça au bout d'une longue queue de touristes.

— Ça va prendre environ une demi-heure, je le sens, dit-elle.

— Certains d'entre nous peuvent aller nous acheter de la bière, pendant que les autres restent ici.

— J'y vais, dirent Claire et Ethan en même temps.

— Parfait ! Allez-y. Demandez-les bien fraîches, s'il vous plaît.

L'attente pour les bières n'était pas beaucoup plus courte, mais par chance ils étaient du côté ensoleillé de la rue. Claire en profita pour regarder les immeubles multicolores qui bordaient la ruelle venteuse. À un balcon, un homme chantait un air d'opéra dans un micro pour la plus grande joie des badauds. Lorsqu'il eut fini, il salua et fit descendre un petit seau au bout d'une corde pour que les spectateurs y déposent leurs aumônes, ce qu'ils firent volontiers.

— Opéra et pizza ! Qu'est-ce qu'il y a de plus italien ? fit-elle en riant, contente que la conversation reste sur un terrain neutre.

Après avoir obtenu leurs bières, ils revinrent sur leurs pas pour retrouver le groupe… qui ne se trouvait plus à l'endroit où ils l'avaient laissé. Leurs camarades n'étaient pas non plus à l'intérieur du restaurant et Claire ne trouva pas de message sur son smartphone.

— On peut refaire la queue, dit Ethan sans enthousiasme. Ou bien on va ailleurs.

— Je meurs de faim, mais je n'ai pas envie de ces bières.

— Moi non plus.

Ils les offrirent à un groupe d'Américains assoiffés qui attendaient une table.

— Trouvons un endroit plus calme, dit Ethan, sinon nous n'aurons ni glace ni pizza avant de retourner à bord. Aventurons-nous à l'intérieur de la ville.

La perspective de passer quelques heures avec lui ravit Claire, même si ce n'était pas très compatible avec leurs bonnes résolutions.

Les ruelles centrales étaient moins surpeuplées, même si des scooters zigzaguaient sur la chaussée. De petits cafés et des pizzerias occupaient les trottoirs, sous les fenêtres aux rebords fleuris. C'était une fête des sens, entre l'odeur de cuisine, les géraniums pourpres et le bourdonnement de la vie urbaine.

Malgré ce qui s'était passé entre eux, Ethan se sentait l'âme d'un adolescent, en compagnie de Claire. En dépit des restrictions qu'ils avaient imposées à leur relation, il était heureux, avec elle, et la voir se détendre constituait un vrai bonheur. Comme ils l'avaient projeté, ils commandèrent des pizzas et du vin. Un orchestre jouait dans le bar voisin et ses jolies mélodies s'envolaient dans l'air du soir.

Après avoir bu une gorgée de vin, Claire posa son verre sur la table.

— Je crois que je vais m'en tenir à l'eau.

— Vous ne l'aimez pas ? Vous voulez autre chose ? Du vin blanc ? De l'eau gazeuse ?

Il ignorait quel type de boisson ou de nourriture elle aimait, puisqu'ils avaient sauté l'étape « on apprend à se connaître » et succombé au désir sexuel.

Bien qu'ils sachent tous les deux qu'il n'y avait pas que cela, entre eux…

— De l'eau plate, s'il vous plaît. Je me remets juste de mes premiers pas sur la terre ferme et je suis encore un peu vaseuse, le vin pourrait me mener au désastre. En revanche, je suis affamée.

Elle mordit dans sa pizza à la mozzarella et aux tomates, dont le croustillant était parfait, puis elle fit mine de se pâmer de plaisir, les yeux au ciel. Elle avait eu la même expression au moment de l'orgasme… Ethan avait beau s'y efforcer, il ne parvenait pas à chasser ce souvenir de sa mémoire.

Elle portait aussi la même robe que ce soir-là. Celle qu'il avait relevée pour…

Elle poussa un gémissement.

— Waouh, Ethan, je ne savais pas qu'une pizza pouvait être aussi bonne.

— Allez-y, on pourra en commander une autre.

— Je me demande ce que font les autres. Vous pensez qu'ils se doutent de quelque chose ?

— De quoi, exactement ? Ce sont eux qui nous ont plantés. Nous sommes juste en train de dîner en plein jour.

— Dans une ruelle écartée où personne ne peut nous trouver.

Leurs regards s'accrochèrent, et point n'était besoin de mots pour exprimer ce qu'ils ressentaient.

Excitation. Aventure.

Elle se lécha les lèvres.

— Claire, vous n'avez aucune idée de ce que je ressens simplement en vous regardant. Je veux dire… On a le droit de le dire, non ? Nous sommes attirés l'un par l'autre, inutile de le nier. Il faut juste que nous fassions en sorte que ça s'arrête, sinon je vais exploser de frustration.

— D'accord. Dites-moi comment on va faire.

Posant la pizza, elle lui sourit comme si elle s'amusait de l'effet qu'elle lui faisait.

— Je vais vous dire où se situe le déclic, en ce qui me concerne. Ensuite, ce sera votre tour et nous ferons en sorte de ne pas le déclencher. Pour moi, ce sont votre bouche, vos yeux et votre…

Il parcourut du regard les formes de Claire et tenta de ne pas se rappeler le plaisir qu'il avait pris en la pénétrant. Il ignorait si sa stratégie allait fonctionner, mais il était honnête lorsqu'il disait qu'il n'allait pas tenir longtemps.

— Tenons-nous-en à vos lèvres. Arrêtez de les lécher.

— Comme ça ?

Elle passa lentement sa langue sur ses lèvres.

Le rire d'Ethan mourut sous l'effet du désir.

— Je vous avertis, Claire. C'est l'étincelle qui met le feu aux poudres.

— Je n'humecte pas mes lèvres, alors ?

— Non. Merci d'avance.

Souriante, elle but une gorgée d'eau. Sa langue pointa hors de sa bouche et passa sur sa lèvre inférieure.

Il prit une profonde inspiration.

— Claire, quel mot ne comprenez-vous pas, quand je vous demande de ne pas vous lécher les lèvres ?

— Désolée… La force de l'habitude, sans doute. À mon tour ! Évitez le sourire en coin.

— Je ne dois pas sourire ?

— Pas comme quand… nous étions dans l'ascenseur.

Elle déglutit et s'éventa avec le menu.

— D'accord. Pas de sourire.

— Pas de demi-sourire. Et ne sentez pas aussi bon.

Levant le bras, il renifla son aisselle.

— Vous voulez que je pue ?

— Non. N'approchez pas trop près, parce que j'aime la façon…

Les joues de Claire prirent la même couleur que les géraniums.

— Peu importe, dit-elle. Changeons de sujet.

Bouleversé, Ethan était à court de mots. Mordant dans sa pizza, il mâcha sa bouchée consciencieusement.

Il y eut un court silence.

— Qu'est-ce qu'il y a, entre Chase et vous ? demanda subitement Claire.

Parler de la bouche de Claire était nettement plus amusant.

— C'est une longue histoire, dit-il.

— Vous disiez que vous le connaissiez à peine.

— C'est le cas. Je ne l'avais pas revu depuis seize ans, mais nous avons fait partie de la même équipe de skieurs.

— Monsieur Soleil et Sable, qui considère l'Afrique comme son foyer, vous avez fait du ski ?

— Plus maintenant.

— Pourquoi ? Vous semblez si bizarre que j'ai presque peur de ce que vous allez dire.

Le verrait-elle différemment, si elle savait la vérité ?

— Je vous ai parlé d'un bâtiment effondré… C'était un chalet, dans une station de montagne. Chase et moi, nous y étions.

— Que s'est-il passé ? Mais vous n'avez peut-être pas envie d'en parler.

— En effet.

— D'accord. Pas de souci. Mais il faut vous confier à quelqu'un, peut-être à Chase, parce que vous avez l'air tous les deux tellement… Maintenant que j'y pense, vous êtes tous les deux tristes, je dirais même hantés. Et ce n'est bon pour personne.

Elle le fixait avec une douceur mêlée de sollicitude, et il s'étonna d'une telle connexion. C'était comme si elle sentait ce qu'il sentait, ou du moins qu'elle le comprenait. Il avait tellement intériorisé ce tourment qu'il était devenu comme une seconde peau, mais il pensait que personne ne le remarquait. Pourtant, si Claire avait perçu quelque chose, d'autres le pouvaient aussi.

— Une avalanche a détruit le chalet, dit-il sur un ton neutre, mais cela s'est passé il y a longtemps.

Elle claqua des doigts, comme si elle tentait de se rappeler quelque chose.

— Oh oui ! J'étais petite, à l'époque, mais j'en ai entendu parler. Des garçons sont morts.

— Quatre.

Pourquoi lui racontait-il tout cela alors qu'il s'était tu jusqu'à ce jour ?

— Et Chase ? Que lui est-il arrivé ?

— Il m'a sorti de là et m'a sauvé la vie.

— Oh ! C'est… énorme.

— Oui.

Il ne put en dire davantage, tant sa gorge était serrée. Il retrouvait toutes les sensations qu'il avait éprouvées seize ans auparavant : le froid, la pression de cette poutre sur son torse et ses cuisses, l'obscurité étouffante.

Elle fronça les sourcils.

— J'essaie de me rappeler les détails. C'était dans les journaux français. Les secours ont tardé à arriver et des parents ont porté plainte.

— Pas les miens, en tout cas.

— Combien de temps avez-vous été coincé ?

— Des heures. J'étais en hypothermie, avec une poutre sur la poitrine. C'était dur, mais Chase… Il m'a empêché de devenir fou et je lui dois la vie.

— Qu'est-ce qui s'est passé, depuis ? Vous vous êtes disputés ? Comment en êtes-vous venus à travailler ensemble ?

— Cette nuit-là, je lui ai promis que, si un jour il avait besoin de moi, je répondrais « présent ». Ils n'avaient pas de pédiatre, c'est aussi simple que ça.

— Mais pourquoi seulement maintenant ?

— Je n'en sais rien. Nous évitons d'aborder le sujet.

— J'ai remarqué que vous ne discutez jamais. Il n'y a aucune camaraderie, entre vous.

— Je ne sais pas dans quel état d'esprit il est, mais, si c'est le même que le mien, je le plains.

— Vous devriez essayer de lui parler.

— Avant l'avalanche, nous ne nous entendions pas très bien, alors il n'y avait aucune raison pour que nous nous rapprochions par la suite. Son meilleur ami est mort dans l'accident et il n'a pas cherché à le remplacer. De toute façon, ça n'aurait pas été moi. Il a dû choisir qui il allait sauver et c'est tombé sur moi.

— Waouh ! Il a dû énormément souffrir.

— On peut dire ça comme ça.

Tu as intérêt à en valoir le coup, Reid.

Ces mots avaient déterminé tout ce qu'Ethan avait fait depuis.

— Ensuite, je suis resté des mois à l'hôpital, dit-il. Ma colonne vertébrale avait été un peu abîmée, mais je n'ai aucune séquelle. J'ai passé du temps en rééducation et j'ai perdu tout contact avec les membres de l'équipe.

Il n'avait pas voulu affronter les autres survivants, préférant se concentrer sur sa guérison.

— Vos parents ont dû être anéantis.

— Certains parents ont fait le voyage en avion pour voir leurs enfants, mais pas les miens. Ils ont juste demandé qu'on les tienne au courant. Quand je suis rentré à la maison, ça ne s'est pas bien passé. J'étais le pire des patients et ils étaient de mauvais gardes-malades.

Elle jura sourdement en français.

— Comment ont-ils pu se comporter ainsi ?

— Nous n'en avons jamais parlé, mais je crois que ma naissance avait été un accident. Dès que j'ai pu, j'ai commencé mes études de médecine et je n'ai plus jamais refait de ski.

Rien que de penser à la neige, il sentait un froid glacial pénétrer son corps. Il tenta de masquer un frisson, mais elle le remarqua. Si peu de chose lui échappait.

— Maintenant, je comprends, dit-elle gentiment.

— Je voudrais pouvoir en dire autant. Vous pensez avoir tourné la page, et vous transpirez, ou bien votre rythme cardiaque s'accélère, comme dans l'ascenseur. Quelques minutes d'obscurité, et tout vous revient.

Elle le regarda pendant un instant.

— Vous en savez plus que n'importe qui sur le désir de liberté. Pas étonnant que vous ayez choisi ce métier.

Il en savait davantage sur la culpabilité et la peur…

Elle lui caressa la mâchoire du bout des doigts.

— Je suis désolé, Ethan. Vous semblez bouleversé…

Il s'efforça de chasser des souvenirs qui gâchaient une belle soirée.

— Revoir Chase m'a ramené en arrière et c'est plutôt bizarre. Mais revenons à l'instant présent. Vous voulez toujours une glace ?

— Bien sûr.

Le cœur d'Ethan vibrait pour Claire… Et son corps aussi. Que serait-ce, d'abandonner ses projets pour être avec elle ? Mais il y renonça aussitôt. Elle avait son propre programme et il devait continuer de payer sa dette, quel que soit le temps que cela prendrait.

Il ne pouvait pas demander à Claire de le suivre en

Afrique pour sauver des vies encore et encore pendant qu'il se demanderait combien il en faudrait pour compenser la mort de Nick.

Ou si Chase estimait le nombre suffisant.

Non, il ne pouvait imposer ce fardeau à personne.

Il commanda les glaces tout en espérant bêtement que le froid ramènerait un peu de raison en lui. Mais quand on les servit, les yeux de Claire étaient tellement pleins de vie qu'il aurait voulu s'enfoncer en elle pour maintenir cette brillance dans ses prunelles.

Ce n'était pas bien. Plus il passait de temps avec elle, plus il souhaitait en passer. Lorsqu'elle avala sa dernière goutte de crème glacée, il jeta un coup d'œil à sa montre.

— Il se fait tard. Il va falloir qu'on parte.

Elle soupira.

— Retour à la réalité. Très bien. Il est temps d'activer notre plan d'action, concernant le déclic.

Tout en riant, il énuméra les points en comptant sur ses doigts.

— On n'oublie pas ! Pas de sourire, pas d'odeur et pas de léchage de lèvres.

— Pas de demi-sourire ! C'est lui, le tueur. Oui, c'est exactement ce que je veux dire. Arrêtez, Ethan.

— Je ne peux pas m'en empêcher.

Elle soupira de nouveau, mais se leva avec un large sourire.

— Si vous continuez, il va falloir aussi cesser de parler.

Un instant plus tard, ils marchaient à travers les ruelles sombres, tâchant de trouver leur chemin jusqu'au port.

— Je crois que nous sommes perdus, dit enfin Claire après qu'ils eurent erré un moment. Je vais allumer mon téléphone, pour trouver un plan.

— Tout va bien, Claire, ne vous inquiétez pas.

Elle s'appuya à un mur ocre, sous un réverbère, et se mit à taper sur son clavier.

— Je ne suis pas inquiète. Je trouve même cette nouvelle aventure très excitante.

Elle était tellement belle, à la lumière de ce lampadaire, que c'en était presque insupportable. Tout en se concentrant sur son écran, elle passa la langue sur ses lèvres.

— Claire…

Prenant son visage entre ses mains, il s'empara de sa bouche. Elle eut un moment d'hésitation, puis entrouvrit les lèvres. Elle avait un goût de glace au citron et de liberté.

Nouant ses bras autour du cou d'Ethan, elle se cambra contre lui. Il l'embrassa avec davantage de passion tout en la plaquant contre le mur. Lorsqu'il posa les mains sur ses seins, elle haleta et un gémissement rauque sortit de sa gorge. Cela suffit à enflammer totalement les sens d'Ethan. Il la voulait nue, il voulait s'enfoncer en elle, la regarder jouir et la garder jusqu'au matin.

Quelqu'un, sur un scooter, klaxonna en passant près d'eux, les ramenant à la réalité.

Ethan s'arracha à la bouche de Claire et tenta en vain de contrôler sa respiration.

— J'avais envie de faire ça depuis si longtemps !

— Moi aussi.

La bouche de Claire était gonflée. Ethan éprouva comme un sursaut d'orgueil : il l'avait fait ! Il lui avait fait perdre son contrôle ! Elle posa la paume sur sa joue, levant vers lui un regard embué par le désir. S'il avait été plus faible, il l'aurait emmenée dans un endroit discret où il aurait pu la prendre.

— En ce moment, je ne trouve rien de plus excitant que de vous embrasser, Ethan.

— Nous avions dit que nous ne devions pas…

— Sur le bateau, mais nous n'avons rien dit à propos des ruelles sombres de Naples.

Le cœur battant, il se pencha pour appuyer son front contre le sien.

— Tu as fait ce truc, avec ta langue.

— Et toi, tu as souri quand tu m'as embrassée et j'ai été perdue. C'est juste l'excitation de la terre ferme.

Mais ils savaient tous les deux que c'était faux.

Elle rit, puis elle jeta un coup d'œil à son téléphone et jura.

— On ferait bien de se dépêcher, le bateau part bientôt.

— Alors, à partir de maintenant, on arrête… Mais quand je serai sur ma couchette, cette nuit, je sais à quoi je penserai, dit-elle.

— Ne me fais pas penser à toi sur une couchette. Ou nue. Ça me rend fou.

— Ça sera difficile, de travailler tous les jours avec toi sans avoir envie de recommencer.

Et aussi de se faire des adieux, à la fin. Il valait mieux mettre un terme à cette relation dès maintenant, plutôt que de rompre quelque chose de plus fort quelques semaines plus tard.

Ethan, résistant à l'envie de lui prendre la main, s'engagea dans un passage qui lui semblait familier.

— Je crois que c'est de ce côté. Plan déclic activé ?

— Je suis sérieuse, Ethan, dit-elle en le retenant. Qu'est-ce qui va se passer ?

— Rien.

Il haussa les épaules et vit la lumière s'éteindre dans les yeux de Claire.

— Rien ne peut arriver, dit-il, et nous le savons tous les deux.

7.

Claire était tellement occupée qu'elle avait à peine le temps de penser à Ethan et au baiser qu'ils avaient échangé… Ainsi qu'à tout le reste. Les soixante-quatre nouveaux migrants qui se trouvaient à bord occupaient presque entièrement son esprit.

Quatre jours s'étaient écoulés, depuis ces merveilleuses heures de liberté. Désormais, la salle de soins était sa nouvelle maison. Aujourd'hui, elle soignait un patient qui, comme les autres, souffrait de malnutrition, de déshydratation et d'une attaque virale dont on ignorait l'origine puisqu'il était arrivé sur une minuscule embarcation chargée de réfugiés issus de nombreux pays.

Claire exposa son cas à Kristina, qui venait de traiter une femme présentant d'horribles brûlures chimiques. L'équipe devait se débrouiller, quels que soient les problèmes, ou en tout cas stabiliser les patients jusqu'à ce qu'ils soient accueillis quelque part.

— Il s'appelle Fuaad, originaire de Somalie, dit-elle. Trente-neuf sept de température, rigidité musculaire, tension basse et pouls filant. Il y a visiblement une infection, mais rien d'évident.

Claire regarda l'homme émacié qui frissonnait malgré la chaleur de cette journée de printemps. Elle toucha sa main pour lui prodiguer un peu de réconfort.

— Il dit qu'il a mal partout, mais il est incapable de désigner une douleur spécifique dans une partie de son corps.

— Ça peut être n'importe quoi, dit Kristina. Il faut avant tout maîtriser l'infection.

Elle examina rapidement Fuaad, avec l'aide de la traductrice.

— Il est très déshydraté, mais les poumons sont propres. On va poser une perfusion, lui administrer une solution saline et des antipyrétiques. On verra si la fièvre baisse. Traitons-le avec des antibiotiques à large spectre, jusqu'à ce que nous ayons les résultats des analyses d'urine. Si seulement nous pouvions faire une hémoculture !

— On peut toujours rêver, docteur !

Claire sourit, tandis que Kristina introduisait le cathéter dans la veine d'un bras du patient.

C'était vraiment différent du travail en hôpital, où tout l'équipement nécessaire était disponible. Sur le bateau, la seule option était souvent de faire un certain nombre d'hypothèses de travail et d'espérer.

Elles s'occupèrent toutes les deux un certain temps du patient, vérifiant à plusieurs reprises sa température et ses réactions aux antipyrétiques. Claire notait ses observations.

— Il doit se sentir un peu mieux, maintenant, mais nous devons continuer à traquer la cause de cette infection.

— C'est comme de chercher une aiguille dans une botte de foin. Il ne nous reste qu'à le surveiller jusqu'à ce qu'on arrive dans un port, dit Kristina en se lavant les mains. Je dois aller voir un bébé qui vomit tout ce qu'on lui donne. Vous pouvez panser la plaie au pied de Geesi ? Il attend dehors. Ensuite, il y aura la glycémie d'Ahmed. Nous avons eu beaucoup de malades, dans ce groupe.

Claire jeta un coup d'œil à l'horloge murale.

Elles avaient travaillé non-stop pendant des heures et tout son corps hurlait de fatigue. Son estomac gargouillait, signe qu'elle avait faim, ce qui ne l'empêchait pas de souffrir de nausées. Elle ne se rappelait pas la dernière fois qu'elle avait mangé.

— Ethan devrait être là, maintenant, dit-elle. Vous savez ce qu'il fait ?

Apparemment, le travail ne la distrayait pas de lui…

Kristina jeta une serviette de papier dans la poubelle.

— Oh ! vous n'êtes pas au courant ? Il travaille la nuit, maintenant.

— Ah bon ?

Était-ce parce qu'il ne voulait plus se trouver près d'elle ?

— Depuis quand ? demanda-t-elle.

— Je crois qu'il en a parlé à Chase hier ou avant-hier.

Après l'étape de Naples… Était-ce qu'il activait le plan déclic en l'évitant complètement ? Cette idée la bouleversa.

— Si je comprends, nous formons dorénavant la « dream team », toutes les deux, dit-elle à Kristina.

Cette dernière sourit avant de se rendre auprès du bébé malade, laissant Claire complètement retournée. Elle n'avait pas réalisé à quel point elle aimait voir Ethan chaque jour, combien elle appréciait de travailler à son côté et d'observer la sollicitude qu'il manifestait à leurs patients.

Désormais, ils ne se croiseraient qu'au moment du changement d'équipe.

— Claire ? dit Fatima. Fuaad se plaint d'avoir très mal à la tête.

S'agissait-il d'un rhume ? De la grippe ? De la dengue ? De la malaria ? Était-ce une méningite ?

Il y avait un danger potentiel de contagion, avec tous les gens qui se trouvaient sur le bateau. Elle se précipita au chevet de Fuaad, pour vérifier qu'il ne présentait pas une hypersensibilité à la lumière. La fièvre était tombée, mais il avait l'impression de voir à travers des éclats de verre.

— Ça ressemble davantage à une migraine, dit-elle à Kristina quand cette dernière revint, mais il y a cette rigidité musculaire. Il faut continuer de le surveiller, au cas où ce serait plus grave. La dernière chose dont nous ayons besoin, c'est d'une propagation de l'infection.

Elle isola le patient avec les moyens du bord et s'assura qu'elle était la seule à entrer ou à sortir de cet espace. Les deux heures suivantes s'écoulèrent lentement, mais elle s'efforça de ne pas penser à Ethan et aux raisons qui l'avaient incité à travailler la nuit.

Malheureusement, ce n'était pas si facile !

Comment cet homme avait-il pu devenir son oxygène en si peu de temps ? Et pourquoi son estomac se soulevait de cette façon ? Ethan avait-il un effet physique sur elle ?

— Comment va Fuaad ? demanda Kristina quand Claire quitta le chevet de son patient.

— Beaucoup mieux. Pas de douleur au niveau de la nuque, juste un gros mal de tête, mais il dit que ça s'est amélioré. On a peut-être été trop prudentes ?

— On ne l'est jamais assez. Imaginez ce qui se passerait, si la méningite ou une autre maladie virulente frappait tout le monde, sur le bateau. Merci de rester auprès de lui jusqu'au port. Vous avez des projets, pour l'escale à Marseille ?

Ils devaient tous bénéficier d'une pause le lendemain et quitter le bateau.

— Je vais passer trois jours à ne rien faire, à dormir dans un vrai lit, à manger des *pains au chocolat* au petit déjeuner et à boire du bon café. Peut-être même au lit. Bien sûr, ma douche ne sera pas limitée à quatre minutes. Un délice ! Je n'aurais jamais cru que je voudrais toutes ces choses que j'ai tenues pour acquises toute ma vie. Et vous ?

Kristina haussa les épaules.

— Je prendrai ce qui viendra. Je visiterai certainement la ville et, oui, j'apprécierais aussi un bon café.

— On descend tous à l'hôtel Saint-Martin ?

— Je crois que les réservations ont été faites.

Peut-être Ethan serait-il au même étage qu'elle… De quoi nourrir ses rêves.

Quoi qu'il en fut, ces trois jours de congé étaient les bienvenus. Elle était épuisée et nauséeuse… Pour tout dire, bizarre.

À la fin de son service, elle monta sur le pont et respira quelques bouffées d'air frais pour chasser son malaise.

Kristina la rejoignit, deux tasses de café dans les mains. Elle en tendit une à Claire.

— Je vous ai aperçue depuis la cuisine et je me suis demandé si vous aviez besoin de discuter des patients, d'une boisson chaude ou des deux.

— Merci.

Dès la première gorgée, Claire sentit son estomac se retourner.

— Je ferais peut-être mieux de boire un verre d'eau, dit-elle avec une grimace. Vous pensez que c'est normal, que le mal de mer revienne ?

— Vous ne vous sentez pas bien ?

— J'ai un peu mal au cœur et la tête en compote, et j'ai du mal à me concentrer. Ça doit être le mal de mer, vous ne croyez pas ?

— Claire, on n'a jamais eu une mer aussi calme, répondit Kristina en désignant l'eau turquoise, à peine ondulée. Il y a peut-être une autre raison ?

— Un trouble alimentaire ? Un virus ?

— Possible, mais d'autres personnes auraient été touchées. Vous ne voyez pas une autre raison ?

Kristina fixait bizarrement Claire.

Que sous-entendait-elle ?

Soudain, l'explication frappa Claire comme la foudre. À quand remontaient ses dernières règles ? En réalité, elle n'y avait pas accordé beaucoup d'attention, depuis qu'elle était sur le bateau. Elle vérifia le calendrier sur son smartphone. Elle avait trois jours de retard ! Lorsqu'elle leva les yeux, Kristina était toujours là, un doux sourire aux lèvres.

— C'est impossible ! dit-elle avec un peu trop de véhémence. Justement, j'ai quelques crampes, en ce moment. Ça doit être le syndrome prémenstruel.

Cela pouvait expliquer un certain nombre de symptômes, comme les sautes d'humeur, la nausée et les seins sensibles.

— Si vous le dites, répondit Kristina. Ça ne me regarde pas, mais, si vous avez envie de parler, je suis là.

— Merci. Je vous en prie, n'en parlez pas à Chase ou à n'importe qui d'autre.

Enceinte ? Certainement pas !

Ils n'avaient eu qu'une seule relation et ils avaient utilisé un préservatif…

— Bien sûr que non, mais, en tant qu'amie, je dois vous dire une chose : si vous attendez un enfant, vous devez le lui dire dès que vous en aurez la certitude, parce que le risque est trop grand pour le bébé et vous, sur le bateau. Je pense aux tempêtes, mais aussi aux infections et aux maladies. Vous voulez faire un test ?

Claire posa les mains sur son ventre plat. Elle allait certainement avoir ses règles d'ici un jour ou deux.

— Pas tout de suite. Ça ne peut pas être vrai… J'aime trop ce travail et j'ai toute une vie nouvelle qui m'attend.

— D'accord, mais rappelez-vous que je suis là.

— Je sais, merci.

Claire contempla un instant la mer.

Impossible.

Frissonnant, elle se détourna. Par bonheur, Fatima travaillait encore et elle aurait la cabine pour elle toute seule. Elle allait se reposer, réfléchir, espérer…

Elle approchait de l'escalier, quand une tête blonde parut en haut des marches qu'elle s'apprêtait à descendre.

Non. Elle ne pouvait pas affronter Ethan maintenant. Comment réagirait-il, si elle lui exposait ses craintes ? Une grossesse ruinerait leurs projets à tous les deux. Mais elle ne pouvait pas non plus s'éloigner sans paraître grossière ou susciter des interrogations de sa part.

Elle afficha un calme qu'elle ne ressentait pas, alors qu'en elle la panique faisait des ravages. Si elle avait cet enfant, elle serait toujours liée à Ethan, quelle que soit la partie du monde dans laquelle il se trouverait. Elle ne pourrait jamais l'oublier ou se souvenir de lui comme d'un amant de passage, il serait toujours dans sa tête et dans son cœur.

Un grand sourire aux lèvres, il s'arrêta auprès d'elle.

— Salut, Claire. Comment ça va ?

Très mal. Je me demande si je porte ton enfant.

— J'ai été très occupée, comme d'hab.

Il fronça les sourcils et de petites rides se creusèrent aux coins de ses yeux. Il avait la marque de l'oreiller sur la joue, comme s'il venait de se réveiller. En l'imaginant au lit, la tête de Claire lui tourna un peu plus.

Elle s'agrippa à la rampe de l'escalier pour tenir quelque chose qui ne soit pas lui.

— Tu es sûr que ça va ?

— Très bien, oui, pourquoi ?

— Tu as l'air tendue.

Perspicace ! Sa pression artérielle atteignait sans doute une hauteur critique. Que pouvait-elle dire ? Pour l'instant, il n'y avait rien de sûr. Elle choisit de parler travail :

— On a eu un patient très fiévreux. On a réussi à baisser sa température, mais je ne sais pas pour combien de temps et j'espère que ce n'est pas grave. Je sais que tu t'occupes principalement des enfants, mais est-ce que tu peux le garder à l'œil ?

— Bien sûr. Ça devrait être calme, de mon côté, et je fais ce qu'il y a à faire, quel que soit l'âge du patient. Mais tu as l'air bouleversée. Il y a eu un problème grave ?

— Non. Mais je croyais qu'on travaillait toujours ensemble, alors j'ai été un peu étonnée quand Kristina est arrivée. Elle a dit que tu travaillais la nuit, maintenant.

Il se passa la main dans les cheveux.

— Ah ! j'aurais dû t'en parler avant. Comme Chase disait qu'il manquait de personnel médical, la nuit, je me suis proposé.

— Alors, ça n'a rien à voir avec… nous ?

Il expira lentement.

— J'ai pensé que ce serait plus facile… Tu sais… Le déclic. Juste une précaution.

— Bien sûr. Bonne idée.

Donc, c'était bien à cause d'elle. Le cœur de Claire se serra douloureusement. Elle scruta le visage d'Ethan, d'abord ses yeux, puis sa bouche, et une douce chaleur se répandit en elle. Comment pouvait-elle être à la fois contrariée et excitée ?

— J'ai l'impression que tu n'es pas d'accord, dit-il.

— Si. Nous en avons parlé, il n'y a pas de souci.

Il y en avait un gros, au contraire. Comment parviendrait-elle à lui dire qu'ils allaient peut-être être liés à jamais, alors qu'il mettait de l'espace entre eux ?

De nouveau, il avait ce demi-sourire et elle brûlait de l'embrasser.

— Si nous ne freinons pas, dit-il, nous serons tous les deux au chômage, et adieu la liberté et l'aventure que tu recherches.

— Je vois. Très bien. Je vais y aller. Bon travail, dit-elle en s'engageant dans l'escalier.

Il la retint par le bras.

— Je croyais que c'était ce que tu voulais ! Pourquoi tu t'en vas comme une voleuse ?

— Je vais prendre une douche et me reposer.

Et te donner l'espace que tu souhaites.

Au bord des larmes, elle descendit les marches à la hâte.

8.

Ethan posa son sac au guichet de la réception, à l'hôtel. Celui-là même où ils s'étaient rencontrés pour la première fois. Un peu plus loin, Claire bavardait avec Kristina et Fatima. Lorsqu'elle se retourna, Claire l'aperçut et lui sourit.

Les prochains jours allaient être une torture s'il ne pouvait pas la toucher – et il ne pouvait pas.

Il la vit dire quelque chose à ses compagnes, qui hochèrent la tête et se dirigèrent vers l'ascenseur, puis elle rejoignit Ethan.

— Je suis désolée de m'être esquivée aussi vite, hier, lui dit-elle, mais j'étais épuisée.

— Je comprends tout à fait. Les derniers jours ont été chaotiques.

Il détestait la politesse un peu raide qui régissait désormais leurs relations, mais elle était nécessaire.

— Fuaad te remercie de t'être occupée de lui, il m'a demandé de passer le message, dit-il.

Le visage de Claire s'éclaira et il retrouva un peu de leur ancienne complicité.

— Il va mieux ?

— Sa température est encore très instable, mais il est hospitalisé à Marseille et, avec un peu de chance, les médecins vont trouver ce qu'il a. Sans doute une infection tropicale quelconque. Il y en a plus qu'il n'en faut, en Afrique.

Il crut voir comme de la peur, dans ses grands yeux bruns.

— C'est contagieux ?

— Ça dépend de ce que c'est. Mais je suppose que nous avons tous respecté les protocoles de précaution ?

— Bien sûr.

— Nous ne connaîtrons sans doute jamais le fin mot de l'histoire, puisque nous revoyons rarement nos patients. Sauf quand ils reviennent travailler avec nous, comme Akil et Fatima. Je peux me renseigner, si tu es inquiète.

Elle se mordit la lèvre.

— Ce serait bien d'en savoir un peu plus, si nous voulons reconnaître les symptômes par la suite.

Il devina qu'il n'y avait pas que cela, mais quoi ?

— Tu te sens mieux ? Tu semblais à bout, hier.

— Ça ira bien quand mes jambes fonctionneront correctement. Et toi ?

— En pleine forme.

Il prit la carte clé que lui tendait l'employé et se dirigea vers l'escalier, préparant ses propres jambes fatiguées à la montée jusqu'au onzième étage.

Mais elle l'avait suivi.

— Je voulais juste te dire que les filles et moi nous allons faire du shopping, mais ensuite nous comptons dîner dans un restaurant du port. Tu veux nous rejoindre ? Je pense que Chase sera là, ainsi qu'Akil et d'autres membres de l'équipe.

— Je n'ai pas encore dormi. Je vais m'allonger et voir à quelle heure je me réveille.

— Tu veux que je t'envoie l'adresse du restaurant par SMS ?

— Bien sûr.

— Tu ne viendras pas, c'est ça ?

— Je n'en sais rien.

Le problème, c'était qu'il souhaitait passer le plus de temps possible avec elle pendant ces trois jours, mais après leur dernier baiser il avait conscience de trop s'impliquer dans cette relation, et devinait que c'était réciproque. Si elle avait été tellement affectée par son changement de service, ce serait bien pire lorsqu'ils se feraient leurs adieux.

Après l'avoir quittée, il grimpa l'escalier, s'installa dans sa chambre et se glissa entre des draps frais. Malheureusement, le sommeil tarda à venir. Tout en se tournant et se retournant dans le lit, il s'efforça de chasser les images qui défilaient dans sa tête à la façon d'un vieux film : l'ascenseur, son sourire, la neige, l'obscurité, son sourire…

Lorsqu'il se réveilla en sursaut, il était 21 h 02. Il avait dormi tout l'après-midi et une partie de la soirée. Il avait manqué le dîner et Claire devait penser qu'il voulait l'éviter.

Si c'était le cas, il s'était du même coup exclu de l'équipe, ce qui n'était jamais une bonne chose. Au cours de missions comme la leur, la camaraderie était très importante et favorisait la cohésion.

Chase se trouvait-il avec eux ? Il l'imaginait, assis légèrement à l'écart et ne disant pas grand-chose. En s'isolant dans sa chambre, Ethan avait-il également fait en sorte de ne pas croiser le chemin de Chase ?

Claire lui avait dit qu'il devrait briser cette barrière, entre eux. Mais était-ce possible ?

Complètement réveillé désormais, il prit une douche et s'habilla avant de descendre au rez-de-chaussée. Si Chase n'avait pas accompagné le groupe, il savait exactement où le trouver. Le moment de discuter avec lui était peut-être arrivé.

Ignorant l'ascenseur, il dévala l'escalier et parvint très vite dans le bar. Chase était assis à l'endroit précis où Ethan s'était trouvé trois semaines auparavant. Il se jucha près de lui, sur un tabouret.

— Je pensais bien que tu serais là. Whisky soda pour moi, dit-il au serveur, et la même chose pour lui.

Chase hocha brièvement la tête en guise de remerciement.

— Je profitais du calme qui règne ici.

Il n'en avait pas eu assez sur le bateau, pendant ses longues stations sur le pont ? Ethan haussa les épaules.

— Je peux m'en aller, si tu veux.

— Tu as commandé une boisson. De toute façon, je

voulais te remercier. Sans toi, on n'y serait pas arrivés. Je sais que tu as tout laissé tomber pour venir.

Ce qui, dans le langage de Chase, voulait dire « merci ».

— En réalité, j'étais entre deux jobs. Et je te le devais. Je te l'ai dit, cette nuit-là.

Quelque chose passa dans les yeux de Chase, quelque chose qui voulait dire : « Ne t'aventure pas sur ce terrain. » Mais ils devaient s'y rendre, même s'ils n'en avaient envie ni l'un ni l'autre.

C'était ça ou l'autodestruction.

— Je n'aurais jamais cru que nos chemins se croiseraient de nouveau, dit Ethan.

— Il me semble que tu t'es arrangé pour que ça ne soit pas le cas, répondit Chase en fixant son verre. Tu n'as même pas assisté aux funérailles.

Ethan frissonna. Quatre vies perdues. Les parents accablés. La minute de silence dont il avait l'impression qu'elle avait duré toute sa vie.

— J'étais à l'hôpital.

Le visage de Chase exprima une certaine émotion.

— J'ai entendu dire que tu avais eu deux vertèbres fracturées.

— La guérison a pris du temps. Plus une jambe déficiente pendant quelque temps.

Mais Ethan n'était pas là pour parler de lui. Il voulait savoir comment un gamin de dix-sept ans avait pu choisir qui il devait sauver ou ne pas sauver.

— On ne surmonte jamais tout à fait ce genre d'épreuve, dit-il.

Chase tressaillit, mais ne répondit pas. Il n'était peut-être pas prêt à en parler, mais Ethan comptait bien ne pas laisser échapper cette occasion de comprendre, même s'il lui en coûtait à lui aussi.

Il prit une profonde inspiration avant de commencer lentement :

— J'ai besoin de te remercier de m'avoir sauvé, Chase,

et aussi de te dire combien je suis désolé pour Nick. Je ne me rappelle plus si je l'ai déjà fait. À vrai dire, en dehors du froid, de l'obscurité, de la douleur et de ta voix, je ne me rappelle pas grand-chose. Mais je sais que tu as dû choisir entre moi et ton meilleur ami et que c'est moi que tu as sauvé.

Les épaules de Chase se courbèrent.

— Non, Ethan…

— Sache que je m'efforce d'en être digne. Il ne se passe pas un seul jour sans que je pense que les choses auraient pu être différentes, que Nick aurait pu survivre… et ça me ronge.

Tu as intérêt à en valoir le coup.

Levant la tête, Chase croisa le regard d'Ethan.

— Il n'allait pas survivre, Ethan. Il était écrasé sous trois énormes poutres. Je ne pouvais rien faire, sauf éventuellement lui dire au revoir et m'assurer qu'il n'était pas seul au moment de mourir. Mais c'était impossible, alors que j'avais la possibilité de te sauver. Tu comprends ?

— Mais je croyais que tu avais choisi entre nous ?

— Ce n'était pas un choix. Nick était sans doute déjà mort et tu t'accrochais à la vie. Tu étais un emmerdeur, Reid, mais tu ne manquais pas de volonté. Tu étais le seul à avoir une chance. Je n'ai pas su gérer la situation… J'étais en colère et j'avais perdu mon meilleur ami.

Jusque-là, Ethan avait toujours cru que Nick était mort *parce que* Chase l'avait sauvé.

Chase toussota.

— Je n'aurais pas dû te laisser croire que je te reprochais la mort de Nick, parce que ce n'était pas le cas.

Ethan se tut un instant. Il s'était senti coupable pendant seize longues années. Savoir qu'il ne l'était pas le soulageait un peu, mais il avait toujours l'impression qu'un poids pesait sur sa poitrine… bien qu'il soit plus léger.

Il avait encore un doigt de bourbon à terminer.

— Tu sais ce que sont devenus les autres ? J'ai appris qu'Eddie avait gagné la médaille d'argent à Whistler. Et en tant qu'avocat, Cam est le champion de la défense des droits de l'homme.

— Apparemment, la plupart des rescapés ont choisi un travail qui consiste à aider les autres.

— Le monde a besoin de gens comme ça, non ?

— Oui, même si, heureusement, tous n'ont pas à passer par ce qu'on a subi.

— Tu y penses souvent ?

— Tout le temps. Ça me dévore de l'intérieur. Je me demande pourquoi je m'en suis sorti sans une égratignure. Pourquoi moi ? Et pourquoi pas Nick ?

— Ouais.

Le chagrin qui crispait le visage de Chase poignarda Ethan.

— Et pourquoi je peux marcher, parler et respirer, avoir un avenir, et pas eux, dit-il.

— Il n'y a pas de réponses à ces questions.

Tu ferais bien d'en valoir le coup.

Dieu savait qu'il essayait de toutes ses forces. Même si Chase n'avait pas vraiment pensé ce qu'il lui avait dit, il n'en restait pas moins qu'il était un survivant.

— Nous devons vivre pour eux, tu ne crois pas ?

Désormais, Ethan savait à quoi Chase pensait, lorsqu'il contemplait la mer. Il leva son verre. Ils ne pouvaient peut-être pas lever leurs verres à la santé l'un de l'autre, mais au moins trinquer en honneur de ceux qui étaient partis trop tôt.

— À Nick, Liam, Mac et Johnny.

— Qu'ils reposent en paix.

Il y eut un dernier échange de regards. Hochant de nouveau la tête, Chase vida son verre.

Quelques secondes plus tard, il avait quitté le bar.

Trop secoué et réveillé pour aller se recoucher, Ethan commanda un autre whisky pour calmer ses nerfs.

La conversation avait été âpre et douloureuse, mais elle avait le mérite d'exister.

C'était un début.

9.

Ethan ne les avait pas rejoints au restaurant, ce qui n'avait rien d'étonnant. Quand Ethan décidait quelque chose, il allait jusqu'au bout.

Claire attendait l'ascenseur avec Fatima et Kristina. Prenant une profonde inspiration, elle essaya de ne pas penser à ce qui s'était passé dans cette cabine et qui n'arriverait plus jamais.

Elle n'avait toujours pas eu ses règles et elle allait bien devoir se décider à acheter un test. Pendant le repas, elle avait eu du mal à trouver une excuse pour ne pas vider avec l'équipe le nombre astronomique de bouteilles de vin commandées.

Le lendemain, elle devrait trouver le moyen de s'esquiver pour se rendre dans une pharmacie.

— Claire ? fit Kristina en maintenant les portes ouvertes. Vous avez l'air à des kilomètres d'ici.

— Je suis crevée et je suis contente d'aller dormir.

Au moment où elles parvenaient au onzième étage, la porte coupe-feu de l'escalier s'ouvrit brusquement devant un Ethan au visage sombre et tourmenté.

— Ethan…, murmura Claire, sentant le rouge lui monter aux joues.

Il sembla surpris de les voir.

— Oh ! salut. Désolé de ne pas être venu au restaurant.

Claire ouvrit la bouche pour répondre. Les seules phrases

qui lui venaient à l'esprit étaient : « Je suis enceinte » et « Embrasse-moi », ce qui n'était pas vraiment le moment.

— C'est dommage, parce qu'on a passé une excellente soirée, réussit-elle à articuler. Bonne nuit.

— Bonne nuit, répondit-il en passant près d'elles sans les regarder.

Claire se tourna vers Kristina.

— On tire à la courte paille pour savoir qui prendra sa douche en premier ?

— La première arrivée a gagné, répondit Kristina en riant.

Ethan glissait sa carte-clé dans la fente.

Dis quelque chose.

Pas devant les autres.

Claire retint sa respiration quand il ouvrit la porte et la referma derrière lui.

— Dormez bien, les filles ! lança Fatima en entrant dans sa chambre.

Claire sursauta. Kristina glissa à son tour la carte dans la fente. Ethan était tout proche et il n'avait aucune idée de ce qui la tourmentait ou de ce qui grandissait dans son ventre... D'accord, de ce qui grandissait *probablement* dans son ventre. Il ignorait à quel point sa vie pouvait changer irrévocablement. S'il la repoussait, repousserait-il aussi son enfant ?

Mais tant qu'elle ne serait pas sûre, inutile de lui infliger une nuit d'insomnie. Claire s'apprêtait à rentrer dans la chambre, quand Kristina murmura :

— Il avait une mine affreuse.

— Comme nous tous, sans doute.

— Ce n'est pas son genre, de passer à côté de nous sans un sourire. L'une de nous devrait peut-être aller voir s'il va bien.

Claire frissonna. Pas question qu'elle aille cogner à sa porte et se couvre de ridicule !

— J'irais bien, mais... C'est compliqué.

— C'est à moi de le faire, alors ?

La suggestion sonna comme un ultimatum.

— Très bien, dit Claire, j'y vais.

Sans se laisser le temps de perdre tout courage, elle frappa. Ethan ouvrit, torse nu, uniquement vêtu d'un boxer. Dans l'ascenseur, elle s'était agrippée à ces épaules, elle avait passé ses paumes sur cette peau bronzée, mais elle n'avait pas vraiment vu son corps, dans la pénombre.

À demi nu, Ethan Reid était aussi parfait qu'elle l'avait rêvé. Elle parcourut du regard chaque muscle et chaque contour. Submergée par le désir, elle ne put s'empêcher de baisser les yeux vers le boxer sombre.

Seigneur ! Il lui suffisait de le voir pour être perdue !

Puis elle se rappela le plan déclic et pinça les lèvres.

Levant la tête, elle plongea dans les prunelles bleues.

— Claire ? dit-il en reculant d'un pas. Tu veux quelque chose ?

Oui, s'il te plaît ! Je veux tout ça. Tout !

Sans répondre, elle pénétra dans la pièce. La chambre était plongée dans la pénombre et les rideaux encore ouverts. De là où elle était, elle pouvait voir les lumières du port et la silhouette arrondie de leur bateau.

— Euh… Je voulais savoir si tu allais bien. Tu sembles…

Crevé, tourmenté… magnifique.

— Je me faisais du souci, dit-elle. Enfin, *nous* nous faisions du souci quand tu n'es pas venu dîner. J'ai dit aux autres que tu dormais sans doute, mais on a quand même voulu s'assurer que tu n'étais pas malade.

— J'ai parlé à Chase.

— Tu l'as fait ? Vous avez parlé de l'avalanche ?

— Oui, et de tout le reste.

— Comment a-t-il réagi ?

— Il était sur le qui-vive, à vif.

Comme lui maintenant.

Il versa du cognac dans deux verres.

— J'ai acheté une bouteille à la boutique de l'hôtel, dit-il.

Chase souffre le martyre, il se sent coupable de vivre et se flagelle chaque jour depuis seize ans.

— Vous êtes deux.

Prenant le verre sans l'intention de le boire, elle s'assit près de la fenêtre, sur le seul fauteuil de la pièce, pendant qu'Ethan en faisait autant sur le bord du lit.

— Je ne sais pas si nous serons un jour capables de mettre tout ça derrière nous, dit-il.

— En tout cas, c'était un premier pas. Tu ne peux pas espérer que tout soit réglé en une seule conversation.

Il but une gorgée d'alcool, fit la grimace et posa son verre sur la table de chevet.

— Je ne suis pas certain de renouveler l'expérience. J'ai eu mon comptant.

— Dis-moi ce qu'il a dit.

— C'était étrange. Il n'avait clairement pas envie d'évoquer ces souvenirs, mais c'était la seule chose à faire. L'occasion ne se serait peut-être pas présentée de nouveau. Il m'a dit quelque chose qui m'a surpris : qu'il n'avait pas vraiment eu à faire de choix, parce que, quand il m'a secouru, Nick était déjà mort. Ou du moins il n'avait aucune chance de survivre.

— Donc, tu n'es pas responsable de la mort de Nick ! Tu dois te sentir soulagé.

Les yeux bleus s'assombrirent.

— J'ai passé tant de temps à penser que j'étais à blâmer… Et, tout d'un coup, ce n'est plus le cas. J'ai consacré ma vie à faire mes preuves, la vérité devrait me libérer, mais en réalité je ne sais pas où j'en suis. Parce qu'il y a encore ce besoin de continuer, profondément ancré en moi.

Posant son verre sur le bord de la fenêtre, elle prit les mains d'Ethan dans les siennes. Elle savait que son mal-être n'était pas seulement dû à ce qui était arrivé cette nuit-là, mais aussi au manque d'affection de ses parents. Il avait attendu que quelqu'un lui dise qu'il était digne d'amour et d'estime. Comme ce n'était jamais arrivé, il s'était efforcé de se le prouver à lui-même.

— Regarde tout le travail que tu as accompli inlassablement.

Il laissa échapper un profond soupir.

— Je me rappelle que j'étais étendu dans le noir, persuadé que j'allais mourir. Il m'a semblé que Chase disait qu'il devait choisir entre Nick et moi… J'ai peut-être mal compris. Le bâtiment craquait de tous les côtés, d'une minute à l'autre il allait m'engloutir. J'étais submergé par la panique et, quand j'ai entendu sa voix, j'avais juste envie de le supplier de me choisir. J'ai été lâche.

— Ce n'était pas de la lâcheté, c'est l'instinct de survie.

Le cœur de Claire se brisa à la pensée de ce jeune garçon qui avait dû affronter la perte de camarades. Ses parents ne l'avaient pas soutenu, alors il avait tenté de se racheter par ses propres moyens… En soignant des gens. Il était sorti de cette épreuve compatissant, solide et compétent.

— Personne ne peut te reprocher d'avoir voulu survivre, dit-elle.

— Personne, sauf moi.

Le silence régna un long instant dans la chambre. Ethan fixait Claire, semblant la boire des yeux. Elle aurait voulu l'embrasser, effacer cette douleur poignante qui lui faisait si mal, mais c'était impossible.

Se penchant vers elle, il lui caressa la joue.

— Je sais que mon changement d'emploi du temps t'a bouleversée, mais je ne voyais pas d'autre solution. Je devais te tenir à distance parce que, dès la première fois où je t'ai vue, dans le bar de l'hôtel, j'ai eu envie de toi. Encore, encore et encore. Je ne pouvais pas continuer de travailler à ton côté sans vouloir te toucher, t'embrasser, te prendre dans mes bras.

Elle ne doutait pas de sa sincérité, mais tout changerait quand il apprendrait son retard de règles.

— Écoute, Ethan, j'ai quelque chose à te dire.

Il posa brièvement un doigt sur ses lèvres.

— Non.

— Ethan…

— On a assez parlé…

Les protestations de Claire se perdirent dans sa gorge tandis qu'il l'embrassait sur la bouche. Le monde réel se trouvait au-delà de cette porte, mais dans cet espace clos il n'y avait pas de place pour les mots, seulement pour les caresses et les sensations.

Les baisers d'Ethan allumaient le feu dans son ventre, sa langue dansa avec la sienne avant de tracer un sillon brûlant le long de son cou. Lorsqu'il écarta les pans de son chemisier et se mit à sucer l'un de ses mamelons, à travers la dentelle de son soutien-gorge, elle laissa échapper un long gémissement.

Comme elle posait la main sur son sexe dressé, sous le tissu du boxer, il lui saisit la main.

— La dernière fois, tout s'est passé trop vite, dit-il. Je veux explorer ton corps. Nous avons toute la nuit.

Tout le week-end, même, avant de retourner sur le bateau ! Elle prit soudain conscience qu'elle voulait plus… Toute une vie ! Mais c'était impossible, alors elle prendrait toutes les précieuses secondes que le destin lui accordait.

L'attirant vers lui, il la coucha sur le lit et s'étendit auprès d'elle, si proche, qu'elle sentit la force de son désir contre sa cuisse. Il la déshabilla lentement, sans cesser de la contempler avec une sorte de vénération.

— Tu es stupéfiante, Claire. Tu me coupes littéralement le souffle. Je n'arrive pas à aligner deux pensées sensées, quand tu es près de moi, j'ai juste envie de faire ça… Tout le temps… Tu comprends que, du coup, il est difficile de soutenir une conversation polie en ta compagnie.

Il lui adressa le fameux sourire en coin qui la rendait folle de désir. Elle voulait qu'il la touche, qu'il entre en elle. Elle était venue pour le réconforter, mais ce dont elle avait besoin maintenant, c'était du réconfort de ses caresses.

Tout en souriant, il tira sur l'élastique qui retenait sa queue-de-cheval. Quand les cheveux de Claire tombèrent sur ses épaules, il secoua la tête, les yeux étincelants.

— Tu es belle, Claire. Si belle que ça me serre le cœur. Je ne sais pas ce qui m'arrive, mais je n'arrête pas de penser à toi.

Se penchant, il prit un mamelon entre ses lèvres. Elle glissa les doigts dans ses cheveux et gémit lorsqu'il passa d'un sein à l'autre. Tout en riant, il descendit vers son ventre et elle sentit la rugosité de sa mâchoire contre sa peau. Un instant plus tard, il explorait son intimité du bout de la langue.

Quand il glissa ses doigts en elle, elle fut excitée comme elle ne l'avait jamais été de toute sa vie. Cette douce torture était à la fois délicieuse et insuffisante. Elle se tortilla pour l'inciter à la pénétrer, mais il persista. Le plaisir monta, monta jusqu'à ce qu'elle ne puisse pas tenir plus longtemps et se mette à crier.

Ensuite, elle resta un instant les yeux fermés. Le sexe dur d'Ethan caressait sa cuisse. Se redressant, elle tira sur le boxer et le fit glisser le long de ses jambes. Parvenue à ses fins, elle caressa le membre dressé avant de déposer un baiser sur son extrémité. Lorsqu'elle le prit dans sa bouche, ce fut au tour d'Ethan de gémir.

— Arrête ! Je veux te pénétrer.

— Pardon ? fit-elle en riant.

— Maintenant, grogna-t-il.

Mais elle ne céda pas.

— S'il vous plaît, monsieur le Chevalier, n'abandonnez pas vos bonnes manières.

— Claire !

Il rit et la renversa sur le lit d'un mouvement souple. Elle dut ensuite attendre un instant pendant qu'il enfilait un préservatif.

L'espace d'un instant, elle eut envie de lui dire que c'était inutile, mais toute logique s'évapora lorsqu'il posa son regard ardent sur elle.

Elle hocha la tête.

Sans la quitter des yeux, il la pénétra.

— Oui, murmura-t-elle.

— Oui.

Maintenant les mains de Claire contre son cœur, il commença à aller et venir lentement en elle. Puis le rythme changea. Prenant ses hanches dans ses mains, il s'enfonça en elle de plus en plus vite et de plus en plus fort. Elle s'agrippa aux bras d'Ethan, puis à ses fesses pour le sentir en elle encore plus profondément. Ensuite, elle ne put contrôler l'orgasme qui l'emportait. Il la tint fermement pendant qu'elle s'abandonnait en criant son prénom dans l'obscurité. Il la serra dans ses bras pendant qu'elle explosait. Alors seulement, il succomba à son tour à la jouissance.

Bien longtemps plus tard, il l'embrassa longuement et lentement, la serrant contre lui comme si elle était son ancre.

10.

Étendu sur le dos, la tête sur l'oreiller, Ethan murmura :

— Bon sang, Claire, c'était… Waouh ! Je ne savais pas que deux personnes pouvaient se procurer mutuellement de telles sensations. Tu es vraiment quelqu'un !

Claire posa la tête sur son épaule, ne trouvant pas de mots pour décrire ce qu'elle venait de vivre.

Il enfouit son nez dans ses cheveux.

— Kristina ne sera pas fâchée, si je t'emprunte les jours prochains ? Je n'en ai pas terminé avec toi.

— Intéressant.

Elle soupira, imaginant ces deux journées à flâner au lit avec lui. Le rêve… Mais c'était tout ce que c'était : un rêve. Parce qu'à la seconde même où la réalité les heurterait de plein fouet tout s'arrêterait brusquement.

— Je vais sûrement m'arranger pour que ce soit intéressant, gronda-t-il à son oreille.

— Tu en es capable. Mais nous avions projeté de visiter la ville. J'ai promis à Kristina de l'emmener chez un extraordinaire chocolatier et aussi dans le restaurant qui fait la meilleure bouillabaisse, sur la Corniche. Tu peux nous accompagner, si tu veux.

— Je n'ai pas envie de connaître autre chose de Marseille que cette chambre. Avec toi dedans, si possible.

Bien sûr… Il détestait la France.

Du bout des doigts, il lui traçait des cercles sur le ventre.

— J'ai encore envie d'être en toi.

— Déjà ?

— Tu me rends fou.

Elle aussi voulait passer ces deux jours avec lui, mais elle lui devait la vérité.

Elle lui prit la main.

— Stop !

— Quelque chose ne va pas ?

— Je crois que je suis enceinte.

— Quoi ? Au bout de cinq minutes ? dit-il en riant. Tu es voyante ?

L'attirant contre lui, il enfouit son visage dans son cou. Comme elle ne répondait pas, il s'immobilisa.

— Ce n'est pas une plaisanterie, dit-elle. J'ai un retard de règles, Ethan. Cela date de notre première fois, dans l'ascenseur. Je n'ai pas encore fait de test, mais normalement j'ai un cycle très régulier. Vingt-huit jours, pas un de plus.

Comme il ne répondait pas, elle murmura :

— Dis quelque chose, Ethan.

— On a utilisé un préservatif.

Ce n'était pas exactement ce qu'elle souhaitait entendre.

— Je sais.

Inutile de lui expliquer qu'aucune contraception n'était sûre à cent pour cent. En tant que médecin, il le savait parfaitement.

Il y eut un autre silence, encore plus douloureux.

— Tu es certaine qu'il est de moi ?

— Bien sûr que oui, Ethan. Tu es la seule personne avec qui j'ai fait l'amour depuis un an.

Elle ferma les yeux pour empêcher les larmes de couler.

— Et… Qu'est-ce que tu comptes faire ?

La voix d'Ethan était froide. Elle l'imagina en train de se demander comment il allait se sortir de cette situation.

— Si je suis enceinte, je vais le garder.

Elle avait envisagé toutes les options et c'était sa décision. Dans sa famille, les bébés étaient les bienvenus, quelles que soient les circonstances.

— Bien entendu, dit-il.

— Rien n'est encore certain, Ethan.

— Je te connais suffisamment pour savoir que tu ne m'en aurais pas parlé si tu ne pensais pas qu'il y a de grandes chances pour que ce soit vrai.

— Je te l'ai dit parce que je ne pouvais pas rester ici et faire comme si de rien n'était. Mais maintenant, je regrette de ne pas avoir attendu les résultats du test.

— Non. Tu as bien fait.

— Tu ne le penses pas vraiment.

Il n'était pas un très bon menteur. Son corps crispé démentait ses paroles et il semblait à des années-lumière d'elle, désormais. Elle s'assit près de lui. Un seul coup d'œil à son visage sombre confirma ses soupçons.

— Il n'y a pas de problème, je peux me débrouiller seule.

Elle venait de prendre une décision. Elle allait se détendre, parce que le stress n'était bon ni pour elle, ni pour le bébé. Elle sortirait comme prévu avec Kristina et se garderait un peu de temps pour elle.

— J'achèterai un test demain, dit-elle, mais je ne m'en servirai que de retour sur le bateau.

Il hocha la tête. Depuis qu'elle avait lâché sa bombe, il ne l'avait pas touchée et il n'avait pas souri. De nouveau, il avait cette même expression tourmentée que lorsqu'elle avait frappé à sa porte.

— C'est ton choix et je n'ai pas à l'influencer, Claire, mais, si tu es enceinte, je ne veux pas que tu restes à bord.

— Et ensuite, quoi ? Je perds mon job et je gâche ma vie juste parce que j'attends ou non un bébé ? Tu sais comme moi que les risques de fausse couche existent et que, pour toutes sortes de raisons, une grossesse peut mal tourner. Donnons-nous le temps de nous habituer à cette idée et voyons ce qui se passe. Si ça se trouve, le mal de mer a juste perturbé mon cycle.

Il claqua des doigts, comme s'il venait de comprendre quelque chose.

— Fuaad ! Tu t'inquiétais de la fièvre de Fuaad à cause du bébé ?

— Oui, entre autres choses. Mais j'ai été vaccinée avant d'embarquer et nous avons respecté les protocoles. Je vais bien et je t'en prie, ne dis rien à personne.

— Comment serait-ce possible ? Ce sont ton corps et ta décision, mais, dès que nous aurons une certitude, il faudra que tu parles à Chase. Si je crois une seconde que tu es en danger, je te ramène au rivage moi-même.

— Je peux veiller sur moi-même et sur cet enfant. Tout ira bien pour nous.

Nous ?

Même si elle tentait encore de se convaincre du contraire, elle était désormais certaine qu'une petite vie grandissait en elle et que ce bébé allait avoir besoin de toute la force de sa mère.

— En tout cas, je m'assurerai que vous ne manquiez de rien.

— En virant de l'argent sur un compte depuis le Darfour ? On n'est plus au XIXe siècle, tu sais. Je n'attends rien de toi et je me débrouillerai parfaitement toute seule.

Le cœur battant, elle se leva et ramassa ses vêtements.

— Qu'est-ce que tu fais ? demanda-t-il.

Elle se rhabilla en retenant ses larmes.

— Je retourne dans ma chambre.

— Reste là, Claire !

C'était la première fois qu'elle l'entendait élever la voix. Mais elle avait besoin d'espace.

— Je ne peux pas.

Un bébé ?

Ethan secoua la tête. Si Claire était enceinte, rien ne serait plus jamais comme avant. Jusqu'à présent, il avait toujours fait en sorte que cela n'arrive pas. Ils avaient pourtant été prudents… *Il* avait pris des précautions, cette nuit-là.

Depuis Naples, il avait tout fait pour ériger un mur entre

Claire et lui, mais il avait suffi qu'elle cogne à sa porte pour qu'il oublie tout et fasse l'amour avec elle.

Mais ça ? Un enfant ?

Il n'était pas du bois dont on faisait les pères… ou les maris. Une existence nomade dans un désert africain n'était pas adaptée à une famille. De toute façon, il n'envisageait pas de vivre en France, et Claire voudrait certainement être entourée par des proches qui l'aimaient.

D'ailleurs, que savait-il de l'éducation d'un enfant ? Bien sûr, il était pédiatre et il avait même écrit des articles sur le sujet. Mais père ? Jamais de la vie !

Il jeta l'oreiller imprégné du parfum de Claire à travers la pièce. Il y avait peu de chances pour qu'il trouve le sommeil, désormais.

Pourtant, une petite lueur avait jailli au plus profond de lui, quand Claire avait prononcé le mot *enceinte*. Une lumière qui avait fait surgir en lui un espoir comme il n'en avait pas connu depuis longtemps. Malheureusement, toutes les conséquences de cette grossesse, quand il les avait examinées, avaient tué cet espoir dans l'œuf.

Il essaya de prendre une douche chaude, puis une froide, mais rien ne put le calmer. Il était trop anxieux pour réfléchir, trop énervé pour boire de l'alcool et trop stressé pour parler avec Claire.

Le lendemain, Ethan ne vit pas Claire de toute la journée. Après avoir en vain frappé à sa porte, il lui avait envoyé un SMS – resté sans réponse – dans lequel il lui proposait de discuter. Il supposait donc qu'elle avait visité la ville avec Kristina et gardait ses distances avec lui. Il n'avait pas vu Chase non plus et le lendemain soir il décida de sortir, en espérant qu'un peu de marche lui ferait du bien.

Ce ne fut pas le cas. Après avoir parcouru quinze kilomètres, croisé des bébés en poussettes, regardé un bambin s'éclabousser joyeusement à une fontaine et vu des jumeaux d'environ dix-huit mois trotter le long de la Corniche, il rentra à l'hôtel.

Le monde était soudain rempli de bébés, où qu'il aille…

Et toujours ce leitmotiv : « Claire est enceinte », « Claire est enceinte ».

Ça ne l'aidait pas. Serait-il comme son père ? Distant et difficile ? Il n'en avait pas connu d'autre.

En montant quatre à quatre l'escalier, il fut surpris d'éprouver autant d'excitation que de panique.

Après avoir pris une douche rapide, il envisageait différentes options pour le dîner quand il reçut un SMS de Kristina :

Il y a quelqu'un pour vous à l'accueil.

Ce n'était pas Claire qui le lui avait envoyé. Elle était blessée par sa faute. Il aurait dû mieux réagir, mais il avait été trop choqué pour adoucir sa réponse. Ce n'était pourtant pas une excuse pour s'être montré aussi froid.

Il descendit à la réception où il eut la surprise de se trouver face à Mariam.

— Mariam ? Bonjour ! Et voilà la petite Awate. Je suis content de vous voir toutes les deux.

C'était sincère. Il n'avait pas souvent l'occasion de revoir ses patients.

Et Claire était là, elle aussi. Le cœur d'Ethan s'emballa à sa vue, tant elle était belle, hésitante et visiblement inquiète. Si différente de la Claire désinhibée avec laquelle il avait par deux fois fait l'amour. À en juger par les fourmillements qui le parcouraient, il la désirait toujours autant.

Mais son regard s'assombrissait lorsqu'elle le posait sur lui. En revanche, ses yeux étincelaient dès qu'elle se tournait vers la mère et l'enfant. En réagissant comme il l'avait fait, il l'avait vraiment blessée.

Fatima se tenait près de Mariam et traduisait :

— Mariam a appris que le bateau était au port, alors elle y est allée dans l'espoir de vous voir. L'équipage lui a dit que vous étiez ici.

— Elle va bien ? demanda Ethan.

C'était visiblement le cas de Mariam… mais pas celui de Claire.

Toujours elle. C'était à elle qu'il pensait en se réveillant et son image qu'il évoquait le soir, avant de dormir, ce qui ne lui était pas arrivé récemment.

Fatima sourit.

— Mariam va bien. Elle veut juste vous remercier tous les deux d'avoir sauvé son enfant.

Claire jeta à Ethan un regard qui signifiait clairement : « Tu vois, il arrive qu'on sache ce qu'ils deviennent », et probablement aussi d'autres paroles désagréables.

— Et Awate ? demanda-t-elle. Comment va-t-elle ?

— Prenez-la, dit Mariam en souriant.

Les yeux humides, Claire prit le bébé.

— Elle est adorable ! C'est incroyable comme elle a grossi et grandi.

En la voyant bercer la petite fille, le visage attendri, Ethan imagina un futur possible… qui ne l'incluait pas. Son cœur se serra, mais il revint très vite à la réalité. Après tout, rien n'était encore sûr.

Ils apprirent que Mariam était sortie de l'hôpital deux jours auparavant. Le bébé allait bien, la maman ne manquait pas de lait et Awate tétait avec appétit. Pour l'instant, elle vivait dans un foyer et espérait trouver du travail si sa demande d'asile était acceptée.

— J'ai de la force pour mon enfant, conclut la jeune mère.

— Je sais qu'elle en a, dit Claire en lui adressant un sourire tremblant. Fatima, dites-lui que je passerai la voir la prochaine fois que je viendrai à Marseille. Je vais lui donner mon numéro de téléphone au cas où elle aurait besoin de quelque chose, ne serait-ce que d'une amie.

Après avoir rendu Awate à Mariam, Claire écrivit son numéro sur un morceau de papier.

Ethan aurait voulu lui conseiller encore de ne pas trop s'impliquer, mais de quel droit l'aurait-il fait ?

En tant que père de son enfant ?

En tant que mari ?

Pourtant, l'idée de s'éloigner d'elle le poignardait en plein cœur.

— Mariam dit qu'elle est fatiguée, traduisit Fatima. Je vais la raccompagner au foyer et je vous retrouve tous au restaurant. Vous y serez ?

Claire jeta à un coup d'œil à Ethan.

— Je ne sais pas encore.

Un instant plus tard, il ne restait qu'eux deux, devant la réception. Ne sachant que dire, Ethan demeura silencieux. Claire posa sur lui des yeux tristes et il sentit un gros poids peser sur sa poitrine.

— Qu'est-ce que tu as fait hier ? demanda-t-il pour dire quelque chose.

— J'ai montré certains sites à Kristina et je me suis couchée tôt. Aujourd'hui, on a fait du shopping. Et toi ?

— J'ai pensé, j'ai marché, j'ai dormi… ou pas.

Il hésita avant de continuer :

— Ce n'est pas ce que tu voulais.

— Avoir un bébé à ce stade de ma vie ne fait pas partie de mes souhaits. Mais on n'a pas toujours ce qu'on veut.

Comme elle haussait les épaules avec résignation, il réprima le besoin de la prendre dans ses bras, ce n'était pas ce qu'elle attendait de lui.

— Mais l'une des qualités de l'être humain est sa faculté d'adaptation, dit-elle. S'il s'avère que je suis enceinte, je m'adapterai.

Elle tapota son ventre.

— S'il te plaît, n'en parlons plus jusqu'à ce que j'aie une certitude. Je n'arrive pas à penser à autre chose et je suis très fatiguée. On était censés faire une pause de trois jours avant de repartir pour trois semaines de boulot et je ne me détends pas du tout. J'aurais besoin de me distraire.

Il aurait bien eu une idée, pour la détendre, mais il doutait qu'elle soit d'accord.

— On pourrait peut-être trouver un terrain d'entente pour nous divertir sans être stressés ? Tu ne voudrais pas oublier un peu tout ça ?

— Je ne vois pas comment ce serait possible.

— Tu n'as pas dit quelque chose, à propos du meilleur chocolatier de la ville ?

Pour la première fois depuis qu'il l'avait tenue dans ses bras, la veille, il vit son visage s'éclairer.

— On irait ensemble ? Tu accepterais de quitter l'hôtel ?

Il ne lui était pas venu à l'idée qu'il pourrait prendre un quelconque plaisir à sortir, en France. Il avait juste voulu la faire sourire, mais c'était peine perdue.

— Bien sûr.

Elle plissa les yeux.

— Tu n'as pas l'air enthousiaste. Tu aimes le chocolat ?

— C'est mon seul vice… Avec la glace, évidemment.

Elle lui sourit. Enfin.

— Et le cognac.

Et toi.

Le problème, c'était qu'elle était à la fois son vice et sa vertu. Il était écartelé entre les deux, incapable de choisir de quel côté s'orienter.

11.

Il faisait encore jour quand Ethan et Claire traversèrent le quartier de La Plaine. Claire s'étonnait elle-même d'avoir accepté de sortir avec lui après la façon dont il avait réagi à la nouvelle de sa grossesse. Pourtant, cette simple promenade emplissait son cœur de joie.

— Ce n'est pas la France dont je me souvenais, dit-il avec un sourire. C'est animé, coloré, vivant…

— Tant mieux. Il n'y a pas que des montagnes et de la neige, dans ce pays.

Il haussa les épaules.

— Je m'en doute, mais c'est drôle comme un seul événement peut influencer votre vie de multiples façons.

Elle était bien placée pour le savoir…

— Tu sens cette odeur de cannelle ? demanda-t-elle. Non seulement c'est l'endroit où on sert le meilleur chocolat du monde, mais on te propose aussi un café marocain extraordinaire. Ça me donne envie de visiter l'Afrique du Nord, quand je respire ces odeurs.

— Je te rappelle que j'y suis souvent allé, répondit-il en riant. Tu as envie de manger quelque chose ?

— Je meurs de faim, oui. Ensuite j'ai mal au cœur avant d'avoir de nouveau faim. Le chocolat passera peut-être.

Elle s'installa à la dernière table de libre, sur la terrasse, et fit signe au serveur d'apporter la carte, après quoi elle passa la commande.

— Je ne sais pas pourquoi je lui demande la carte, je la

connais par cœur. La barre marseillaise est une spécialité artisanale et un vrai délice. Je ne te demande pas ton avis, Ethan, tu vas boire un chocolat chaud, et tu ne discutes pas. Ensuite, tu ne voudras rien d'autre de toute ta vie.

— J'en doute…

Elle imagina ce qu'il avait en tête.

— Franchement, Ethan Reid, quand j'ai dit que j'avais besoin de me distraire, je ne pensais pas à ça.

— Je veux juste te faire sourire.

— Tu y arrives, du moins la plupart du temps, c'est bien le problème.

— D'accord, focalisons-nous sur la nourriture.

Les yeux pétillants, il lui sourit. Elle prit conscience que, s'ils se retrouvaient dans cette situation, c'était précisément à cause de la façon dont il lui avait souri ce premier soir, au bar.

Le serveur revint et leur servit la commande. Ethan but quelques gorgées de chocolat, puis il ferma les yeux comme s'il se pâmait. Tout en secouant la tête avec une commisération feinte, Claire ne put s'empêcher de rire.

— Tu connais bien Marseille ? demanda-t-il.

— J'y ai vécu quatre ans avant de rentrer chez moi.

— Où est-ce, chez toi ? Comment se fait-il que je ne le sache pas ?

— Je te rappelle que nous avons légèrement sauté les étapes. Je viens de Moustiers-Sainte-Marie, près des Gorges du Verdon.

Il frissonna.

— Le Verdon ? Dans les montagnes ?

— Oui. C'est magnifique si tu aimes les églises et la nature. Mais un peu ennuyeux, quand tu y as habité toute ta vie.

— Tu ne voyageais pas en famille, pendant les vacances ?

— Tu plaisantes ! On était cinq enfants et nos parents n'avaient pas les moyens de nous emmener ailleurs. On passait nos congés à courir dans les champs, à grimper les montagnes et à nous baigner dans la rivière.

— Ça a l'air idyllique.

— Tout comme faire du bateau à voile en Grèce, voir des kangourous en Australie ou monter à cheval en Californie.

— Tu peux toujours le faire.

Il se tut une minute, durant laquelle ils surent tous les deux à quoi il pensait. Soudain, la conversation prenait un tour sérieux.

— Tu peux faire tout ce que tu veux, insista-t-il.

Elle avait mal au cœur, mais était-ce à cause de sa grossesse présumée, ou du chocolat ?

— Quand tu as discuté avec Chase, est-ce qu'il a fait allusion à Kristina ? demanda-t-elle.

Il fronça les sourcils.

— On ne parle plus de toi ?

Elle ignora la question.

— Quand ils sont dans la même pièce, ils détournent les yeux chaque fois que leurs regards se croisent. Kristina ne m'en a jamais dit un mot.

— Lui non plus, mais Chase n'est pas du genre à étaler sa vie privée, et surtout pas avec moi. On peut très bien voyager avec un enfant, Claire.

— Je sais, mais ce n'était pas dans mes projets. Je voulais être libre.

De l'autre côté de la place, un homme se mit à jouer de la guitare et un couple relativement âgé se mit à danser en riant. Combien d'obstacles cet homme et cette femme avaient-ils franchis pour danser ainsi, visiblement si proches ? Malgré leurs cheveux gris, ils étaient toujours ensemble.

Ethan et elle n'avaient jamais été « ensemble ». Ils ne savaient presque rien l'un de l'autre et, le lendemain, ils allaient retourner sur un bateau où ils ne connaîtraient plus aucune sorte d'intimité.

Pour l'instant, il était assis près d'elle, ses mains à quelques centimètres des siennes. La veille il était en elle, et aujourd'hui elle était comme une adolescente en compagnie de son premier béguin.

Il la regarda.

— Tu veux danser ?

— Oui. Non. Je ne sais pas. Tout est si compliqué !

— Ce n'est qu'une danse.

— Faux ! Sois honnête, Ethan, tu sais que c'est faux. C'est un rapprochement… On s'embrassera, on ira plus loin, et ensuite on se retrouvera avec le même problème. Et je ne veux pas parler de ce cercle vicieux. Qu'est-ce qui se passera, si le test est positif ?

Elle plongea dans les yeux bleus, cherchant des réponses qu'il était incapable de lui donner, elle le savait.

Il fourra ses mains dans ses poches.

— On trouvera une solution.

Ils se turent un instant, jusqu'à ce qu'Ethan murmure :

— Je crois que tu as fait une touche.

— Quoi ?

Du menton, il désigna le vieil homme qui dansait encore avec sa femme tout en faisant signe à Claire d'approcher.

— Je crois qu'il veut qu'on échange nos partenaires, dit Ethan. Tu vas accepter de danser avec lui ? fit-il avec une grimace.

Il était jaloux ? Ce n'était pas pour déplaire à Claire, qui se leva et marcha en direction du vieil homme. Elle prit sa main, pendant qu'Ethan invitait son épouse.

M. Cabot, ainsi qu'il s'appelait, fit galamment tourner Claire autour de la place tout en bavardant avec elle. Il était en vacances avec sa femme de soixante-deux ans. Ils avaient trois enfants et huit petits-enfants. Jusqu'à sa retraite, dix ans auparavant, ils avaient possédé une boulangerie. Il fut surpris d'apprendre qu'Ethan et Claire « étaient seulement amis ».

— En ce cas, c'est un imbécile, dit-il en esquissant un pas de danse compliqué, ce qui fit sourire Claire. Avec ma femme, ça a été le coup de foudre au premier regard.

Claire s'abstint de répondre qu'elle n'y croyait pas trop. On ne tombait pas amoureux de quelqu'un rencontré dans une pièce, dans un bar ou dans un ascenseur.

— C'est très romantique, dit-elle seulement.

M. Cabot jeta un coup d'œil très tendre à sa femme, qui dansait avec Ethan.

— Dès que j'ai rencontré Adèle, j'ai su qu'elle serait à moi et j'ai fait en sorte qu'elle le sache aussi. Je l'ai volée à un autre type, juste un petit ami. Vous savez ce que c'est, quand on a trouvé la perle rare, on ne la lâche pas.

Claire ne voulut pas lui demander comment on savait qu'on l'avait trouvée. Le cœur battant, elle se tourna vers Ethan, si beau, si inaccessible.

— Vous l'avez volée ? Comment ça ?

M. Cabot était un peu rouge et il respirait vite.

— Il n'était pas sérieux, répondit-il en riant, et il ne la traitait pas correctement. Je voyais bien qu'il ne la rendait pas heureuse, alors je suis allé droit vers eux et j'ai dit : « Nous allons… »

— Monsieur Cabot ?

Il arrêta de danser et ferma les yeux.

— Ouh ! Ma tête !

Soudain, Claire sentit qu'il pesait de tout son poids sur elle et que ses jambes le lâchaient.

— Monsieur Cabot ! Ethan ! Vite !

— Tiens bon !

En quelques secondes, Ethan fut près d'elle. Il soutint le vieil homme et le posa par terre.

— Vous pouvez me parler ? Monsieur…

— Cabot ! dit Claire. Henri Cabot. Il allait bien, il bavardait et tout d'un coup il s'est écroulé contre moi en disant quelque chose à propos de sa tête.

Ethan tapota doucement le visage de l'homme.

— Henri ? *Peux-tu m'entendre ?* demanda-t-il en français.

— Tu veux que je traduise ?

— Mon français est si mauvais ?

— Il est excellent. Mais son débit est pâteux et tu ne comprendras peut-être pas tout ce qu'il te dit.

— Dis-lui que je suis médecin, qu'il reste calme et qu'on va appeler une ambulance. Je n'aime pas cet affaissement, d'un seul côté du visage.

— Tu penses à un AVC ?

Claire avait conscience que ni lui ni elle ne s'occupaient de Mme Cabot qui était restée sur le côté, une main plaquée sur la bouche.

— On ne peut pas en être sûr, répondit Ethan, mais ça y ressemble. Reste près de lui pendant que je demande à quelqu'un d'appeler une ambulance.

— Je m'en occupe.

Claire courut dans le café et s'adressa à un serveur, puis revint avec une couverture pour tenir Henri au chaud jusqu'à ce que les secours arrivent. Ensuite, elle tira une chaise pour faire asseoir sa femme.

— Votre mari a-t-il des problèmes médicaux, madame Cabot… Adèle ?

— Il a un traitement pour sa tension, dit la vieille dame, pâle et choquée. Il a du mal à le suivre parce que…

Elle leva les yeux au ciel, mais son visage exprimait tant d'amour et de peur que Claire en eut le cœur brisé.

— … parce que c'est un homme et on se dispute chaque fois que je lui rappelle de prendre ses comprimés.

Claire transmit l'information à Ethan, qui défit la cravate d'Henri et le col de sa chemise sans cesser de lui poser des questions sur tout et sur rien, pour l'obliger à parler. Malgré la situation, Claire ne put s'empêcher d'admirer la façon dont il utilisait son français rudimentaire.

Henri se tenait la tête et souffrait visiblement.

— Aidez-le, je vous en supplie !

Claire prit les mains tremblantes de Mme Cabot dans les siennes.

— Nous pensons que votre mari fait un AVC.

— Non ! Ce n'est pas possible !

S'arrachant à l'étreinte de Claire, la pauvre femme s'agenouilla auprès de son époux et couvrit son visage de baisers.

— Lève-toi, Henri. Viens danser avec moi.

Henri ferma les yeux.

— Non, Henri ! Ne m'ignore pas.

Les larmes de Mme Cabot coulèrent sur la peau d'Henri, tandis qu'elle lui caressait la joue.

— Tu m'entends, maintenant ? Lève-toi, s'il te plaît !

La gorge serrée, Claire frotta doucement les épaules de Mme Cabot. Médicalement parlant, ils ne pouvaient rien faire sans les remèdes et l'équipement appropriés. Ils devaient juste rester là, au cas où l'état d'Henri se dégraderait.

— Il a besoin de se reposer, dit-elle. Les ambulanciers auront ce qu'il faut pour l'aider. Il m'a dit que vous aviez des enfants. Ils habitent dans la région ?

— Non. À Paris, Québec et Rennes. Pas ici. Il adore danser, dit Mme Cabot en prenant la main d'Henri dans la sienne. C'est comme ça qu'on s'est rencontrés. Il est venu vers moi et il m'a prise dans ses bras. J'y suis toujours restée. Pourquoi il ne serre pas mes doigts ?

— Parce qu'il ne peut sans doute pas se servir de cette main.

Le visage de la femme se plissa.

— Ne le laissez pas mourir. C'est le seul homme que j'aie jamais aimé. Comment pourrais-je vivre sans lui ?

Le cœur de Claire faillit se fendre en deux.

— Vous n'en êtes pas là. L'ambulance ne va pas tarder, laissez-moi prévenir un de vos proches.

— Non. Je ne veux inquiéter personne.

— Ils doivent être mis au courant, ils voudront vous soutenir.

Claire se rendit compte à cet instant qu'elle aussi voulait être entourée par sa famille. Si ce qu'elle soupçonnait devenait réalité, elle aurait besoin de leur soutien. Elle n'avait pas envie de rentrer au village, mais il le faudrait, parce qu'elle n'avait nulle part ailleurs où aller.

Ethan n'y verrait aucun inconvénient, il serait même vraisemblablement soulagé. Une fois ses parents et toute sa fratrie remis du choc qu'elle allait leur infliger, ils l'aideraient.

Oui, elle allait retourner dans ses montagnes.

Elle fut arrachée à ses pensées par la sirène de l'ambulance.

— Très bien, dit Ethan, on va s'écarter pour les laisser travailler.

Il fallut quelques minutes aux ambulanciers pour évaluer l'état d'Henri et Claire traduisit leur rapport pour Ethan. La tension de leur patient était très haute et, ainsi qu'ils le soupçonnaient, il avait fait un AVC qui affectait son débit et causait l'affaissement d'un côté de son visage.

Claire embrassa la vieille dame avant de l'aider à monter dans le véhicule.

— Bonne chance. Prenez soin de vous, Adèle, et embrassez-le pour moi.

— Je le ferai. Merci pour tout.

Jetant un coup d'œil à Ethan, la vieille dame ajouta :

— Restez auprès de lui, ce soir.

Claire regarda Ethan embrasser Adèle à son tour. Auparavant, elle l'avait vu transmettre les informations aux ambulanciers avec le calme et le professionnalisme qu'elle lui connaissait.

Il représentait tout ce qu'elle avait désiré. Elle aurait voulu l'embrasser, faire l'amour avec lui, mais la situation était trop sérieuse pour cela et sa conversation avec Henri l'avait un peu troublée.

Après le départ de l'ambulance, il passa un bras autour de ses épaules et la tentation de se blottir contre lui fut presque irrésistible. Au lieu de cela, elle s'écarta avec un sourire. Il laissa tomber les bras de chaque côté de son corps sans protester.

Tandis qu'ils marchaient en silence, elle s'efforçait de chasser de son esprit l'image de Mme Cabot en train de couvrir de baisers le visage de son mari.

Jusqu'alors, elle n'avait pas cru au coup de foudre,

persuadée que l'amour se construisait au fil du temps. Il n'arrivait pas en trois semaines… Elle ne pouvait pas aimer Ethan, l'homme le plus inaccessible qu'elle avait jamais rencontré.

C'était impossible !

Soudain, la brise marine rafraîchit la température. Claire se mit à marcher très vite en direction de l'hôtel tout en resserrant les pans de sa veste autour d'elle.

Ethan était toujours à son côté.

— Claire ? Attends !

Elle accéléra encore le rythme.

— Il y a trop de pensées qui tourbillonnent dans ma tête. Je ne peux pas attendre, Ethan.

Il lui toucha le coude.

— Je veux être sûr que tu vas bien. On vient de vivre des moments très intenses.

— Ils le sont tous, et non, ça ne va pas.

— Je le sais, mais j'ai juste une chose à te demander.

— Quoi ?

— Fais un test de grossesse, Claire. Quand nous saurons ce qu'il en est, nous pourrons envisager des solutions. D'accord ?

— Je le ferai sur le bateau, comme promis.

De cette façon, il y avait moins de chances que Chase la ramène très vite à terre. Elle pourrait grappiller quelques jours, voire quelques semaines de liberté avant de rentrer chez elle affronter sa famille.

12.

Le jour suivant fut une torture pour Ethan. Trois heures après leur embarquement, ils secoururent un petit canot pneumatique bondé de Soudanais. Au moins, il pouvait parler avec eux dans leur langue, mais le soleil avait été sans pitié et ces hommes – quatorze malheureux qui espéraient trouver le salut – avaient flotté des jours, à la merci du peu de vent qui les poussait.

Pour la plupart, ils souffraient de déshydratation sévère et de brûlures. Certains étaient à peine capables de parler, tant leurs lèvres étaient craquelées et leur gorge à vif.

Le seul point positif était qu'Ethan n'avait pas le temps de penser à Claire et à la façon dont elle était entrée dans l'hôtel sans un mot, la veille. Refusant de boire un verre avec lui, elle était allée se coucher sans explication.

L'un des hommes se tordait de douleur, sur le brancard, et Ethan tentait d'introduire un cathéter dans une veine bien abîmée.

— Il faut que tu restes tranquille, Mustafa.

L'homme arracha la canule hors de sa veine. Le sang jaillit de son bras et coula par terre. Ethan endigua le flot avec une compresse, mais il n'était pas facile de trouver une autre veine.

— Ne bouge plus, mon ami, s'il te plaît.

— Ne me mords pas ! Tu me mords ! Écarte-toi.

L'homme délirait clairement. En se débattant, il rata la mâchoire d'Ethan d'un millimètre.

— Calme-toi. Je veux t'aider.

Claire entra en trombe dans la salle. À la vue d'Ethan, elle devint écarlate.

— Oh ! je ne savais pas que tu étais là ! Tu as besoin d'un coup de main ?

— Il faudrait qu'il arrête de bouger. Tu peux appeler Akil ou quelqu'un d'autre ?

— Je suis là, moi ! Que veux-tu que je fasse ?

— Mustafa a des hallucinations. Je voudrais l'hydrater avec une perfusion, mais il a peur et il se débat tant qu'il peut. Je ne veux pas qu'il te blesse.

— Tout ira bien.

Claire prit la main de Mustafa. En lui parlant gentiment, elle parvint à l'étendre, mais, dès qu'Ethan s'avança avec la canule, l'homme se mit à crier et à le repousser.

— Doucement ! répéta Claire à plusieurs reprises.

Mais alors qu'ils le croyaient plus détendu, Mustafa commença de nouveau à trembler et à se débattre.

— Je sais que tu as peur, dit Claire, mais tu es en sécurité, avec nous.

— Non !

Le pied de Mustafa manqua de peu le ventre de Claire. Le cœur battant, Ethan la fit reculer pour qu'elle soit hors de portée du patient. Mustafa en profita pour se ruer dehors.

Se dégageant vivement, Claire se précipita vers la porte.

— Mustafa !

— Ne cours pas après lui, Claire. Stop !

— Mais Dieu sait ce qu'il va faire !

— Ce n'est pas à toi de le rattraper, tu m'entends ?

Ethan aperçut Mustafa qui courait dans le corridor et rentrait dans une autre pièce.

— Il est dans les toilettes des hommes et Chase l'a suivi, dit-il. S'ils ne sont pas sortis dans deux minutes, j'irai, d'accord ?

Elle se rebiffa.

— J'aurais pu le maîtriser.

— Je sais, mais tu n'as pas à le faire.

— C'est mon job, Ethan… Je ne comprends pas que tu sois là, puisque tu es de garde la nuit.

— À l'hôtel, j'ai perdu l'habitude de dormir le jour. Comme je n'y arrivais pas, j'ai pensé que je ferais aussi bien de travailler au lieu de rester sur ma couchette.

À penser à elle…

Puisqu'ils étaient seuls, il saisit cette occasion de lui poser la question qui le tourmentait :

— Est-ce que tu…

Les yeux de Claire étincelèrent.

— Est-ce que j'ai fait le test ? Oui.

— Et ?

Il retint son souffle, ne sachant ce qu'il devait souhaiter. Mais quelle que soit la réponse, il espérait trouver la paix.

— Il est positif. Je suis enceinte.

— D'accord.

Un bébé. Son bébé. *Leur* bébé.

Malgré la panique qui s'était emparée de lui, il éprouva soudain une grande fierté. C'était une sorte de miracle. Après les épreuves qu'il avait connues dans sa vie, il y avait cela… peut-être la raison pour laquelle il avait survécu.

Quelque chose de pur et de parfait.

Elle leva vers lui des yeux humides.

— Je suis désolée.

— Ne le sois pas.

Il aurait voulu tendre le bras et essuyer ses larmes, mais l'armure invisible qu'elle portait l'en empêcha.

— Tu étais censé être un coup d'un soir, Ethan.

Voyant ses poings se serrer, il devina qu'elle devait déployer toute son énergie pour maîtriser son émotion.

— Je comprends que tu n'aies pas dépassé ce stade, dit-elle. Tu ne seras tenu à rien.

— Je m'assurerai que tu ne manques de rien.

Elle courba les épaules.

— Sauf d'une présence, c'est ça ?

Il ne voulait pas faire de promesses qu'il n'était pas certain de tenir, mais il savait qu'il garderait forcément le contact avec elle. Cet enfant était une part de lui.

— Je veux m'impliquer dans la vie de mon bébé, Claire. C'est tout ce que je sais pour l'instant.

— Mais pas dans la mienne ?

S'il s'engageait envers elle, que se passerait-il ? Elle découvrirait peut-être qu'il n'était pas digne de son intérêt, comme Chase l'avait pensé ?

— Pour l'instant, nous ne savons même pas où nous irons, à la fin de cette mission.

— Je sais où je serai, mais j'ignore où, toi, tu seras.

— Qu'est-ce que tu attends de moi, Claire ?

— Je ne sais pas. Peut-être la certitude que tu seras là quand j'en aurai besoin, pour notre enfant. Que tu viendras si tu as dit que tu le ferais. Que tu ne la ou le laisseras jamais tomber.

— Ça n'arrivera pas. Qu'est-ce que tu veux, Claire ? Une demande en mariage ?

Elle le foudroya du regard.

— Tu sais parfaitement que faire quelque chose d'aussi irréfléchi ne mènerait à rien.

Mais serait-ce possible ? Pourrait-il se fixer ? Cesser de bouger ? Pourrait-il faire ce que les gens normaux faisaient ? Être quelqu'un que son enfant serait fier de connaître ?

Pouvait-il s'installer avec Claire, où qu'elle soit ?

Même en France ?

Il n'en savait rien.

La porte s'ouvrit brusquement devant Kristina.

— L'un de vous peut-il m'aider avec Mustafa ? Il est dans les toilettes des hommes. Chase y était, mais il a été appelé pour une autre urgence, une bagarre je crois.

— On vient, dit Claire, visiblement soulagée qu'ils ne soient plus seuls.

— Apportez-moi une bouteille d'oxygène, dit Kristina.

On en aura besoin au cas où il serait ensuite dans un état post-critique.

Ethan secoua la tête en défaisant la chaîne qui retenait les bouteilles.

— Je m'en charge.

— Je peux très bien me débrouiller, dit Claire en protestant.

— J'ai dit que je m'en chargeais.

Ensuite, il s'arrangerait pour qu'on la dépose dans le port le plus proche. Il ne laisserait personne compromettre la petite vie qui grandissait dans le ventre de Claire.

Son enfant.

Son bébé.

Une heure plus tard, Claire vomissait par-dessus le bastingage, quand Kristina s'approcha d'elle et lui frotta le dos.

— On est mieux dehors que dedans, hein ? C'était la même chose au début et ensuite le mal de mer est passé.

Claire se rinça la bouche avec sa bouteille d'eau.

— Je suis enceinte, Kristina.

Le médecin la prit dans ses bras.

— Ma chérie !

Si seulement Ethan avait pu se montrer aussi attentif ! Essuyant subrepticement une larme, Claire affirma :

— Ça va aller.

— Et Ethan ? C'est le père, n'est-ce pas ?

— Oui.

— Comment il le prend ?

— Il dit qu'il veut s'impliquer, mais je ne vois pas comment. Je ne peux pas le forcer à rester avec moi, en France, parce qu'il déteste ce pays. Et je ne peux pas non plus élever mon enfant dans un camp de réfugiés. D'ailleurs… On n'est pas ensemble.

Je l'aime.

C'était surtout pour son bébé, qu'elle était triste. Tous les mariages n'étaient pas heureux et des millions de femmes s'occupaient seules de leurs enfants. Mais elle n'avait rien prévu de tel en ce qui la concernait.

Par-dessus tout, elle ne voulait pas que leur enfant souffre de l'absence de son père.

— Pour comble, il veut que j'en parle à Chase.

— Ce n'est pas étonnant.

— Je peux rester à bord jusqu'à la fin de mon engagement, non ?

Kristina essuya une larme, sur la joue de Claire.

— Vous pensez vraiment que cet environnement est sûr, pour une femme enceinte ?

— Je peux me protéger moi-même.

— Quoi qu'il en soit, le règlement dit bien que vous devez prévenir le commandant du bateau dès que la grossesse est confirmée.

— Et ensuite ?

— Si les circonstances ne sont pas favorables, on devra vous déposer dans le prochain port où nous ferons une escale.

Claire désigna la mer d'huile.

— Je ne vois pas en quoi il y aurait du danger.

— Mais on a connu des tempêtes. Vous êtes la seule à pouvoir prendre une décision, mais vous devez être honnête envers vous-même. Comment vous sentirez-vous, si vous vous mettez en danger, ainsi que le bébé, pendant une tempête ou en face d'un patient comme Mustafa ? Ethan m'a dit que vous aviez failli prendre un coup dans le ventre.

— Je sais que je dois faire attention, mais je n'ai pas envie que ça finisse.

— Quoi ? Votre engagement sur le bateau ou votre relation avec Ethan ?

— Les deux. Dès que j'aurai débarqué, tous mes projets, mes espoirs et mes rêves partiront en fumée.

— Eh ! il me semble que quelque chose de merveilleux vous attend, non ? Ce bébé va être une petite merveille.

Claire posa la main sur son ventre. Pour la première fois depuis qu'elle avait fait le test, elle sourit.

— S'il ressemble à son père, oui… Il sera magnifique.

Malheureusement, Chase ne fit pas preuve d'autant de compréhension que Kristina.

— Vous avez évidemment le droit de rester sur le bateau, mais je dois vous mettre en garde contre les risques que vous allez courir.

— Je sais.

Claire avait attendu le lendemain matin pour trouver le courage d'affronter son boss. Tout le monde savait que le premier trimestre de la grossesse était délicat, et ses nausées ne faisaient qu'empirer. Le matin même, elle avait dû cesser de travailler pour vomir son petit déjeuner aux toilettes. Du coup, elle était épuisée. Que se passerait-il, si elle faisait une grossesse extra-utérine ou si elle avait besoin de soins d'urgence ? Sans compter toutes les maladies qui pouvaient se développer parmi les migrants.

D'un autre côté, tout pouvait très bien se passer.

— Il me semble que de nombreuses femmes enceintes se sont trouvées sur des bateaux.

— Bien entendu, mais notre action comporte des dangers auxquels elles n'étaient pas exposées. Cet après-midi, nous serons proches de Minorque. Ensuite, nous nous dirigerons vers le sud-est, où il y aura sans doute des gens à aider. Demain, on annonce une tempête assez violente, alors je préférerais vous déposer à Minorque. Réfléchissez-y et revenez dans une heure me dire ce que vous en pensez.

Claire avait déjà affronté le mauvais temps sur ce bateau et supporterait bien d'être encore secouée. En même temps, elle avait conscience de se comporter comme une gamine capricieuse. Il y avait une marge entre ce qu'elle voulait et ce dont elle avait besoin.

— Claire n'a pas besoin de réfléchir !

Ethan ? De quoi se mêlait-il ? Il venait d'entrer dans la pièce, visiblement pris de folie.

— Si cette tempête est aussi mauvaise que prévu, dit-il,

nous serons tous vulnérables. C'est un cyclone subtropical méditerranéen, Claire, je viens de l'entendre à la radio. Il faut que tu débarques le plus vite possible.

Elle était partagée entre l'envie de l'embrasser pour l'intérêt qu'il lui manifestait et celle de l'envoyer promener.

— Je crois que la décision appartient à Claire, dit Chase en fronçant les sourcils.

— C'est aussi mon bébé.

Ethan se dressait fièrement devant eux. Seigneur ! Il était magnifique, quand il protégeait ainsi son enfant. Mais pour combien de temps ? Les héros ne changeaient pas les couches au milieu de la nuit, surtout s'ils se trouvaient sur un continent lointain.

— Quoi ? Ton… ?

Le regard de Chase passa de l'un à l'autre. Il finit par lever la main.

— C'est votre vie privée, mais en l'occurrence il s'agit de ma mission et je dois aussi penser aux autres. Revenez dans une heure.

Il était clair qu'Ethan n'était pas d'accord pour abandonner le combat.

— Elle part. Si tu ne la débarques pas, je suis prêt à l'emmener moi-même à terre sur une annexe.

— Pardon, dit Claire, mais je suis là. Vous n'avez à décider pour moi ni l'un ni l'autre.

Son cœur et sa raison se disputaient, mais elle savait bien que son premier devoir était de protéger son enfant.

— C'est bon, je n'ai pas besoin d'une heure, vous pouvez me débarquer à Minorque. Ensuite, je trouverai le moyen de rentrer chez moi.

Elle croisa le regard d'Ethan, qui exprimait une détermination mêlée de chagrin… Comme elle, il savait sans doute que, si elle partait, il y avait des chances pour qu'ils ne se revoient jamais.

Tournant les talons, elle sortit de la pièce le plus vite possible pour ne pas s'effondrer devant les deux hommes.

Elle faisait son sac dans sa cabine quand Ethan la rejoignit.

— Claire, je suis désolé. Je sais que tu aurais voulu rester plus longtemps, mais cette tempête semble monstrueuse. C'est la meilleure solution.

— Pour le bébé, oui, dit-elle en rangeant son T-shirt au logo de l'association.

Il alla vers elle.

— S'il était arrivé quelque chose à l'un de vous deux, je ne l'aurais pas supporté.

Elle avait la gorge tellement serrée qu'elle ne pouvait pas parler. Elle se contenta de se mordre la lèvre tout en fourrant ses affaires dans son sac.

Il la fixa quelques secondes avant de prendre un sweat, de le plier et de le poser sur le T-shirt. Il ne lui suffisait pas de la chasser, il fallait encore qu'il l'aide à faire sa valise !

— Claire, je ne pensais pas qu'on en arriverait là.

— Moi non plus.

— Je ne parle pas du bébé, mais de toi et moi, dit-il en lui prenant les mains. Tu es extraordinaire, Claire. Tu es sincère, chaleureuse, dévouée et tellement sexy que le seul fait de penser à toi me fait bander.

Elle eut un petit sourire.

— Le sexe n'a jamais été un problème, entre nous. C'est le résultat, qui en est un.

— Tu dois savoir que je…

L'espoir embrasa la poitrine de Claire.

— Tu… ?

— J'ai beaucoup d'affection pour toi. Je pense que c'est évident, mais…

— C'est bon. S'il te plaît, ne le dis pas.

Mais, mais, mais… Il allait lui expliquer que tout était terminé entre eux et elle n'avait pas envie de l'entendre.

Elle aurait voulu mettre la main sur sa bouche pour l'empêcher de continuer. Mieux encore, poser ses lèvres sur les siennes pour le soulager de toute sa souffrance.

— Je sais ce que tu penses, Ethan, tu n'as pas besoin de le préciser.

S'il ne souhaitait pas être avec elle, elle n'essaierait pas de se faire aimer de lui, c'était mission impossible.

— Je t'ai écrit mes coordonnées sur ce papier, dit-elle. Aie la gentillesse de me donner les tiennes. Pour le bébé.

C'était sur l'enfant qu'elle devait se concentrer, dorénavant. Pas sur Ethan ou sur son cœur brisé. S'arrachant à son étreinte, elle lui donna la feuille qu'elle avait posée près de son sac.

Il y jeta un coup d'œil avant de demander brusquement :

— Tu rentres chez toi ? Dans les montagnes ?

C'était certainement le dernier coup de canif dans leur relation.

— Il y a des gens qui m'aiment, là-bas. Le bébé pourra grandir dans une famille. C'est le bon endroit.

— Où on doit se sentir légèrement claustrophobe.

— Pas un enfant.

Il sourit :

— J'espère que tu lui parleras de tous les lieux que tu rêves de visiter.

— Que je rêvais de visiter. Tout cela est terminé, dit-elle en posant une main sur son ventre.

Il avait suivi son geste des yeux.

— Je peux ?

Non ! Non !

— Il n'y a rien à sentir, pour l'instant.

Mais elle ferma les yeux lorsqu'il posa sa paume sur son ventre, serrant très fort les paupières pour empêcher ses larmes de couler. L'une d'entre elles étant sur le point de s'échapper, elle l'essuya.

Puis, fatiguée de lutter, elle se laissa finalement aller contre Ethan et posa la tête sur son épaule.

— Claire.

Il prononça son prénom comme une prière, puis il entoura sa taille de ses bras et l'attira contre lui. S'agrippant aux épaules d'Ethan, elle étouffa les sanglots qui obstruaient sa gorge et retint les mots qui se pressaient sur ses lèvres.

Je t'aime.

Elle l'aimait passionnément, et pour toujours.

— Il faut que je finisse mes bagages, dit-elle enfin en s'écartant d'un pas. Tu devais me donner tes coordonnées.

— Bien sûr.

Elle attendit qu'il les lui envoie par SMS et hocha la tête quand son téléphone bipa.

— Parfait. Je ferais bien de monter sur le pont, maintenant. On ne devrait pas tarder à arriver.

Les yeux humides, il l'attira de nouveau contre lui. Elle pria en silence pour qu'il prononce les mots qu'elle se répétait à chaque battement de son cœur.

Je t'aime. Je t'aime. Je t'aime.

Quelqu'un siffla dehors, la faisant sursauter.

— C'est le moment. Tu as maintenant la chance d'être père, Ethan. Cela vaut toutes les vies que tu as sauvées, tu ne crois pas ? Et c'est le plus beau métier du monde. Si en plus tu peux m'aimer, pas de problème.

— Je…

Il ouvrit la bouche et la referma, ne sachant visiblement pas quoi dire.

— S'il te plaît, dit-elle, aime ce bébé. Il aura besoin de toi. Je sais que tu n'as pas eu une enfance très heureuse, mais cela ne se passe pas toujours ainsi. Tu peux faire partie de sa vie.

— J'en ai bien l'intention.

— Où vas-tu partir, quand ta mission sera terminée ?

— Je n'en sais rien. Ça dépend de l'association.

— Tu peux choisir ?

— Je vais là où on a besoin de moi.

J'ai besoin de toi.

Une grosse boule se forma dans la gorge de Claire.

— Combien as-tu sauvé de vies, maintenant ?

— Neuf cent sept.

— Ce n'est pas suffisant ? Quand arrêteras-tu, Ethan ?
Mais elle connaissait la réponse : ce ne serait jamais assez.

Ethan regarda Claire descendre la passerelle d'un pas hésitant. En arrivant sur le quai, elle trébucha et il se mit à courir sur le pont pour l'empêcher de tomber et la ramener avec lui. Mais elle se redressa et se dirigea vers la douane.

Comme si elle sentait qu'il la suivait des yeux, elle se retourna et l'aperçut. Il leva la main, mais elle reprit son chemin et disparut parmi les bâtiments du port.

Elle était partie.

Elle était partie à cause de lui et elle le détestait sûrement pour cela. Ethan avait l'impression qu'un poids énorme lui écrasait la poitrine. La même impression que lorsqu'il s'était retrouvé coincé sous cette poutre, après l'avalanche.

13.

Le cyclone subtropical méditerranéen Francis fut pire que prévu. Des rafales à cent quarante-cinq kilomètres à l'heure, une pluie torrentielle glacée… Le bateau était secoué en tous sens et pendant trois jours ils purent à peine dire quel cap il fallait adopter.

Mais Ethan ne s'en souciait pas. À ses yeux, c'était un temps parfait. Le froid, l'humidité… la perte. Les trois éléments étaient de nouveau réunis et il ne pouvait rien y faire. Coincé sur un navire ballotté par la mer, il s'efforçait seulement d'administrer des soins médicaux à des malheureux meurtris par des débris, trempés et mal en point.

L'averse fouettait le pont. Il fixa son harnais au bastingage, tâchant de rester debout pour examiner les passagers serrés les uns contre les autres. Tenter de les garder au sec était vain, mais il voulait au moins leur éviter l'hypothermie.

— Ta copine a bien fait de s'en aller, lui cria Akil.

— Ce n'est pas ma copine.

— Ah bon ? Excuse-moi. Ne fais pas cette tête ! Il y a plein d'autres poissons dans la mer.

Mais Ethan ne voulait personne d'autre. Et il ne pouvait supporter l'idée qu'un autre homme touche Claire. En réalité, cela datait de la première seconde où il l'avait vue, quand il l'avait débarrassée de ce parasite, dans le bar.

Après avoir dit à Akil quelque chose qu'il regretterait plus tard, il s'éloigna pour être un peu tranquille. Montant sur le pont, il scruta l'obscurité qui les enveloppait.

Où était Claire, à cet instant ? Était-elle rentrée chez elle ? Comment ses parents avaient-ils réagi ? Le bébé se portait-il bien ?

Elle lui manquait tellement qu'il avait du mal à respirer.

Du coin de l'œil, il vit Chase s'approcher.

— Ça va ?

— Très bien.

La dernière chose qu'il voulait, c'était bavarder avec Chase. Par chance, depuis leur conversation au bar de l'hôtel, ils n'avaient plus jamais abordé de sujets personnels. Avec un peu de chance, ils pouvaient rester côte à côte en silence.

Cela dura environ deux minutes, puis Chase inspira profondément et dit :

— Tu me sembles un peu perdu ces temps-ci, Reid. Si je peux faire quelque chose…

— Non, mais je te remercie.

Chase hocha la tête, puis se tourna vers lui.

— Tu l'aimes ?

Chase lui offrait une oreille attentive… C'était énorme, et pour tout dire inespéré. Il permettait à Ethan de dire tout haut ce qui le tourmentait et menaçait de le rendre fou.

— Je n'en sais rien. Je n'arrête pas de penser à elle et je n'imagine pas l'avenir sans elle. Ça me terrifie et m'excite en même temps. Est-ce que c'est de l'amour ? Grande question !

— C'est peut-être ce que tu ressens.

Si l'amour signifiait qu'il vous manquait une partie de vous-même quand vous n'étiez pas avec la personne, ou encore que votre plus grand succès était de la faire sourire, alors peut-être.

Mais peut-être aussi suffirait-il qu'il couche avec une autre femme, comme… comme avant qu'il ne connaisse Claire.

Cette simple idée le remplit de dégoût.

Il ne voulait personne d'autre. Il voulait Claire…

Soudain, le voile se déchira. Oui, il l'aimait, et sans doute depuis le moment où il avait levé les yeux du menu et qu'il l'avait aperçue dans le bar.

— Oui. Je l'aime.

— Et elle, elle t'aime ?

Elle tenait à lui, cela, il le savait. Elle avait de petites attentions, des regards, une sollicitude à son égard qui ne trompaient pas.

— Je n'en suis pas sûr.

— Va la voir et demande-le-lui.

— C'est impossible. Tu as besoin de moi ici.

— C'est ce que tu veux que je te dise ? Tu veux que je t'empêche de partir ? Eh bien non ! Tu dis toi-même que tu n'arrêtes pas de penser à elle et sur ce bateau je veux que tout le monde soit concentré à cent pour cent sur sa mission.

— Je vais me concentrer.

— Si tu as tellement envie de revenir, alors d'accord, quand tu te seras éclairci les idées. Il y aura toujours une place pour toi ici.

— Parce que j'ai encore une dette envers toi ?

— Non. Tu ne me dois rien, sauf peut-être de saisir ta chance quand elle vient et de commencer à vivre.

— Mais… Et Nick ?

— Il ne s'agit pas de Nick, mais de toi. Il faut que ta vie en vaille le coup, c'est tout, et fonder une famille me paraît un bon début, tu ne penses pas ?

Ethan comprit soudain qu'il ressemblait aux migrants qui fuyaient quelque chose de sombre pour trouver une existence meilleure. Mais l'obscurité était en lui, pas à l'extérieur. Claire constituait la seule source de lumière qu'il avait jamais connue.

Il se tourna vers Chase.

— Quand peux-tu me déposer dans un port ?

Cinq jours plus tard

— Elizabeth, apporte-moi un livre. Je vais te lire une histoire.

Claire, assise dans la véranda, contemplait le village baigné d'une lumière rose. La journée printanière avait été chaude et il faisait encore très bon. Elle se réjouissait d'être au sec et plus ballottée en tous sens.

Son cœur se serra à la pensée du cyclone. Comment ses amis avaient-ils supporté la tempête du siècle ? Et surtout, comment Ethan s'en était-il sorti ? Il était encore et toujours la première personne dont elle se préoccupait.

Elle n'avait pas eu de nouvelles de lui, mais elle n'en attendait pas vraiment. Il était fidèle à lui-même, elle lui reconnaissait cette qualité mais elle aurait souhaité que les choses soient différentes.

Sa mère vint pour la millionième fois de la journée vérifier qu'elle allait bien.

— Tu es sûre que tu veux distraire Elizabeth, pendant que je prépare le dîner ?

— Oui, maman.

Sa mère lui caressa la joue en souriant.

— Je sais que tu voudrais être ailleurs, mais nous sommes heureux de te voir. Et nous sommes ravis de la bonne nouvelle.

Le bonheur de ses parents à l'idée d'avoir leur premier petit enfant avait profondément ému Claire. Cela faisait du bien, de savoir qu'on était aimé inconditionnellement, et elle savait qu'elle prodiguerait le même amour à son enfant.

Il me manquera tellement !

Mais c'était le choix d'Ethan. Elle aurait tous les premiers émerveillements : le premier souffle de son enfant, ses premiers pas, son premier sourire. Elle aurait voulu qu'il soit là pour savoir ce qu'on éprouvait quand on aimait quelqu'un d'autre et qu'on était payé de retour.

Et égoïstement, elle souhaitait être aimée de lui.

Elle chassa cette bouffée de tristesse.

— Je suis contente d'attendre ce bébé, maman.

Elizabeth revint en courant.

— Je veux que tu me lises *Bécassine* ! dit-elle en jetant le livre sur les genoux de sa grande sœur.

Une histoire tout à fait appropriée… Celle d'une fille naïve qui avait de nombreuses aventures… Et qui n'était jamais enceinte au cours de l'une d'elles.

Claire commença à tourner les pages, mais la petite fille s'agitait et ne cessait de fixer les marches qui serpentaient à travers le village.

— Elizabeth, je ne peux pas lire si tu gigotes tout le temps.

Elizabeth se dressa et pointa le pied de la colline.

— Qui c'est, le monsieur ? Pourquoi il te regarde ?

— Quel monsi… ?

Claire s'interrompit en voyant la haute silhouette surmontée de cheveux sable qui grimpait dans sa direction.

— Ethan ? s'exclama-t-elle, le cœur battant.

— Tu ne m'avais pas dit que tu habitais aussi haut, dit-il quand il parvint à quelques mètres d'elle.

— Attends d'être monté jusqu'à la chapelle, tout en haut. On n'est qu'à mi-chemin.

Ethan était ici ? Dans les montagnes ? Il venait sûrement pour le bébé.

— Elizabeth, rentre un instant dans la maison, s'il te plaît.

— Mais tu devais me lire une histoire !

— Je le ferai tout à l'heure.

Tandis que l'enfant s'éloignait à regret, Claire réussit à ne pas se lever pour se jeter dans les bras de l'homme qu'elle aimait. Il vint vers elle. L'air crispé et inquiet, il ne souriait pas.

— Comment vas-tu, Claire ?

— *Nous* allons bien tous les deux.

Il venait sûrement pour l'enfant, sinon il l'aurait déjà prise dans ses bras et embrassée.

— Tant mieux, dit-il.

Ou alors, il ne venait ni pour elle ni pour le bébé. Avait-il de mauvaises nouvelles à lui annoncer ?

— Pourquoi es-tu si sérieux ?

— Parce que l'amour est une affaire sérieuse.

— L'amour ?

— Je me suis efforcé d'ignorer les sentiments qui grandissaient en moi, mais je n'ai pas réussi à m'en débarrasser.

Elle eut l'impression qu'un soleil venait d'éclore dans son cœur.

— Je vous aime tous les deux.

La voix d'Ethan se brisa légèrement. Voyant qu'il se tordait les mains, elle devina qu'il aurait voulu la prendre dans ses bras, mais qu'il n'osait pas.

— Je t'aime parce que tu mords la vie à pleines dents, que tu vois ce qu'il y a de bon dans chacun, dit-il. Parce que tu ouvres ton cœur et donnes plus que nécessaire. Pas comme moi, qui compte le nombre de gens que j'ai sauvés. Je m'interdisais les sentiments pour ne pas souffrir, mais je n'avais pas compris que je bloquais du même coup toutes les autres émotions. Grâce à toi, j'ai pour la première fois éprouvé la peur, la panique, l'excitation. Et aussi le désir et l'amour. Je t'aime et je veux vivre avec toi.

Se levant d'un bond, elle lui prit le visage entre ses mains.

— Je t'aime aussi, Ethan.

— Je n'en étais pas sûr…

— Je t'aime et je te le prouverai chaque jour, dit-elle avant de l'embrasser sur les lèvres pour lui montrer la force de cet amour.

Bien plus tard, lorsqu'ils s'écartèrent l'un de l'autre, elle murmura :

— Tu feras un merveilleux père.

— Et un bon mari, je l'espère.

— Un mari ?

— Je sais qu'il est encore un peu trop tôt pour te faire ma demande, mais j'ai beaucoup réfléchi.

— À quoi ?

— C'est bizarre. J'ai passé des années à tenter de racheter ma dette envers Nick à travers l'Afrique, mais il y a quelque chose, ici, qui me fait croire que j'ai touché au but. J'ai vécu un drame, en France, et maintenant je découvre dans ce pays tout ce que j'ai toujours souhaité avoir. J'envisage de travailler pour le centre de réfugiés, à Marseille, si tu penses que nous pourrions nous y installer.

Elle lui montra les grands espaces creusés entre les montagnes et le ciel bleu des Alpes.

— Comme tu le disais, on se sent un peu claustrophobe, ici, dit-elle avec un sourire.

— Je n'ai besoin que de vous regarder, le bébé et toi.

— Tu auras peut-être envie de t'échapper, parfois.

— Si je peux voir la mer et l'horizon, je me sentirai libre, Claire. Libre avec toi. Et si tu le souhaites, nous visiterons un jour tous les pays dont tu rêvais… Du moins, si tu veux de moi.

— Bien sûr que oui, Ethan.

Elle pressa sa bouche contre la sienne, s'enivrant de sa force, de son goût et de son odeur.

— Je t'aime tant, murmura-t-elle.

À jamais et pour toujours.

Épilogue

Huit semaines plus tard…

Finalement, Ethan avait insisté pour que le mariage soit célébré « aussi vite que possible ». Mais il avait été rappelé par Chase pour quelques semaines, aussi Claire s'était-elle installée à Marseille pour être là quand le bateau serait à quai. De cette façon, ils passeraient quelques heures merveilleuses à l'hôtel…

Il aimait la petite maison de ville qu'elle avait trouvée pour eux et il avait été engagé par le centre de réfugiés. Désormais, leur vie était remplie de rires, d'amour et de clichés d'échographies.

Mais aujourd'hui, les choses devenaient sérieuses.

Kristina posa la longue tresse de Claire sur son épaule et plaça une fleur dans ses cheveux.

— Ravissant ! Vous êtes sûre que vos parents n'auraient pas voulu être là ?

— Ne vous inquiétez pas pour cela. Ils projettent d'organiser une énorme réception. Mais ils savent que nous souhaitions une cérémonie intime, alors qu'au village il y aura une foule de gens qu'Ethan ne connaît même pas.

Claire prit la main de sa demoiselle d'honneur.

— Venez !

Kristina se laissa entraîner en riant dans le couloir menant à la salle des mariages.

— Vous êtes vraiment pressée !

— Je vais épouser l'homme de ma vie, je ne veux pas perdre une seule minute. Oh ! le voilà !

Ethan bavardait avec l'adjoint du maire. Mais quand il se tourna vers Claire, il lui adressa un sourire qui la fit fondre. Le simple fait de le regarder, dans son costume bleu marine, lui coupait le souffle.

Un instant plus tard, ils échangeaient leurs vœux, Ethan lui glissa une alliance à l'annulaire et elle devint Mme Reid-Durand.

Kristina les embrassa tous les deux.

— Félicitations !

Chase serra la main d'Ethan.

— Félicitations, Reid.

Claire put constater que la relation entre les deux hommes ne cessait de s'améliorer. À la minute suivante, Ethan l'embrassait et elle oubliait le monde extérieur.

— Tout cela est fabuleux et je t'aime follement, murmura-t-il.

Sentant qu'il y avait un « mais », elle répondit :

— Moi aussi, je t'aime de tout mon cœur.

— Mais il y a un endroit où j'aimerais aller, maintenant.

— Vraiment ? Et lequel ?

— Je veux célébrer l'événement dans l'ascenseur qui va nous emporter jusqu'à la suite nuptiale.

— Au début, il faudra rester sage, et ensuite on sera très vilains.

— J'adore cette façon de voir les choses, dit-il en posant la main sur son ventre, à peine arrondi. Je ne savais pas que la vie pouvait être si belle.

— Et je ne savais pas que je pouvais être aussi heureuse.

Ce dont elle était sûre, c'était qu'avec Ethan ce qui l'attendait était encore mieux.

Aventure et excitation garanties.

SUE MACKAY

Un ténébreux sauveteur

Traduction française de
CHRYSTELLE POULAIN

Blanche

HARLEQUIN

Titre original :
REDEEMING HER BROODING SURGEON

© 2019, Sue MacKay.
© 2020, HarperCollins France pour la traduction française.

Prologue

Craaaac. Bang !

Il y eut un fracas de métal, et Kristina Morton se retourna vivement. Des hommes accouraient sur le quai, appelant à l'aide en français :

— *Au secours !*

— *Ce gars est blessé. Il nous faut un docteur !*

« Docteur », *doctor* en anglais. C'était justement le métier de Kristina. On avait besoin d'elle !

Oubliant la douleur qui lui vrillait la cuisse droite – et le poids de son sac à dos –, elle se précipita vers l'entrée des docks, où un énorme conteneur métallique venait de se détacher d'une grue.

— Médecin urgentiste. Laissez-moi passer ! cria-t-elle au gardien qui contrôlait l'accès.

Le vigile secoua la tête.

— Non, répondit-il. On vcut un doctcur.

— *Moi, docteur. Vais travailler sur bateau*, fit-elle, regrettant que son français soit si limité.

Elle se délesta de son sac et finit par trouver dans la poche avant ce qu'elle cherchait : son passe. Logiquement, sa profession devait être inscrite dessus. Du moins l'espérait-elle. Fatigue oblige, elle n'avait même pas regardé les accréditations que le réceptionniste de l'hôtel lui avait remises à son arrivée à Marseille, la veille au soir…

Soudain, le portillon s'ouvrit avec un « clic ». Un homme de haute taille, vêtu d'une salopette jaune, le franchit et courut vers le *SOS Poséidon*, le navire humanitaire affrété par l'organisation Médecins Pour Tous que Kristina s'apprêtait à rejoindre. Le vigile criait des instructions en français : c'était pour ce gaillard en jaune fluo et pas pour elle, qu'il avait finalement déverrouillé l'accès.

La voie étant libre, elle s'engouffra néanmoins dans le passage. Au milieu d'un incroyable chaos, elle vit bientôt deux pieds dépasser d'un amas de ferraille. Et distingua par ailleurs un casque jaune sous la barre de levage du conteneur disloqué. Le malheureux docker était en fâcheuse posture !

Rejoignant le plus vite possible le lieu de l'accident, elle se laissa tomber à genoux près du blessé, même si cette position lui était très douloureuse. En l'occurrence, elle n'avait pas le choix.

— *Moi, docteur*, dit-elle. Comment s'appelle-t-il ?

À sa grande surprise, une voix masculine lui répondit en anglais :

— Il s'appelle Antoine. Est-il inconscient ?

— C'est difficile à dire.

Le poignet du blessé étant hors d'atteinte, elle lui prit le pouls carotidien. Signe encourageant, il était normal. Mais cela ne signifiait hélas pas que le malheureux allait s'en sortir.

Elle pivota vers l'homme qui s'était adressé à elle :

— Pouvez-vous lui parler, s'il vous plaît ? On va vérifier s'il réagit.

En entendant la voix de son collègue, Antoine battit des paupières. Le casque avait fait son travail, la tête ne semblait pas atteinte. En revanche, Kristina remarqua un saignement important au niveau de la cuisse, où un morceau de métal – le câble d'attache du conteneur probablement – s'était logé.

Elle frictionna machinalement la cicatrice qu'elle portait au même endroit. Puis se reprit. Ce n'était pas le moment de penser à cela…

— J'ai expliqué à Antoine que vous étiez médecin, dit son interprète. Mes hommes vont dégager ce tas de ferraille.

— Demandez-leur de se tenir prêts, mais ne faites rien pour l'instant. Votre collègue saigne beaucoup. Si on allège la pression trop vite, il risque une hémorragie fatale.

Personne ne mourrait plus sous ses yeux. Elle se l'était juré. Perdre le caporal Higgs lui avait amplement suffi, en termes de traumatisme. Certes, elle n'aurait rien pu faire, mais cela ne l'empêchait pas de culpabiliser. Après tout, les médecins étaient censés sauver des vies, non ?

— Il me faut des linges, n'importe quoi, pour faire un pansement compressif, dit-elle d'un ton ferme.

Vingt secondes plus tard, on lui tendait des morceaux de tissu. Levant la tête, elle vit plusieurs hommes en train de déchirer leurs T-shirts. À cette minute précise, l'hygiène ne comptait pas : contenir les saignements était sa priorité.

— Super. Merci beaucoup.

L'angle de la jambe gauche d'Antoine laissait soupçonner une fracture au-dessus du genou. Elle se rembrunit.

— Attention au câble métallique quand vous enlèverez cette portion du conteneur, dit-elle.

— L'accroche va se défaire toute seule. On ira le plus doucement possible, assura l'homme.

Si seulement elle avait eu de la morphine ! Malgré toutes les précautions prises par ses collègues, le blessé risquait de sentir les mouvements de levage !

— Pourriez-vous envoyer quelqu'un au *Poséidon*, s'il vous plaît ? J'ai besoin de médicaments antidouleur et d'oxygène.

— Je vois un gars qui arrive en courant, là-bas. Il porte une mallette et un petit cylindre.

Vingt secondes plus tard, l'homme à la salopette jaune se matérialisa près d'eux, à peine essoufflé par son sprint sous le soleil matinal. Il s'agenouilla de l'autre côté du blessé, puis releva la tête.

— Je suis médecin, dit-il.

— Moi aussi. J'allais vers le *Poséidon* au moment de l'accident. Kristina Morton, dit-elle en tendant la main.

Quand l'inconnu la serra, elle eut l'impression de recevoir

un choc électrique. Elle écarquilla les paupières, médusée. Que se passait-il ? Elle avait le bras en feu après une simple poignée de main.

Allons, elle devait se concentrer sur sa tâche. Elle avait mieux à faire que de scruter le visage fascinant de son futur collègue. Elle remarqua néanmoins qu'il avait l'air stupéfait, lui aussi. Avait-il ressenti la même chose ?

— Chase Barrington, dit-il pour toute présentation.

Décidément, elle allait de surprise en surprise. C'était lui, Chase ? Le pigeon voyageur de la famille Barrington dont tout le monde regrettait l'absence ? Personne ne lui avait dit qu'il était beau comme un dieu !

— J'ai rencontré Libby, votre sœur, pendant mon remplacement à la maison médicale de Merrywood. J'ai fini là-bas il y a quinze jours, dit-elle.

— Libby m'a parlé de vous, en effet… Briefez-moi, que je sache où je mets les pieds. Ce gars a l'air mal en point.

À sa posture, elle prit conscience que Chase Barrington souhaitait diriger les opérations, une attitude typiquement masculine qui ne la surprit pas. De nombreux soignants faisaient la même chose sur le terrain.

— Un bout du câble d'attache métallique a perforé la cuisse d'Antoine. J'espère que vous avez de la morphine.

— Oui, et des pansements compressifs, répondit Chase en désignant son sac de la tête.

Elle prit une profonde inspiration pour reprendre ses esprits. Puis elle explora la mallette, trouva la morphine et prépara une dose qu'elle montra à Chase pour vérification. Cela fait, elle injecta l'antidouleur au patient, après quoi elle sortit les pansements et se tint prête à les apposer.

Rapide et efficace, mais tout en délicatesse, Chase effectuait sa propre évaluation clinique. Kristina trouvait difficile de ne pas le regarder tant il était sexy. Grand, mince, musclé. Un corps parfait surmonté d'un visage bronzé, taillé à la serpe, encadré de boucles brunes. Qu'il était dur de rester concentrée sur sa tâche en présence de cet apollon !

— Cage thoracique enfoncée, annonça-t-il. Bras gauche cassé. Fracture ouverte du fémur gauche, d'où les saignements au niveau de l'humérus. Par ailleurs, l'aspect de sa bouche m'inquiète. Il a dû se mordre la langue.

Le Dr Barrington n'avait pas qu'un physique de rêve. Il semblait aussi très compétent, ce qui n'étonna guère Kristina.

— Plus tôt on le libérera, mieux ça vaudra, répondit-elle.

Elle pivota vers les hommes qui attendaient ses instructions et hocha la tête.

— On va y aller. Je vais compter jusqu'à trois et vous lèverez. Un, deux… trois !

Dès que le malheureux Antoine fut dégagé de son étau, elle comprima fortement la plaie.

— Artère fémorale touchée, annonça-t-elle. Y a-t-il un cathéter dans votre sacoche ?

— Hélas, non. Je n'ai pas de minerve non plus, dit Chase qui retirait maintenant son casque au blessé pour lui apposer un masque à oxygène.

Kristina s'activait afin qu'Antoine perde le moins de sang possible. Néanmoins, la situation devenait critique et ce fut avec soulagement qu'elle entendit les hurlements d'une sirène. Les secours arrivaient. Enfin.

— Tenez bon, Antoine, dit Chase d'un ton rassurant. Vous allez vous en sortir. Accrochez-vous, mon gars.

Son attitude plut beaucoup à Kristina : ils étaient apparemment aussi déterminés l'un que l'autre. Tant mieux, car ils n'auraient sans doute pas d'autres points communs.

D'après Libby et Jarrod, la sœur et le beau-frère de Chase, celui-ci était un instable toujours en mouvement. Kristina, au contraire, rêvait de poser ses valises pour être enfin heureuse…

Quand les urgentistes prirent le relais, Chase leur expliqua la situation en français. Il rechignait visiblement à céder le contrôle des opérations, ce qu'elle pouvait comprendre car elle détestait également cela. Mais ils n'avaient pas le choix !

Après le départ de l'ambulance, elle voulut bouger, mais

il lui sembla que ses pieds restaient scotchés sur place. Le calme était revenu sur le quai et elle tourna la tête vers le *Poséidon* ancré un peu plus loin.

Trois mois. Elle allait vivre trois mois confinée avec un homme qu'elle connaissait depuis un quart d'heure, mais qui lui avait déjà fait forte impression. Voilà qui promettait !

C'était Jarrod qui lui avait suggéré de partir avec Médecins Pour Tous – MPT – au lieu d'accepter un remplacement en Écosse. Pourquoi pas ? s'était-elle dit. Cela ne changerait rien à son problème. Lasse d'enchaîner les contrats précaires, elle n'était pas près de voir le bout du tunnel, sur un bateau ou ailleurs !

Quitter Merrywood avait été d'autant plus dur que, là-bas, elle avait enfin trouvé ce qu'elle cherchait. La petite bourgade paisible, ses habitants chaleureux et accueillants, lui avaient procuré un sentiment de bien-être tel qu'elle n'en avait plus connu depuis le divorce de ses parents.

Au retour du médecin titulaire du poste, elle avait dû partir, mais Jarrod lui avait promis de garder le contact. Il aurait peut-être un travail à lui proposer après sa mission avec MPT. Alors elle croisait les doigts…

— Il est temps de monter à bord et de rencontrer l'équipage, dit Chase.

— Oui, j'ai hâte, répondit-elle d'un ton calme.

Malgré sa lassitude, ce n'était pas un mensonge. MPT effectuait un travail remarquable auprès des réfugiés et des populations fragiles, collaborer avec cette organisation humanitaire présentait donc un réel intérêt.

— Qu'est-ce qui vous a poussée à venir ? demanda Chase, comme s'il avait lu dans ses pensées.

— J'en avais assez de courir d'un remplacement à l'autre en Angleterre. Quand je commence à me sentir bien quelque part, je dois toujours m'en aller. J'en ai discuté avec Jarrod. Il a pensé que j'avais un bon profil pour MPT. Alors j'ai postulé et Liam a accepté ma candidature.

À la lecture de son CV., le directeur de l'organisation

lui avait envoyé un courriel enthousiaste. Et maintenant, c'était à elle de relever le défi. Avec un peu de chance, elle s'intégrerait bien, sans décevoir personne…

Un bon profil.

Chase jeta un coup d'œil oblique à la femme longiligne qui se tenait près de lui. Elle avait, à coup sûr, un « profil » magnifique, à l'avenant du reste. Il comprenait mieux, à présent, pourquoi Jarrod lui avait semblé si enjoué en lui parlant de Kristina au téléphone.

De quel droit son beau-frère lui avait-il mis cette beauté dans les pattes ? D'habitude, il accueillait tous les médecins à bras ouverts, mais là… Ces trois mois s'annonçaient périlleux, vu l'effet dévastateur qu'elle produisait sur lui !

— Vous en avez assez d'être généraliste ? demanda-t-il.

Le rire doux de Kristina provoqua un délicieux frisson en lui et il se traita d'imbécile. Il n'avait pas besoin de ça. Chaque fois qu'une femme l'intéressait, il s'arrangeait pour la reléguer dans un coin de sa tête et l'y oublier, ce qui fonctionnait en général plutôt bien. Il ferait de même avec celle-ci…

— Pas du tout, répondit-elle. Simplement, je veux me fixer quelque part. J'aimerais avoir le temps de connaître un peu mieux les gens que je soigne.

Lui, c'était tout le contraire. Parfait !

— Vous avez le pied marin ?

Elle haussa les épaules.

— Aucune idée. Je vais vite le découvrir.

Quelque chose, dans l'intonation de Kristina, l'intrigua. Pour quelqu'un qui voulait se « fixer », elle semblait bouger beaucoup, peut-être autant que lui. Néanmoins, il s'abstiendrait d'approfondir la question. Il ne *voulait pas* s'intéresser à elle.

— Liam joue un rôle essentiel chez MPT, dit-il. Sans lui, nous aurions deux fois moins de volontaires.

Où serait-il lui-même s'il n'avait pas rencontré Liam ? En Asie, en Afrique, en Papouasie ? Angleterre exceptée, tout lui convenait, à condition qu'il se sente vraiment utile. Depuis l'accident, sauver des vies était devenu une obsession. Bien sûr, cela ne lui rendrait jamais Nick, son meilleur ami, mais travailler sans relâche l'aidait énormément.

— Les messages de Liam étaient très persuasifs, répondit-elle.

Tout en parlant, ils avaient atteint le portillon de sécurité. Chase avisa un gros sac à dos sur lequel était sanglé un tapis en mousse.

— C'est le vôtre ? demanda-t-il.

— Oui.

— Je vais le prendre.

Joignant le geste à la parole, il se pencha en avant, mais Kristina avait fait le même mouvement et, quand leurs doigts se frôlèrent, il eut l'impression d'être foudroyé sur place. Il se redressa très vite et cala l'imposant baluchon sur son épaule. Puis, ignorant Kristina, il se dirigea vers le *Poséidon*.

C'était la deuxième fois en quelques minutes que son corps s'affolait ainsi. Il allait devoir faire en sorte que cela ne se reproduise plus !

— Je peux très bien porter mon paquetage, vous savez, dit Kristina qui l'avait rattrapé.

— Je n'en doute pas, répondit-il. Mais que voulez-vous, on m'a inculqué les bonnes manières, à la maison.

— D'accord, mais… Ça me gêne. Quand vous êtes militaire, personne ne s'occupe de vos bagages.

Il avait lu sur le CV de Kristina qu'elle avait servi dans l'armée. Et à voir sa posture rigide, il semblait évident qu'elle lui tiendrait la dragée haute. Pourtant, de manière inexplicable, il avait envie de la « chatouiller » un peu.

— Vous n'êtes plus dans l'armée. Laissez-moi donc faire.

— Très bien.

Contre toute attente, elle lui sourit et son trouble s'accentua.

C'était comme si cette femme était venue le réveiller après de longues années de sommeil…

Allons, il s'égarait. Rester professionnel serait sa meilleure arme !

— D'après votre CV., vous avez occupé de nombreux postes, dit-il.

Le sourire disparut lentement du beau visage de Kristina.

— Oui, je confirme.

Elle ne développa pas et il en déduisit que le sujet était sensible. Certaines choses pouvaient rester enfouies longtemps, pour différentes raisons. Lui-même était bien placé pour le savoir.

Néanmoins, il n'avait pas envie que sa collaboration avec Kristina démarre sur une note triste.

— Dans l'équipe, personne ne donne vraiment d'ordres, dit-il, soucieux de la mettre à l'aise. On tient compte de l'avis de chacun.

— D'accord.

— Vous allez bien passer auprès des réfugiés. Je vous ai trouvée très zen avec Antoine.

— En général, je suis calme sur le moment et assez chamboulée après coup.

— Je ne l'aurais jamais deviné.

Quand elle secoua la tête, une senteur subtile, mélange de pin et de rose, vint lui chatouiller les narines. Kristina lui évoquait l'odeur de la campagne anglaise, de la maison, d'un univers auquel il refusait de penser. De même qu'il ne voulait pas imaginer ce que serait leur cohabitation pendant les trois mois à venir.

— La plupart des membres de l'équipe doivent être arrivés, dit-il.

Ils avaient atteint le *Poséidon*, où des dizaines de personnes s'apprêtaient à embarquer. Chase s'avança d'un bon pas… puis s'arrêta net avec l'impression que le sang se figeait dans ses veines. Ethan Reid, au pied de la passerelle, le dévisageait intensément.

Cet homme appartenait à son passé. Chase l'avait sauvé, plutôt que de secourir Nick qui n'avait aucune chance…

Il savait pertinemment qu'il allait revoir Ethan pendant cette mission, pour la première fois depuis le drame. Seraient-ils capables d'évoquer la tragédie qu'ils avaient vécue quinze ans plus tôt dans les Alpes ?

— Chase ? Ça va ?

La voix inquiète de Kristina le ramena à l'instant présent. Elle lui posa une main sur le bras avec une profonde sollicitude dans son beau regard azur. Il eut alors l'impression qu'elle le comprenait mieux que personne, même s'ils ne se connaissaient pas.

— Oui, très bien, dit-il, conscient que ce n'était pas vrai. Je vais… saluer ce monsieur, là-bas. C'est une vieille connaissance.

— Tu n'as pas changé, dit Ethan en s'avançant vers lui.

Contre toute attente, Ethan le prit dans ses bras. L'accolade fut brève mais intense, et Chase dut mobiliser toute sa volonté pour ne pas fondre en larmes.

— Toi non plus, bafouilla-t-il.

Il recula d'un pas, dévisagea Ethan. La rencontre qu'il appréhendait depuis quinze ans avait enfin lieu. Il était temps.

— Je vais récupérer mes affaires, dit Kristina.

Dans un état second, il sentit qu'elle décrochait le gros sac de son épaule. Puis il la vit du coin de l'œil s'engager sur la passerelle, et soupira.

Ces quelques semaines risquaient de lui paraître longues. Bien longues.

1.

Six semaines plus tard

— Kris, tu as une minute ? Je voudrais que tu jettes un coup d'œil sur ma patiente.

La voix grave de Chase faisait toujours vibrer Kristina comme les doigts d'un pianiste sur les touches sensibles de son clavier. À chaque fois, elle s'efforçait de balayer ce trouble, mais l'exercice était ardu et elle devait constamment rester sur ses gardes.

De temps à autre, comme ce matin-là, il l'appelait Kris. La magie s'estompait alors considérablement. Pour des raisons qu'il ne pouvait pas deviner, elle haïssait ce diminutif…

— Kristina ! J'ai besoin de toi ici, maintenant !

De manière réflexe, elle leva le bras pour exécuter un salut militaire et se traita d'idiote. Elle n'était plus à l'armée. Et Chase avait beau être responsable de mission, cela ne lui donnait aucunement le droit de lui parler sur ce ton.

Jouant des coudes, elle traversa la salle de soins bondée pour le rejoindre. Il se tenait au chevet d'une jeune femme enceinte allongée sur un lit médicalisé.

— Tu m'as appelée…

Quand il se retourna, son regard émeraude lançait des flammes.

Chase Barrington n'était pas homme à être ignoré. Même s'il ne donnait jamais d'ordres à proprement parler, tout le monde appliquait ses consignes. Sauf qu'il s'exprimait d'une autre manière avec le reste de l'équipage !

Elle lui mettait visiblement les nerfs en pelote. Tant mieux car la réciproque était vraie. Les étincelles qui avaient jailli entre eux le premier jour n'avaient pas disparu, au contraire. Ils s'évertuaient toutefois à faire semblant de rien. Ils ignoraient cette attraction violente et, comme par accord tacite, évitaient de se retrouver seuls.

Encore six semaines à ce régime-là. Elle allait finir par détester Chase ou, plus probablement, par devenir folle.

— Cette dame enceinte a besoin de moi ? demanda-t-elle, glaciale.

— Oui. Excuse-moi d'avoir crié mais j'avais l'impression que tu ne m'entendais pas.

— Eh bien si, tu vois. Quel est le problème ?

— Elle refuse que je l'examine, tout simplement.

— Cela a déjà dû t'arriver, je suppose ? Ces femmes n'ont pas l'habitude de se faire toucher le ventre par des hommes.

— Certes, mais j'espérais que, vu les circonstances, la patiente accepterait mon aide, répondit-il d'un ton las.

Comme elle, il se tracassait beaucoup pour les réfugiés. Et force était d'admettre que les barrières linguistiques et culturelles ne leur facilitaient pas la tâche.

— Elle ne parle pas anglais, précisa-t-il.

— Je vais aller chercher Zala et lui demander de faire l'interprète.

— Zala ?

Kristina réprima un sourire. Il n'était pas le seul à savoir établir le contact. Elle-même se débrouillait plutôt bien, ne lui en déplaise !

— Elle est arrivée hier. C'est difficile de la comprendre, mais elle a réussi à demander de l'eau en anglais.

Quand Kristina lui avait donné une bouteille, la jeune fille l'avait récompensée d'un sourire lumineux qui l'avait émue au plus profond. Si quelqu'un pouvait les aider, c'était bien Zala.

Chase se pencha vers elle en souriant.

— Super.

Elle dut résister à l'envie de courir pour mettre de la distance entre cet homme, son incroyable magnétisme, et elle. Elle lui rendit son sourire, se détourna et partit posément, comme s'il ne lui faisait aucun effet. En réalité, elle bouillonnait !

Pour la millième fois depuis le début de cette mission, elle se traita d'imbécile. Chase Barrington était un solitaire, un bourreau de travail. Il n'y avait aucune place pour une femme dans sa vie. Dans ces conditions, s'attacher à lui aurait été la plus mauvaise idée du siècle. N'avait-elle pas assez souffert après la désertion de ses parents ? À quoi bon s'exposer à être malheureuse ?

Une aventure avec Chase n'aurait jamais d'issue positive. Elle en était certaine.

Balayant ces réflexions, elle monta sur le pont où des dizaines de réfugiés, hommes, femmes et enfants, protégés du soleil par des auvents fixés au bastingage, attendaient de voir un médecin. Elle se félicitait chaque jour d'être venue apporter sa petite pierre à l'édifice. D'ailleurs, elle ne ménageait pas sa peine pour traiter les plaies, brûlures, infections ou autres pathologies liées à la malnutrition.

Compte tenu des circonstances, ce poste était devenu délicat pour Claire, la future épouse d'Ethan, que Kristina avait rencontrée en arrivant. Enceinte, la jeune femme était trop vulnérable. Elle allait maintenant profiter de son congé maternité avec Ethan auprès de qui elle avait trouvé l'amour. Hélas, cela ne pouvait pas fonctionner pour tout le monde, songea Kristina avec regret.

— Zala ! appela-t-elle, revenant à sa mission.

La jeune Soudanaise se leva et vint la rejoindre.

— Comment vas-tu ? As-tu mangé ? demanda Kristina très lentement.

— Oui.

Avec des mots simples, elle expliqua à Zala ce qu'elle

attendait d'elle. La jeune fille la suivit jusqu'à la salle commune, où Chase essayait de persuader sa patiente de boire un peu d'eau.

— Le travail a commencé, dit-il.

— Qu'est-ce qui te fait dire ça ?

— Oh ! trois fois rien… Elle se raidit toutes les quatre minutes. Si mes souvenirs sont exacts, on appelle ça des contractions.

Il aurait dû plaisanter plus souvent. Quand il se laissait aller, son regard devenait aussi lumineux qu'une prairie en été. Il était magnifique…

— Ta présence ne sera pas la bienvenue, répondit-elle en souriant. As-tu remarqué des problèmes particuliers ?

— Elle a sans doute un peu de fièvre et, comme beaucoup de ces femmes, elle est très fatiguée.

Kristina fit signe à Zala d'approcher. La jeune fille ne manifesta aucune émotion particulière en apprenant qu'elle allait assister à un accouchement. Ce genre de situations était sans doute banal dans son pays.

— Je vais demander aux hommes de rester de l'autre côté de la pièce, dit Chase. Moi-même, je ne serai pas loin. Je me rapprocherai si nécessaire.

— J'espère que tout ira bien. Tu connais cette femme, Zala ? Tu sais comment elle s'appelle ?

— Marjali.

Se penchant, Kristina examina le ventre de la patiente, marbré de nombreuses vergetures.

— Ce n'est pas son premier bébé, je suppose ?

Zala s'assit de l'autre côté du lit et échangea quelques phrases avec la future mère.

— Quatre bébés, dit la jeune interprète. Deux morts, deux ici sur bateau avec papa.

Kristina hocha la tête. Jamais elle ne s'habituerait à cette souffrance. Bien sûr, sans les organisations internationales, les choses auraient été pires, mais ce n'était pas une consolation. Les moyens mis en œuvre n'étaient pas suffisants et elle avait du mal à l'accepter.

Après cette mission, elle rentrerait en Angleterre sans prolonger son contrat. Elle n'était pas assez solide pour faire carrière dans l'humanitaire. C'était vraiment trop dur.

Un cri aigu la ramena soudain à la réalité. La tête du bébé apparaissait déjà et Kristina sourit, émerveillée par le miracle qui s'opérait là, devant elle. Quel effet cela faisait-il de devenir maman ? Elle doutait de connaître ce bonheur un jour tant l'exemple de sa mère l'avait découragée.

Après son divorce, celle-ci l'avait emmenée à Los Angeles où elle avait fait la connaissance d'un Américain richissime, prêt à l'épouser pourvu que « Kris » ne reste pas dans leurs jambes. Les heureux mariés avaient donc du jour au lendemain renvoyé Kristina en Angleterre.

À son retour à Londres, son père lui avait expliqué qu'il n'avait pas le temps de s'occuper d'elle. Il l'avait inscrite en pension et elle n'avait plus jamais connu de vie de famille « normale ». De vie de famille, tout court…

Voyant Marjali se crisper, elle tendit les bras pour accueillir le nouveau-né qui se présentait. Il atterrit droit entre ses mains et, émerveillée, elle l'accueillit avec des larmes de joie. Quel moment magique ! Que ce petit garçon était beau avec ses joues mates et sa couronne de boucles noires !

— Il est magnifique, murmura-t-elle. Félicitations. Tout va bien, Marjali.

Pendant que Zala traduisait ses propos, Kristina coupa le cordon ombilical. Elle procéda ensuite aux premiers soins sur le nouveau-né et l'emmena vers la balance murale pour le peser.

Avec ses deux kilos tout rond, il aurait été admis en réanimation néonatale dans n'importe quelle maternité européenne. Là, sur ce bateau, c'était différent. On lui ferait boire des solutés nourrissants et il demeurerait sous surveillance étroite pendant tout le séjour de sa famille à bord. L'équipe médicale ne pourrait pas faire grand-chose de plus, mais, compte tenu des circonstances, ce petit bonhomme démarrait plutôt bien dans la vie.

Kristina gagna le fond de la salle pour prendre le nécessaire destiné à la toilette de Marjali. Au passage, elle briefa Chase sur l'heureux événement auquel elle venait d'assister.

— Regarde, dit-elle, émerveillée. Elle a déjà mis le bébé au sein de la façon la plus naturelle qui soit. Je doute que le lait soit très nourrissant, hélas.

— On va veiller à bien l'alimenter, ne t'inquiète pas.

— Tout de même… Quand on pense à ce que le lieu ou le pays de naissance déterminent pour chaque être humain… C'est terrible.

Ils échangèrent un regard éloquent, signe qu'ils étaient sur la même longueur d'onde. Pour une fois, elle ne songeait pas à l'effet qu'il lui faisait. Ils se trouvaient simplement en symbiose professionnelle dans un contexte difficile.

Et soudain, alors qu'ils se dévisageaient, ses muscles dorsaux se rappelèrent à son bon souvenir. Elle s'étira en grimaçant.

— Ça va ? demanda-t-il d'un ton inquiet. Tu as l'air d'avoir plus mal que d'habitude.

Il avait remarqué qu'elle souffrait ? Elle ne s'en était jamais doutée !

— Tout va bien, dit-elle d'un ton rassurant. C'est juste une vieille blessure qui se réveille de temps à autre. J'ai eu un accident de service.

Consternée, elle porta la main à ses lèvres. Elle n'évoquait jamais cet épisode avec quiconque. Jamais.

— Quoi ? Sérieusement ? demanda-t-il. C'est pour ça que tu as quitté l'armée ?

— Je me suis fait réformer. Je n'avais pas le choix. On peut dire que j'en avais plein le dos.

Elle avait voulu jouer la carte de l'humour mais il eut une lueur soucieuse dans le regard, il n'était pas dupe. Elle soupira.

— En plus des vertèbres, j'ai été sérieusement touchée

à la cuisse, dit-elle. Il a fallu du temps, mais les choses rentrent petit à petit dans l'ordre.

— Tant mieux, Kris. Je suis content pour toi.

— Kristina.

— Kris-ti-na, fit-il avec une grimace comique.

Elle ne put s'empêcher de rire.

— Tu fais exprès de m'embêter !

— Que veux-tu, ça me distrait. Tu fais la même tête quand je chipe tes biscuits au chocolat dans ton dos.

La discussion devenait un peu trop personnelle. À chaque seconde, le rythme de son cœur et les fourmillements familiers qu'elle ressentait en présence de Chase s'intensifiaient. Encore un peu et elle allait se trahir, si ce n'était déjà fait. Car, à en juger par son sourire narquois, il saisissait parfaitement la situation !

Une mise au point s'imposait. Ce soir-là, après le dîner, contrairement à son habitude, elle ne se retirerait pas directement dans sa cabine. Elle irait affronter Chase et elle clarifierait les choses. C'était la meilleure solution.

— Salut, Reid. Comment vas-tu ?

Assis sur un caisson en bois, face à la mer, Chase inspira profondément l'air marin et rapprocha le téléphone de son oreille pour mieux entendre. Comme chaque soir, il avait retrouvé « son » coin, un espace en retrait au bout du pont inférieur. Il s'isolait pour avoir du calme et, sauf urgence, personne ne venait le déranger.

— Très bien, répondit Ethan. Et toi ?

— Oh ! pas trop mal. Encore une bonne journée de passée.

Il avait la satisfaction du devoir accompli, sans savoir ce que lui réservait le lendemain. C'étaient les aléas des missions humanitaires…

— Tu as oublié ta tablette sur le bateau, fit-il. Veux-tu que je la mette au courrier dans l'hélicoptère ?

Ethan éclata de rire.

— Ne t'embête pas et garde-la jusqu'à mon retour. Je n'en aurai pas besoin pendant ces deux semaines. Claire occupe bien mes congés.

— Super, elle te maintient en forme ! répondit Chase avec une pointe d'envie. Tu as trouvé un poste pour l'après-MPT ? Ton contrat se termine bientôt.

— C'est en bonne voie. Le centre pour réfugiés de Marseille va créer un poste de médecin. Ils me le réservent.

— Mais c'est génial !

Son enthousiasme était sincère. Il n'avait pas revu Ethan depuis l'accident qui avait coûté la vie à Nick, mais ces six dernières semaines ils avaient travaillé ensemble sur le *Poséidon* et les liens s'étaient renoués.

Bien sûr, la tension et le chagrin n'avaient pas disparu. Chase culpabilisait toujours et, pour cette simple raison, il ne pourrait jamais redevenir proche d'Ethan. Du moins pas dans l'immédiat, même s'il appréciait leurs conversations…

— Tu as de la chance d'être parti en congé à la dernière escale, dit-il. On n'arrête pas, ici.

— Au moins, tu es en bonne compagnie, répondit Ethan.

— Comment ça ?

— Ne fais pas l'innocent. Kristina te plaît, tout le monde l'a vu. Elle est la seule à pouvoir te dérider. Et ça fait tellement d'étincelles entre vous qu'un soir j'ai failli prendre l'extincteur !

Chase émit un grognement agacé. Il ne nierait pas, mais il ne ferait aucun commentaire. C'était beaucoup mieux ainsi.

— Je ne m'intéresse qu'à mon travail, répondit-il néanmoins. *Tout le monde* devrait le savoir.

À peine avait-il fait cette déclaration qu'une ombre, précédée d'un parfum de rose et de pin anglais, se matérialisa près de lui. Cette odeur subtile le suivait partout, jusque dans ses rêves, au point que, certaines nuits, il se levait pour prendre une douche froide…

— Hum… On m'appelle, il faut que je te laisse. À bientôt, Ethan. Bonne soirée.

— À plus, mon vieux ! Ne travaille pas trop !

Kristina était la première à venir le déranger dans « son » coin. Et contre toute attente, il se réjouissait qu'elle ait osé le faire.

— Salut, Kris.

— Ne m'appelle pas comme ça, s'il te plaît.

— D'accord, Kristina.

Elle s'accouda au bastingage et ne dit plus rien. Ainsi, une femme était capable de rester silencieuse ? Sa sœur, Libby, ne savait pas se taire. Depuis quelques mois, elle passait toutes leurs conversations téléphoniques à lui demander quand il allait arrêter de parcourir le vaste monde pour rentrer au bercail…

— Tu as des nouvelles de Libby ? demanda-t-il pour rompre le silence.

— On s'est parlé hier.

— Vous vous entendez bien, apparemment ?

— Il faudrait être difficile pour ne pas s'entendre avec ta sœur. Et puis elle fait les meilleurs pancakes aux myrtilles de la planète !

Quand elle se tourna vers lui en riant, sa chevelure blonde dansa sur ses épaules en un mouvement gracieux et il dut résister à la tentation d'y glisser les doigts. Pour travailler, elle rassemblait ses cheveux en une tresse épaisse, dorée comme les blés, qu'il avait invariablement envie de défaire…

— Que penses-tu de Merrywood ? demanda-t-il.

Elle se tourna vers lui et s'adossa au bastingage.

— J'adore cet endroit ! Les gens sont chaleureux et accueillants. J'avais très envie d'y rester.

— C'est sympa, mais parfois un peu pesant, répondit-il. Tout le monde connaît tout le monde. Quand tu es ado et que tu vas fumer au bord de la rivière avec tes copains, il y a toujours une bonne âme pour le répéter aux parents !

— Ça fait de bons souvenirs, plus tard. C'est ça, la vie en communauté. D'ailleurs, tu t'en souviens encore…

Elle avait l'air un peu triste et il prit conscience qu'il ne la connaissait pas du tout. Néanmoins, pour la première fois depuis des lustres, il avait *envie* de connaître une femme au-delà des apparences. Car, qu'il le veuille ou non, elle le touchait profondément.

Était-ce pour cela qu'il se sentait nerveux alors qu'il était si calme d'habitude ? Cette incroyable attirance le mettait mal à l'aise, lui qui ne voulait pas d'une histoire sérieuse. Tant qu'il aurait des vies à sauver aux quatre coins du globe, tant qu'il essaierait de se racheter de la mort de Nick, il resterait seul.

Dompterait-il un jour les fantômes du passé ? Cela était-il seulement possible ? Six semaines plus tôt, il aurait répondu non. À présent il ne savait plus mais il se disait que, peut-être, il existait un moyen de faire la paix avec lui-même…

— Pourquoi ne veux-tu pas qu'on t'appelle Kris ? demanda-t-il, curieux d'en apprendre davantage sur elle.

— C'était mon nom à l'armée. C'était soit ça, soit « capitaine ».

— Et tu ne rouspétais pas ?

— Quoi qu'en disent les officiers, le monde militaire est encore très masculin. Ce diminutif était un signe d'appartenance, en tout cas je l'ai pris comme tel. Mais sinon, je le déteste depuis l'âge de dix ans.

— Tu veux bien m'expliquer pourquoi ?

— Ce n'est pas très important, répondit-elle d'un ton abrupt qui laissait supposer le contraire. Après le divorce de mes parents, ma mère m'a emmenée à Los Angeles. Là, elle a rencontré un riche Américain tout prêt à l'épouser pourvu que « Kris » soit mise à l'écart. Il prononçait mon nom avec dédain. Il me tenait pour quantité négligeable.

Chase se pencha vers elle et respira son parfum subtil et délicat. Plus jamais il ne l'appellerait « Kris », pas même pour plaisanter.

— Ta mère l'a envoyé balader, j'espère ?

— Pas du tout. Elle m'a renvoyée, moi. Je suis rentrée en Angleterre et, comme mon père travaillait beaucoup pour regagner l'argent perdu suite au divorce, il m'a mise en pension.

— Mais non !

Quelle tristesse ! Elle n'avait pas connu le bonheur de grandir entourée des siens. Lui-même s'était parfois senti étouffé par ses parents – surtout après le drame –, mais il n'aurait pas échangé leurs familles pour tout l'or du monde. D'un seul coup, il mesurait sa chance !

Il entoura les épaules de Kristina d'un bras et l'étreignit.

— Je suis désolé, dit-il dans un murmure. Ça n'a pas dû être drôle tous les jours.

— C'est le moins que l'on puisse dire.

— J'imagine que cela a influencé ton plan de carrière et ton départ pour l'armée ?

— D'une certaine façon, oui.

— Personnellement, je me vois mal obéir à des ordres en permanence.

Elle éclata de rire et pivota sous son bras pour lui faire face.

— Tiens donc ! Tu m'étonnes.

— « Tête de mule ». Voilà comment on m'appelait à la maison et à l'école.

Reprenant son sérieux, il demanda :

— La vie militaire te manque ?

— Non, pas du tout. J'ai fini par comprendre que j'avais besoin d'autre chose.

Elle avait, de nouveau, l'air un peu triste. Mais avant qu'il n'ait pu la questionner davantage, elle s'écarta.

— Bon, je vais aller me reposer. À demain.

Elle s'éloigna sans bruit comme à son habitude, tête haute, avec cette légère raideur dans la jambe qui n'était perceptible que si on l'observait de près. Certains jours, elle boitait un peu. À d'autres moments, elle grimaçait en se frictionnant le bas du dos quand elle croyait être seule. Elle n'était pas du genre à se plaindre, au contraire…

À sa grande surprise, elle revint sur ses pas et se planta devant lui en souriant.

— Pour info, tu ferais un très mauvais adjudant. « Kristina ! J'ai besoin de toi ici, maintenant ! » fit-elle en imitant la façon dont il s'était adressé à elle ce matin-là.

Elle claqua des talons et porta une main à son épaule puis repartit, pour de bon cette fois. Il la regarda s'éloigner, riant tout seul, navré qu'elle l'ait privé si tôt de sa compagnie. C'était bien la première fois que cela lui arrivait. D'habitude, le soir, il préférait rester seul.

Dorénavant, il éviterait toute conversation personnelle avec elle. Ce genre de choses était beaucoup trop dangereux pour sa tranquillité. Et surtout, comment nier qu'il la désirait au point d'en perdre l'esprit ? Il n'avait eu aucune relation avec une femme depuis près d'un an, ce qui expliquait peut-être cela !

Kristina lui faisait chanter le corps, le cœur et la tête. Mais sans doute aurait-il réagi de la même manière avec n'importe quelle collègue un tant soit peu séduisante ?

Ou pas…

Il regagna sa cabine, exaspéré. Il avait beau vouloir se persuader du contraire, il savait que Kristina Morton était spéciale et qu'il allait encore tourner et retourner sa tête sur l'oreiller jusqu'à l'aube en pensant à elle.

2.

Kristina avait lamentablement échoué. La veille, au lieu de mettre les choses au point avec Chase, elle avait failli se jeter à sa tête.

Elle avait voulu jouer cartes sur table, lui signifier qu'il ne se passerait rien entre eux. Pourtant, la discussion avait pris un tour inattendu : il avait réussi à la faire parler d'elle, avec pour seul résultat qu'au bout du compte elle s'était sentie plus proche de lui. Encore un peu et elle lui aurait raconté la mort du caporal Higgs. Ça aurait été la cerise sur le gâteau !

Non seulement elle avait arrêté les confidences à temps, mais elle avait réussi à partir sans se compromettre. Elle était même sortie sur une boutade. Ses longues années de pratique de l'autodiscipline lui avaient été d'un grand secours…

Elle réprima un grognement, se leva de sa couchette et s'étira comme elle avait pris l'habitude de le faire au réveil. Mais au moment où son dos se relaxait, sa cuisse se rappela à son bon souvenir et elle reçut une décharge électrique dans la fesse. Cette fois, elle ne put retenir un petit cri.

— Eh, ça va ? demanda Jane, sa compagne de cabine, depuis le lit supérieur.

— Le gars qui a conçu ces couchettes n'a jamais dû s'y allonger, répondit-elle en grognant.

— Moi, ça ne me gêne pas. Je m'endors sitôt la tête posée sur l'oreiller.

Kristina eut un petit rire.

— Oui, je confirme !

La jeune infirmière avait ronflé comme toutes les nuits, la veille y compris, si bien que Kristina, déjà énervée, avait eu toutes les peines du monde à trouver le sommeil.

Jane laissa pendre ses jambes par-dessus son lit en bâillant.

— Tu sais quoi ? Je vais prendre une douche et, ensuite, j'essaierai de me rendormir un peu.

— Bonne idée. Je vais faire la même chose, mais sans me recoucher.

Il n'y avait rien de mieux qu'un jet d'eau froide pour bannir certaines pensées inavouables. Depuis qu'elle connaissait Chase, Kristina y avait d'ailleurs recours régulièrement !

Après le départ de Jane, elle finit ses étirements puis prit comme chaque matin dans son sac des sous-vêtements propres, un T-shirt blanc portant le logo MPT et un bermuda en coton. Se couvrir les jambes jusqu'aux genoux était la seule manière d'éviter qu'on ne la questionne sur sa cicatrice.

Elle n'avait aucune envie de raconter qu'un jour, en mission d'entraînement, son équipe avait sauté sur une grenade. Dans l'explosion, elle avait été projetée en l'air et était lourdement retombée sur une poutrelle métallique. Paralysée, elle n'avait pas pu sauver le caporal Higgs qui se trouvait quelques mètres plus loin. Ses collègues lui avaient cent fois répété qu'il n'y aurait rien eu à faire, mais malgré cela elle culpabilisait toujours…

Suite à l'accident, son existence avait changé de manière radicale. Elle avait été réformée. Elle avait travaillé sur elle-même pour se reconstruire, puis s'était mise en quête d'un cadre de vie stable, accueillant et serein.

Merrywood aurait convenu à merveille, si seulement elle avait pu y rester.

Le regard brouillé de larmes, elle vit Jane revenir dans la chambre.

— C'est libre, il n'y a personne, dit la jeune femme. Profites-en !

— Merci. J'y… vais.

Après une douche revigorante, elle se sentit un peu mieux. Sachant qu'elle ne pourrait plus dormir, elle gagna le réfectoire, où Chase était attablé devant son café. Il n'y avait personne d'autre et elle s'assit face à lui.

— Bonjour…

— Bonjour, Kristina. Tu es matinale. Il est à peine 6 heures.

Si elle avait été raisonnable, elle aurait empoigné son plateau et serait montée prendre son petit déjeuner sur le pont. Mais la perspective d'un tête-à-tête, aussi bref fût-il, avec Chase la séduisait davantage.

— L'escale à Barcelone me semble déjà très loin, dit-il. On n'a pas arrêté depuis. Au fait, comment as-tu occupé ton temps libre, là-bas ? Je ne te voyais presque pas à l'hôtel.

Avait-il recherché sa compagnie pendant ces trois jours de liberté ? Première nouvelle ! Elle avait plutôt eu l'impression qu'il ne voulait voir personne…

— Oh ! je n'ai rien fait de spécial, répondit-clle, faussc-ment désinvolte. Quelques incursions dans les bars à tapas, du shopping avec Collette et Rani… Mais à côté d'elles, je suis petite joueuse ! J'ai aussi fait une randonnée dans les Pyrénées. C'était beau mais trop court, je me suis promis d'y retourner à l'occasion.

— Je te comprends. Personnellement, j'aime beaucoup l'Espagne. Avec ma famille, j'y ai passé plusieurs étés. Je faisais du surf, du jet-ski, du canyoning. J'en garde de très bons souvenirs.

À une époque, il avait donc pensé à autre chose qu'à son travail. Intéressant…

— C'était le bon temps, sans doute, dit-elle.

Elle vit sa main se crisper sur la fourchette.

— Oui, en effet.

Pour faire diversion, elle se leva et prit son mug.

— Je vais chercher du thé. Veux-tu quelque chose ?

— Un café, s'il te plaît. Avec un nuage de lait et un sucre.

Quand elle revint s'asseoir face à lui, elle dut résister à

l'envie de lui replacer une mèche rebelle sur le front. Ses boucles brunes un peu trop longues lui donnaient un air irrésistible, comme le léger duvet qui lui ombrait les joues et le menton. Si elle s'était écoutée…

Une voix masculine dans son dos la fit sursauter :

— Eh bien ! Moi qui me croyais matinal, je suis battu à plates coutures !

Calvin, un des infirmiers, venait de les rejoindre. Voyant les plats vides, il gagna le bout de la pièce à grandes enjambées :

— Pierre, peux-tu refaire des œufs au bacon, s'il te plaît ? Ces deux-là ont tout dévoré.

Kristina secoua la tête en souriant. La journée commençait pour de bon, cette fois. Son tête-à-tête avec Chase n'avait pas duré plus de quelques minutes.

— On va faire équipe ce matin, annonça celui-ci. Plusieurs patients présentent des brûlures, dues au fuel des bateaux. Elles doivent être débridées. Pour l'un d'entre eux, la situation est assez préoccupante.

— À quelle heure veux-tu commencer ?

— Dès qu'on aura fini de manger.

Il lui sourit, mais elle devina son inquiétude.

— Pourquoi n'as-tu pas demandé à Abdul ?

En un éclair, son expression passa du grand beau temps à l'orage.

— Refuserais-tu de m'aider, par hasard ? demanda-t-il d'un ton rogue.

— Bien sûr que non. Simplement, je suis généraliste et Abdul chirurgien. C'est à lui que je pense. Il risque d'être vexé que je fasse son travail.

— Désolé, excuse-moi. Abdul se repose, dit-il avec un sourire contrit. Il a fait de la petite chirurgie jusqu'à 2 heures du matin. Les réfugiés que nous avons accueillis hier soir n'étaient pas en grande forme.

Alors allons y. Autant commencer le plus vite possible.

En salle de soins, son cœur arrêterait enfin de battre la chamade. Les réactions épidermiques qu'elle avait, dues à la présence de Chase, à la proximité de son corps bronzé et musclé, se calmeraient d'elles-mêmes. Il n'y avait rien de tel que le travail pour faire diversion !

Sur place, elle se concentra sur sa tâche et écouta attentivement les consignes de Chase. Leur patient le plus sévèrement brûlé était la priorité du moment. Certaines plaies devraient être débridées et d'autres laissées en l'état.

— On ne va pas tout traiter, car il faut limiter les risques d'entrées infectieuses, dit-il. On va gérer les grosses lésions, ce sera déjà bien.

— Il repartira avec un traitement antibiotique et des antalgiques, je suppose ?

— On va déjà lui en administrer ici, mais, oui, il faudra sûrement qu'il en prenne un peu à sa descente du bateau.

Elle opina, tendit le bras vers la boîte de gants jetables et grimaça. Son dos venait de se réveiller au plus mauvais moment. Elle avait allégé ses étirements depuis qu'elle était à bord et elle en payait le prix !

— Tu as mal ? demanda Chase.

Gênée, elle se détourna.

— C'est juste un petit pincement.

Avant leur discussion, elle n'avait jamais parlé à personne de ses ennuis de santé. Dans la crainte qu'on ne lui refuse le poste, elle s'était d'ailleurs abstenue d'en faire mention sur sa fiche de renseignements pour MPT.

— D'accord. Bien, allons-y.

Il lui tourna le dos, sans froideur, mais sans lui témoigner l'intérêt qu'il avait manifesté la veille, sur le pont. Elle l'avait vexé en éludant le sujet.

— Ça va, dit-elle d'un ton doux. Vraiment.

Il lui jeta un coup d'œil par-dessus son épaule.

— Je fais de très bons massages, au cas où. Enfin, je veux dire…

Il bafouilla, réalisant sans aucun doute ce que sa proposition pouvait avoir d'ambigu.

Elle enfonça avec une telle force sa main droite dans son gant qu'il se déchira.

— C'est gentil, merci, mais ça ira. Je ferai du yoga plus tard.

— Oh ! là, doucement ! Tiens, prends-en un autre…

Il recouvrait de toute évidence ses esprits plus vite qu'elle. Lorsqu'elle fut enfin prête, elle croisa à sa grande gêne son regard malicieux.

— Alors comme ça, tu fais du yoga ? fit-il d'un ton taquin.

— Ne te moque pas. Tu devrais essayer. C'est très efficace.

— Oh ! mais je n'en doute pas !

Ils se rapprochèrent de la table d'opération où leur patient, endormi par l'anesthésiste, était allongé sur le dos.

Conjuguant leurs efforts, ils débridèrent une plaie après l'autre. Il leur fallut près d'une heure pour réaliser un travail net, aussi parfait que possible.

— Il va avoir mal au réveil, dit Kristina.

— Je lui ai injecté une bonne dose de morphine, mais on lui en redonnera si besoin. Par la suite, les antidouleurs prendront le relais. J'espère bien qu'il sera guéri, ou presque, au moment de quitter le *Poséidon*.

Suite à cette intervention, les infirmiers leur amenèrent cinq brûlés plus légers, qu'ils traitèrent l'un après l'autre. La chaleur devenait presque insupportable, au point que Kristina devait régulièrement s'éponger le front.

— La clim a lâché ou quoi ? demanda-t-elle.

— J'en ai bien l'impression, confirma Chase.

Il retira ses gants, les lança dans la poubelle, et ajouta :

— Il est 11 h 30, on a bien avancé. Je propose qu'on arrête là pour ce matin. Qui vient prendre un café glacé ?

— Moi ! répondit aussitôt Tom, l'anesthésiste.

— Pas moi, merci, répondit-elle. Je vais voir où en est la séance de vaccinations.

Il faudrait la journée, et sans doute une partie de la nuit, pour vacciner les cent cinquante nouveaux réfugiés accueillis à bord. Néanmoins, elle ne s'inquiétait nullement pour l'organisation ; les infirmières, toutes expérimentées, étaient très efficaces. Elle avait seulement eu besoin d'un prétexte pour s'éloigner de Chase. Une matinée avec lui dans un espace confiné, c'était trop !

— OK, marmonna-t-il. On se verra au déjeuner.

— Oui, sans doute…

Finalement, elle choisit de manger un sandwich dans sa cabine. Puis, après s'être restaurée, elle déplia son tapis de yoga dans l'espace étroit qui séparait le lit du mur. Elle s'assit alors en tailleur, les paupières closes, et prit une profonde inspiration pour libérer son corps des tensions qui lui provoquaient toutes ces douleurs.

Comme elle en avait pris l'habitude, elle enchaîna exercices simples et étirements. Mais contre toute attente, l'image de Chase surgit dans son cerveau et elle sentit ses muscles se crisper d'un coup. Au temps pour l'efficacité du yoga ! Cet homme ne pouvait-il pas la laisser tranquille ?

Elle s'agenouilla, se leva avec précaution et rangea son tapis. Elle n'avait plus de temps pour la relaxation. Elle était même en retard de dix minutes !

Promptement, elle rejoignit la salle de soins. Chase avait déjà une mission à lui confier :

— Pourrais-tu aller voir Marjali, s'il te plaît ? D'après Zala, elle saigne entre les jambes.

— J'espère qu'il s'agit de saignements post-partum normaux, répondit-elle. Je vais aller leur parler. Croisons les doigts pour que Marjali se laisse examiner.

— Oh ! je ne m'inquiète pas pour ça.

Elle le fixa, surprise.

— Ah, bon ? Ça n'a pourtant rien d'évident. Nous sommes des étrangers pour elle.

Les coins de la bouche de Chase s'étirèrent en un irrésistible sourire.

— Je ne parierais pas, à ta place. Tu risquerais de perdre.

Il semblait avoir confiance en ses capacités relationnelles, une idée qui lui fit chaud au cœur. Mais le moment n'était pas venu de se laisser aller. Sa patiente avait besoin d'elle.

— On verra, répondit-elle d'un ton léger. Je vais faire le maximum pour te donner raison, en tout cas.

Comme prévu, les deux femmes se trouvaient sur le pont, à l'ombre. Elle les invita à descendre en salle de soins, où elle isola Marjali à l'aide d'un paravent.

— J'ai besoin de regarder entre ses jambes, Zala, dit-elle d'un ton doux. Parfois, il y a trop de sang à l'endroit où les bébés sortent. Vous comprenez ?

La jeune fille opina et se mit à traduire ses propos à toute vitesse. Elle s'exprimait à voix basse, d'un ton urgent, sans doute pour convaincre Marjali du bien-fondé de cet examen. La maman regarda Kristina droit dans les yeux. Qu'allait-elle décider ?

Finalement, elle se tourna vers Zala et lui dit quelques mots.

— C'est bon ! dit l'interprète, l'air satisfait. Elle accepte. Je lui ai dit que vous étiez gentille.

De soulagement, Kristina faillit la prendre dans ses bras, mais cette marque d'affection n'aurait peut-être pas été la bienvenue, et elle se contenta de sourire.

— Merci beaucoup, Zala.

Celle-ci lui posa une main sur le poignet.

— Ça va aller, dites ?

— Bien sûr que ça va aller. Surtout, répétez bien mes propos à Marjali.

Elle ne mit pas longtemps à identifier le problème : une déchirure s'était produite depuis l'accouchement.

— Je vais lui faire une piqûre, dit-elle.

— C'est quoi ?

— Une petite aiguille qui va mettre un produit dans son corps pour l'empêcher d'avoir mal. Ensuite, je recoudrai la plaie.

Tout se déroula sans anicroche grâce à la présence de

Zala. Dès que Kristina eut terminé, Marjali voulut s'asseoir, mais Kristina l'arrêta d'un geste.

— Doucement ! Qu'avez-vous fait depuis la naissance du bébé ?

— Elle a apporté des seaux d'eau sur le pont, dit Zala. C'est son travail.

— Ce travail peut être donné à quelqu'un d'autre. Elle ne doit absolument plus faire d'efforts. Voilà pourquoi elle a eu une déchirure et des saignements. Dites-lui qu'elle doit se reposer. C'est indispensable pour guérir. Elle va rester dans cette pièce sous surveillance aujourd'hui. Vous pourrez aller chercher son bébé, d'accord ?

— D'accord, répondit Zala, docile.

À peine Kristina avait-elle contourné le paravent que Chase se matérialisa près d'elle. Il avait dû guetter pour avoir des informations !

Quand elle lui exposa le problème, il se rembrunit.

— Marjali ne portera plus rien du tout, déclara-t-il, péremptoire. Je vais parler au chef de son groupe.

— Super, mais à ta place j'éviterais d'impliquer Zala dans l'entretien. Les hommes pourraient penser qu'elle se mêle de ce qui ne la regarde pas.

— Tu as raison. Merci d'y avoir pensé, dit-il en lui pressant légèrement l'épaule.

Ce geste, banal en apparence, suffit pourtant à l'électriser tout entière. Combien de temps allait-elle résister ? Au-delà de l'attirance physique, elle commençait à ressentir bien d'autres choses, au point qu'elle ne savait plus comment réagir.

Et si faire l'amour avec Chase était un bon début ? Après tout, pourquoi pas ? Elle n'avait pas grand-chose à perdre...

Kristina rangea son assiette et ses couverts dans le lave-vaisselle du réfectoire, puis se tourna vers les convives encore présents.

— Bonsoir ! dit-elle à la ronde. Je retourne voir Marjali, ensuite j'irai me coucher.

Il était plus de 9 heures et tout le monde semblait fatigué. Jane, qui l'avait suivie à la porte, s'arrêta près d'elle.

— Et si tu allais faire quelques étirements sur le pont ?

— Pas la peine, j'ai réussi à faire du yoga dans la cabine, ce midi.

— Tu pourrais y aller quand même, fit sa voisine de chambre avec un clin d'œil malicieux.

Ainsi, Jane savait qu'elle était allée voir Chase dans « son » coin, la veille ? Au fond, cela n'avait rien d'étonnant. Les nouvelles circulaient vite sur un bateau, où les gens n'avaient guère d'autre distraction que les commérages.

Elle haussa les épaules.

— À tout à l'heure, répondit-elle d'un ton froid.

En salle de soins, Marjali et son bébé, ventilés par la climatisation, dormaient comme des bienheureux sous la surveillance d'une infirmière. On n'avait pas besoin d'elle. Elle pouvait aller se reposer.

La brise soufflait maintenant dans l'escalier des coursives et elle soupira. Sa petite cabine allait probablement être une fournaise. Il devait faire doux, sur le pont inférieur. Là-bas, il n'y aurait personne hormis Chase, qui, elle en était sûre, regardait la mer…

Elle n'hésita qu'un instant et sortit. Après avoir rejoint Chase, elle s'accouda au bastingage, en veillant à garder ses distances.

— Je me demandais si tu allais venir, dit-il dans un murmure.

— Ce n'était pas prévu, mais j'avais besoin de calme et d'air frais pour réfléchir.

— Alors je ne te demanderai pas à quoi tu penses, répondit-il, son sourire charmeur aux lèvres.

— Figure-toi que je pensais à l'après-MPT.

— Tu veux rentrer en Angleterre ?

— Oui.

— Dommage. L'organisation a besoin de gens comme toi.

— Si un pour cent du corps médical passait six ou douze semaines en mission, MPT aurait de quoi tourner sans problème.

— Ce serait formidable mais, hélas, tout le monde ne peut pas entrer dans l'humanitaire, même pour une courte période.

— Oui, je sais…

— Alors que cherches-tu, cette fois ?

— Un poste fixe de généraliste dans un cabinet. Une petite ville comme Merrywood me conviendrait très bien.

Une fois installée, peut-être pourrait-elle enfin s'occuper de sa vie personnelle ? Elle rêvait de bâtir un foyer uni, d'avoir des enfants. La famille était un souvenir si lointain qu'elle s'en souvenait à peine !

Malgré elle, son regard se porta sur Chase, qui s'était absorbé dans la contemplation du paysage.

Un certain mystère émanait de lui, en plus du charme et de la séduction. Il était beau, intelligent, mais sans doute trop dangereux pour sa tranquillité.

Elle n'avait pas forcément besoin de cela. Ou peut-être que si.

Va savoir, Kristina…

3.

— Reid ? Je voudrais m'assurer que tu seras bien parmi nous les trois prochaines semaines…

Chase, debout dans son bureau, espérait qu'Ethan – accaparé qu'il était par son mariage et la recherche d'une maison – n'avait pas oublié ses engagements. La suite de la mission dépendait de sa présence à bord.

— Quand je donne ma parole, je ne reviens pas dessus, répondit celui-ci d'un ton ferme.

— Pardon, excuse-moi…

Il avait tendance à parler sans réfléchir, ces temps-ci. Il le faisait souvent avec Kristina, et voilà qu'il récidivait avec Ethan !

— Ce n'est pas toi qui m'inquiètes, dit-il. Je m'arrache les cheveux sur le planning. Deux infirmières ont annulé et un anesthésiste s'est fait opérer d'une hernie. C'est la galère.

— Je proposerais bien de rester huit jours de plus, mais Claire risque de me faire passer un mauvais quart d'heure. En tout cas, j'ai hâte de revenir. J'en ai par-dessus les oreilles de la couleur des nappes et du plan de table, dit Ethan d'un ton enjoué qui démentait ses paroles.

Rassuré, Chase éclata de rire.

— Je voudrais être une petite souris pour te voir ! Claire doit mener tout ça tambour battant.

Lui-même ne connaîtrait jamais ce bonheur. Il avait fait un choix de vie et devait l'assumer. Pourtant, depuis qu'il avait renoué avec Ethan, il commençait à voir les choses sous un autre angle. Il s'imaginait parfois avec une épouse, une maison, des enfants…

L'image de Kristina dansa devant ses yeux et il balaya immédiatement cette vision trop séduisante.

Il n'était pas prêt. Il ne s'était pas encore pardonné d'avoir laissé Nick dans ce chalet après l'avalanche.

Le lendemain, il avait fallu une grue pour extraire des décombres son ami écrasé par une poutre. Tout le monde lui avait répété qu'après un tel choc personne, pas même un urgentiste chevronné, n'aurait pu le sauver. Sa raison avait fini par admettre la réalité. Son cœur, hélas, ne l'acceptait toujours pas…

— Pardon ? Tu disais ? fit-il, conscient d'avoir perdu le fil.

— Je te demandais des nouvelles de Kristina.

Évidemment. Il aurait dû s'en douter.

— Elle va très bien. Pierre, Mike, Angel et les autres aussi, d'ailleurs.

— Tu te racontes peut-être des histoires, Chase, mais on ne me la fait pas, à moi ! Elle te plaît, que tu le veuilles ou non.

— Bon, je vais retourner à mon planning… Je t'ai donc inscrit pour les trois prochaines semaines.

Il aurait très bien pu envoyer un SMS à Ethan, mais il avait ressenti le besoin de lui parler. Cet homme avait été un camarade, autrefois, et il pourrait très vite devenir son ami… À condition d'éviter les sujets qui fâchaient, comme Kristina !

— On se tient au courant de l'horaire d'embarquement par mail ou texto, dit-il en conclusion. À plus, mon vieux…

— Ne raccroche pas ! Laisse tomber ce fichu planning et réponds-moi. J'aimerais savoir pourquoi tu m'as appelé, au juste.

Sur le point de couper la communication, Chase inspira profondément. Ethan n'était pas responsable d'avoir survécu à l'avalanche. Il fallait enterrer la hache de guerre. Ils s'étaient évités pendant des années, mais ce scénario n'avait plus lieu d'être.

— Je voulais… renouer un peu avec toi, dit-il en bafouillant.

— Tu n'as pas besoin d'inventer des prétextes pour ça ! répondit Ethan, bourru.

— Je sais, mais j'ai encore besoin de temps pour m'habituer à cette idée.

— Idem, Chase.

— Comment fais-tu… pour résister à l'envie de tout plaquer et de repartir une énième fois ?

Ethan eut un petit rire.

— Ce n'est pas toujours simple. Parfois, je prends peur et je commence à chercher des postes libres un peu partout, pourvu que ce soit au soleil. Et puis je regarde Claire et j'oublie ces idées loufoques. Ma place est auprès d'elle. Elle est mon port d'attache. Elle vaut tous les voyages du monde.

— J'en suis ravi pour toi. Vraiment.

Ethan avait pu remettre sa vie sur les rails. En serait-il capable, lui aussi ? Cette perspective l'exaltait et l'effrayait en même temps. Comment réagirait-il s'il devait choisir un jour entre sauver la femme qu'il aimait et une autre personne ?

Désolé, Kristina. Je ne prendrai jamais ce risque.

Il entendit Ethan toussoter à l'autre bout du fil.

— Chase… Voudrais-tu bien être mon témoin de mariage ?

Submergé par l'émotion, il s'assit au coin de son bureau. Avait-il bien entendu ?

— Oui, murmura-t-il. Ce serait un honneur pour moi. Merci beaucoup de l'avoir proposé. Quand… la cérémonie aura-t-elle lieu ?

Le dernier mariage auquel il avait assisté était celui de Libby, qui avait épousé Jarrod, son amour d'enfance. Leurs enfants – ses neveux – auraient rendu chèvre n'importe quel général de brigade, mais il était gaga chaque fois qu'il les voyait.

Un général. L'armée. Kristina… Décidément, elle l'obsédait !

— Huit jours après la fin de la mission du *Poséidon*, répondit Ethan. Je sais que tu veux partir en Afrique, j'espère que cela ne bouleversa pas trop tes plans ?

Il n'y avait aucun risque : le contrat était bien arrivé sur la boîte mail de Chase, mais il ne s'était toujours pas résolu à l'imprimer ni à le signer. Liam lui avait d'ailleurs envoyé un message, pas plus tard que le matin même, pour se rappeler à son bon souvenir !

— Je serai ton témoin, promit-il. Quelle que soit ma future mission, je me débrouillerai. Ne t'inquiète pas.

— Merci, Chase. Ah, j'allais oublier ! Claire a demandé à Kristina d'être son témoin ! dit Ethan dans un grand éclat de rire.

— Mais non… Tu me fais marcher ?

— Pas du tout, je t'assure. Oh ! j'entends Claire qui m'appelle, il faut que je te laisse. À bientôt, mon vieux !

Avant qu'il n'ait pu réagir, Ethan avait raccroché et il résista à l'envie de lancer son portable contre le mur. Il allait devoir assister à *un mariage* avec Kristina !

Il s'était vraiment fait avoir sur toute la ligne.

— Cette chaleur est insupportable.

Kristina s'épongea le front pour la énième fois depuis le début de la matinée. Encore un peu et elle allait se liquéfier sur place.

— Estime-toi heureuse de ne pas être à terre, répondit Chase. Ces jours-ci, il y a une vague de canicules en Grèce, en Italie et dans le sud de la France. Les températures grimpent jusqu'à 40 °C à l'ombre par endroits.

— Je me demande comment font les gens. Moi, je préfère le froid et la neige.

— Chacun ses goûts…

— Plus jeune, j'adorais faire du snowboard, mais je

ne suis pas retournée à la montagne depuis mes études. Si j'essayais maintenant, je serais probablement ridicule.

— Les sports d'hiver, ce n'est pas ma tasse de thé.

Il s'était exprimé d'un ton abrupt et elle eut l'impression d'avoir touché une corde sensible. Quelque chose lui disait de ne pas insister, mais ce fut plus fort qu'elle :

— Tu en as déjà fait ?

— Pas du snowboard, non.

Il n'avait apparemment pas envie d'en discuter. Ils parlaient pourtant de beaucoup de choses quand ils étaient seuls. Cette dernière semaine, le coin tranquille de Chase était devenu « leur » coin. Ils s'y retrouvaient le soir pour bavarder tranquillement…

— Alors tu faisais du ski ? insista-t-elle.

— C'était il y a très longtemps, répondit-il en s'agrippant au bastingage.

Ses épaules s'étaient tendues de manière impressionnante. Elle s'en voulut d'avoir laissé la curiosité prendre le dessus. De quel droit le questionnait-elle ?

— Comme tu dis, chacun ses goûts. Moi, maintenant, je déteste le kaki et les boots en cuir de l'armée, fit-elle pour détendre l'atmosphère.

Il sourit légèrement.

— Dois-je en conclure que, chez toi, tu ne portes que des talons aiguilles ?

— Ah non, sûrement pas ! Je me casserais une jambe.

— Me voilà déçu… Je n'arrive toujours pas à comprendre comment toi, si féminine et surtout si indépendante, tu as pu t'engager dans l'armée.

Quand il pivota vers elle, son regard intense la troubla plus encore que de coutume. Elle aurait dû s'en tenir à la politique de discrétion qui était la sienne depuis toutes ces années, mais, avec lui, c'était impossible. Sa présence l'aidait à avancer, à mieux se comprendre. S'il fallait franchir une étape supplémentaire en lui expliquant ses choix de vie, elle était prête.

— Je me cherchais une famille, dit-elle, sincère.

— L'as-tu trouvée ?

— Pas vraiment, non. En discutant avec Libby, plus tard, j'ai compris à quoi une *vraie* famille ressemblait. Vous êtes toujours là les uns pour les autres, vous vous soutenez…

— Libby en fait un peu trop, parfois !

— Comme tout le monde, je pense.

Il ne répondit pas et elle s'absorba de nouveau dans la contemplation de l'immensité sombre qui s'étalait devant eux. Tout était si calme, si paisible ce soir-là…

— En quoi l'armée t'a-t-elle déçue ? demanda-t-il enfin.

Elle soupira. Elle aurait dû s'attendre à ce qu'il revienne à la charge.

— J'appartenais à une super unité. Il y avait beaucoup de solidarité, d'amitié et d'entraide. Seulement, tout était codifié, y compris les relations humaines. Il ne fallait pas s'attendre à autre chose. Je l'ai compris quand j'ai dû partir. Hormis deux filles avec qui je suis restée en contact – et qui ont également quitté les rangs –, j'ai eu l'impression que la porte s'était refermée et que personne ne se souciait de moi. Bye bye, capitaine Morton !

Elle avait conclu en souriant et il secoua la tête.

— J'ai l'impression que tu ne regrettes pas cette époque, même si tu te cherches encore.

Cette remarque lui donna l'impression qu'il la comprenait mieux que personne. Mieux que son père, en tout cas, qui, la sachant blessée, lui avait quand même reproché son départ de l'armée. Et bien sûr, beaucoup mieux que sa mère dont le seul but dans la vie était de sortir avec des hommes riches pour mener grand train aux Bahamas ou sur la Riviera…

Kristina aimait le côté humain et sensible de Chase. Elle y était devenue « accro ». Mais de là à tomber amoureuse… Elle refusait de franchir le pas. Elle avait trop peur d'être déçue et de souffrir.

Il était temps d'interrompre ce tête-à-tête, avant qu'elle ne dise ou fasse des choses qu'elle regretterait plus tard.

— Je vais aller dormir, murmura-t-elle. On se voit demain… Sauf s'il y a une urgence.

Soudain, le son doux et mélodieux d'une flûte s'éleva dans le silence de la nuit. Elle tendit l'oreille, hésita. La musique semblait provenir du pont supérieur.

— Kristina…

Elle n'avait pas lâché la rambarde et frissonna lorsque la grande main de Chase vint recouvrir la sienne. Il entremêla les doigts aux siens et se rapprocha.

— Reste un peu, chuchota-t-il.

— C'est beau…

Lentement, elle se laissa aller contre lui. Alors, les paupières closes, elle respira profondément pour balayer le stress de la journée. Son corps se détendit peu à peu tandis qu'une chaleur diffuse, bienfaisante, l'irradiait de la tête aux pieds. Tout son être vibrait de désir, mais aussi d'affection, d'espoir… D'amour ?

— Oui, c'est magnifique, répondit-il.

Les notes, légères et gracieuses, semblaient répondre au murmure du vent et au clapotis de l'eau. Lorsqu'il referma les bras autour d'elle, elle songea qu'elle n'avait plus éprouvé une telle plénitude depuis des années. Depuis l'enfance, probablement…

La musique s'interrompit. La magie allait-elle prendre fin ? Quelle déception ce serait ! Mais quelques instants plus tard, le flûtiste entama une nouvelle mélodie, beaucoup plus rythmée cette fois.

Avant qu'elle n'ait eu le temps de réagir, Chase lui entoura la taille et la fit pivoter vers lui.

— On danse ?

Il lui prit la main pour l'entraîner dans un mouvement rapide en suivant le tempo. Elle se laissa guider, le cœur battant, tandis que la chaleur se muait en incendie au creux de ses veines. C'était une expérience inédite, d'une intensité incroyable…

Le musicien s'arrêta de nouveau, définitivement cette

fois. Mais Chase tenait toujours la main de Kristina sans la quitter du regard. Il se rapprocha encore, puis, sans lui laisser le temps de réagir, l'embrassa légèrement sur les lèvres.

Ce contact, pour léger qu'il fût, lui mit tous les sens en éveil. Et quand il approfondit le baiser, explorant, titillant et goûtant, elle crut mourir de désir.

Les bras noués autour de son cou, elle répondit à sa passion de toute son âme et l'embrassa furieusement. Jamais elle ne se serait crue capable d'une telle ardeur, mais elle avait trop faim de lui. Cela faisait des jours qu'elle était frustrée, des semaines…

— Kristina, grogna-t-il contre sa bouche.

Bouleversée, incapable de répondre, elle le fixa.

— Il faut qu'on s'arrête, dit-il d'une voix rauque.

Il s'écarta, au prix d'un effort visible. Il la désirait autant qu'elle-même pouvait le faire, alors pourquoi interrompre ce qu'ils avaient si bien commencé ?

La voix de la sagesse imprégna petit à petit sa conscience.

Chase avait raison. Ils ne pouvaient pas se laisser aller. Cette histoire n'avait aucun avenir et, personnellement, elle se sentait incapable de vivre une « simple » aventure. Elle tenait déjà trop à lui pour s'en contenter.

Elle recula d'un pas et le dévisagea intensément.

— Bonne nuit…, balbutia-t-elle.

Il lui reprit la main, y déposa un tendre baiser.

— Bonne nuit, Kristina. À demain.

Des coups frappés à la porte de leur cabine éveillèrent Kristina et Jane en sursaut vers 3 heures du matin.

Elles s'habillèrent à la hâte et rejoignirent le pont supérieur, où elles découvrirent un groupe de réfugiés libyens qui venaient d'être secourus. Leur petite embarcation avait fait naufrage près des côtes, où croisait justement le *Poséidon*.

Kristina embrassa rapidement du regard la scène de chaos dont elle était témoin. Il y avait là des enfants trempés, en larmes dans les bras de leurs parents. Certains adultes pleuraient aussi. Et un peu à l'écart, Chase, l'air plus déterminé que jamais, faisait un massage cardiaque à un adolescent.

Elle se précipita vers eux. Chase avait le visage et le front perlés de sueur.

— Chase ! As-tu besoin d'un coup de main ?

— Va vite chercher le défibrillateur !

Elle courut décrocher l'appareil à la patère où il était suspendu, une trentaine de mètres plus loin. Puis, de retour près du patient, se hâta d'appliquer les électrodes sur sa poitrine.

— On dégage ! ordonna-t-elle.

Après l'administration du choc, rien ne se produisit.

— Essaie encore, intima Chase.

Elle dut s'y reprendre à deux fois avant qu'une ligne en zigzag, porteuse d'espoir, n'apparaisse sur l'écran de contrôle. Le cœur était reparti. Enfin…

— Où est l'oxygène ? demanda-t-elle.

— On va nous l'apporter. Jane… Par ici, s'il te plaît ! Plusieurs personnes en ont eu besoin à leur arrivée à bord, dit-il, les dents serrées.

— Sait-on ce qui s'est passé ?

— Leur rafiot était tellement plein que, quand un chalutier les a croisés, il a chaviré. Apparemment, les pêcheurs ont pu récupérer tout le monde. Ensuite, ils nous les ont transférés.

Il pressa le pouls de l'adolescent et secoua la tête.

— C'est très faible.

Le garçon ouvrit les yeux et commença à vomir de l'eau. Chase le mit aussitôt en position latérale de sécurité pour éviter qu'il ne s'étouffe. À ce moment-là, Jane accourut avec un cylindre à oxygène.

— Ouf ! dit Kristina.

— Chase ! Trauma crânien ! cria Calvin par-dessus le brouhaha.

— Vas-y, dit Kristina. Je m'occupe du gosse.

— J'aurais aussi besoin d'un avis médical, dit Jane.

Suspicion de fracture du bras et de déchirure des ligaments. La petite fille, là-bas.

— D'accord, tu prends ma place et j'y vais, dit Kristina. Ce garçon a échappé de peu à la noyade. Les poumons sont dégagés maintenant, et avec l'oxygène ça devrait aller.

Le pouls était encore faible, mais régulier. S'il s'en sortait, il reviendrait de loin !

Jane s'assit près de lui en souriant.

— Bonjour. Je m'appelle Jane. Alors, comme ça, tu t'es fait une belle frayeur ?

Sans perdre de temps, Kristina se dirigea vers la fillette. Elle se présenta en détachant bien le mot « docteur », puis procéda à une palpation méticuleuse du bras.

— Il faut l'opérer, expliqua-t-elle aux parents qui se tenaient à proximité. Nous allons l'emmener dans une des salles de soins. Elle sera prise en charge par un chirurgien dès que possible.

— On va y aller à deux, dit Bernie, un infirmier, qui arrivait avec une civière.

— Heureusement qu'il y a des ascenseurs, répondit Kristina.

Moins elle soulevait de charges, mieux son dos se portait. Elle n'y pouvait rien, hélas.

— Kristina, par ici ! À l'aide !

La voix urgente de Chase la fit sursauter. Elle se redressa.

— Fonce, dit Bernie. Je trouverai quelqu'un d'autre pour m'aider.

Chase était penché sur un homme inconscient. Il avait l'air farouche, presque désespéré.

— Qu'est-ce qu'on a ?

— Gros choc à la tête. Il ne réagit pas aux stimuli et sa tension est très basse. Je le descends au bloc immédiatement. On ne peut pas le faire héliporter vers l'hôpital le plus proche, il ne tiendra jamais jusque-là. Tu surveilleras ses constantes pendant que je me préparerai pour l'intervention.

— Ça marche.

Comme le jour de l'accident qui avait coûté la vie au caporal Higgs, un incroyable chaos régnait. Mais ici, au moins, la situation semblait sous contrôle. Tout le monde faisait son travail. Elle-même n'était pas blessée et pouvait secourir au mieux les patients. Elle devait repousser cette sinistre impression de déjà-vu, ou du moins essayer…

Comme convenu, elle seconda Chase jusqu'à ce qu'il soit prêt à opérer. Puis, voyant que l'anesthésiste et deux infirmières s'étaient rendus disponibles, elle rejoignit le pont supérieur.

— Par ici ! s'écria Calvin en la voyant.

Il se tenait auprès d'une jeune femme assise dans un coin, enveloppée dans une couverture de survie.

— Quel est le problème ?

— Suspicion de fausse couche. Elle saigne abondamment entre les jambes et se crispe à intervalles réguliers. De plus, elle est en hypothermie. Jane lui a retiré ses vêtements trempés, mais ensuite elle a dû aller voir quelqu'un d'autre… Et maintenant, cette dame refuse de me parler. Sans doute parce que je suis un homme.

Kristina s'agenouilla près de la jeune femme et captura une main glacée entre les siennes.

— Coucou, dit-elle gentiment. Vous m'entendez ?

Elle repensa à l'accouchement de Marjali et à l'aide qu'elle avait reçue de Zala. Les deux femmes avaient quitté le *Poséidon* avec leur groupe quinze jours plus tôt, pour se construire un avenir meilleur en Europe. Du moins fallait-il l'espérer. Mais l'histoire sans fin se répétait. Il y aurait toujours des enfants et des mères en détresse…

La jeune femme, mutique, frissonnait sous sa couverture. Elle semblait à peine consciente.

— Essayons de l'emmener en salle de soins, dit Calvin. Elle sera mieux là-bas.

— Si on y arrive. Elle doit à peine tenir debout. Il vaudrait mieux trouver un brancard.

Grâce à une aide-soignante venue en renfort, ils parvinrent finalement à descendre la malheureuse patiente au chaud, à l'abri du vent. Calvin avait vu juste : après examen, Kristina diagnostiqua une fausse couche, qui était d'ailleurs presque terminée.

Son assistant avait mis un masque chirurgical pour dissimuler ses traits :

— Si cette femme a peur des hommes inconnus, au moins elle ne verra plus ma tête. Cela dit, je la trouve beaucoup plus calme depuis que tu l'as prise en charge.

— Je vais finir par me spécialiser dans l'obstétrique, répondit Kristina en souriant.

— C'est ta manière de t'adresser aux femmes, je pense. Tout en douceur, comme si tu les hypnotisais. Il va falloir que je m'entraîne.

Elle éclata de rire.

— Je voudrais bien voir ça !

Reprenant son sérieux, elle ajouta :

— Je vais faire un curetage pour éliminer tout risque d'infection.

— OK, on y va.

Déjà, Calvin tirait les rideaux paravents autour du lit.

— Tu m'assistes ? demanda-t-elle.

— Bien sûr. À moins que tu ne préfères gérer ça seule ?

— Absolument pas ! C'est gentil de rester avec moi.

À eux deux, ils eurent vite fait de prodiguer les soins nécessaires à la patiente. Réchauffée, réhydratée et sous l'effet d'un calmant, elle ne tarda pas à s'endormir, surveillée par une aide-soignante.

— Remontons, dit Kristina. J'imagine qu'on aura encore besoin de nous.

Quand elle sortit de l'escalier, Chase traversait le pont à grandes enjambées.

— Chase ?

Aucune réaction.

— Chase, attends !

Quelle mouche le piquait ? L'avait-on appelé pour une

autre urgence vitale ? Logiquement, il aurait encore dû se trouver en salle d'opération. À moins que…

Elle songea, avec un coup au cœur, que le jeune homme victime d'un traumatisme crânien ne s'en était peut-être pas sorti. Si tel était le cas, Chase allait être dévasté. Jamais elle n'avait vu un médecin se battre autant pour sauver des vies. Il y mettait une ardeur constante, presque désespérée par moments, au point qu'elle s'était déjà demandé plusieurs fois ce qui, dans son passé, pouvait expliquer cette attitude.

Il y avait eu quelque chose, un traumatisme, peut-être la perte d'un patient qu'il se reprochait encore ? Il ne lui ferait sans doute aucune confidence, mais cela ne l'empêcherait pas de lui offrir son soutien et son… amitié.

Quand ils auraient fini, il se retrancherait probablement dans « leur » coin. Elle irait le trouver là-bas. Elle essaierait de lui parler, d'adoucir sa peine, car elle était sûre qu'il souffrait…

Hormis quelques blessés légers, tous les réfugiés nécessitant une prise en charge avaient été vus. Une demi-heure suffit donc à traiter les derniers patients, après quoi les infirmières servirent du thé et une collation au groupe.

— C'est presque bon, dit Jane. Il ne reste plus qu'à préparer des couchettes et à trouver des vêtements secs pour tout le monde. Ensuite, au dodo !

— Excellente nouvelle.

Kristina se sentait épuisée, après cette nuit riche en émotions. Elle songea alors qu'elle n'avait pas vu Chase depuis un moment et scruta les alentours.

Il était là, au bout du pont, en grande conversation avec une des nouvelles infirmières. Tout, dans son attitude, laissait à penser qu'il était en colère et même furieux. Cette nouvelle recrue avait-elle commis une erreur ? Ou alors, était-il en rage parce que l'opération s'était mal passée ?

Jane tourna le regard dans la même direction et soupira.

— Le gars avec le trauma crânien n'a pas survécu, dit-elle.

— Je m'en doutais… C'est terrible.

Soudain, Chase abandonna son interlocutrice et retraversa le pont comme un ouragan. Il frôla presque Kristina au passage, mais ne fit aucun cas d'elle.

— Tu boiras un thé ? demanda Jane d'un ton doux.

— Volontiers, merci. Je vais aussi prendre une tasse de café, dit-elle, voyant que Chase empruntait l'escalier menant au pont inférieur.

Il ne serait peut-être pas ravi qu'elle le suive, mais elle ne voulait pas le laisser tomber. Elle était trop triste de le savoir malheureux.

Les deux mugs à la main, elle descendit à sa suite. Après une légère hésitation, elle le rejoignit et lui offrit une tasse.

— Désolée, je n'avais pas de cognac, dit-elle gentiment.

— Tant pis. Merci.

Après quelques minutes, elle osa rompre le silence :

— Dur, dur, cette nuit…

Il ne répondit pas et elle fit une nouvelle tentative.

— C'est toujours aussi difficile, pas vrai ?

Aucune réaction.

— Chase ! On ne peut pas sauver tout le monde. Ce serait trop beau.

Le mug tressauta dans sa main et la moitié du café jaillit sur le pont.

— Moi, si ! cria-t-il. C'est mon devoir. Tu ne comprends rien !

La douleur, la colère et la frustration déformaient ses traits. Elle était sans doute déjà allée assez loin, mais tant pis. Sachant qu'il avait besoin d'aide, elle ne renoncerait pas.

— Tu fais erreur, répondit-elle d'un ton calme. Je comprends très bien. Je suis passée par là, moi aussi.

— Va-t'en, Kristina ! S'il te plaît. Laisse-moi tranquille.

L'abandonner maintenant, dans un moment pareil ? Il pouvait toujours rêver. C'était hors de question.

4.

Kristina était du genre têtu. À force de la côtoyer, Chase aurait dû le savoir.

Elle restait là, immobile, à le regarder. Pensait-elle que le baiser qu'ils avaient échangé lui donnait tous les droits ?

Il aurait voulu frapper le bastingage du poing et hurler pour la faire partir. Il ne méritait pas qu'on se préoccupe de lui. Depuis l'accident, il éloignait tous ceux qui lui manifestaient trop de gentillesse ou d'empathie.

Évidemment, cela n'avait pas marché avec sa famille. Malgré ses colères, puis sa froideur, puis l'éloignement, tout le monde l'aimait de manière inconditionnelle. Kristina était-elle faite du même bois qu'eux ? Avait-il *envie* qu'elle persévère pour s'incruster dans son cœur ?

Force était d'admettre qu'il s'était attaché à elle, bien au-delà du raisonnable. Il commençait même à envisager l'avenir sous un autre angle. Pourtant, il était loin d'être prêt et ils risquaient, au bout du compte, de souffrir tous les deux.

Comme il aurait voulu l'embrasser, caresser sa peau laiteuse, se perdre en elle jusqu'au bout de la nuit ! Mais à quoi bon puisque les choses risquaient de mal tourner ?

— Chase… Parle-moi.

Qu'elle lui fiche la paix, à la fin ! C'était *son* coin et il voulait être seul. Il avait perdu un patient. Personne n'aurait pu sauver ce jeune homme, pas même un neurochirurgien, mais c'était dur…

Résistant à l'envie de jeter son mug par-dessus bord, il le posa abruptement sur un caisson.

— Je n'ai rien à dire. Va-t'en !

Avait-il crié pour chasser Kristina ou la douleur infinie qui l'étreignait ? Il ne savait pas. Il ne savait plus.

— On agit au mieux de nos compétences, mais ça ne fonctionne pas toujours, répondit-elle d'un ton calme, comme si elle ne l'avait pas entendu.

— Ça devrait ! répondit-il. J'ai choisi ce métier pour sauver des gens.

— Moi aussi, Chase, sauf qu'il est impossible de sauver tout le monde. Pourquoi as-tu tant de mal à l'accepter ?

Il ouvrit la bouche pour lui ordonner de partir… et se ravisa. Son calme, sa douceur étaient comme un baume sur ses plaies ouvertes. Et puis, la volonté de fer qu'il devinait sous cette façade lisse l'intriguait. Il brûlait de mieux la connaître, d'explorer sa personnalité, de passer du temps avec elle. Toute une vie, peut-être ?

Il inspira profondément pour calmer les battements désordonnés de son cœur.

— Le mot « impossible » ne fait pas partie de mon vocabulaire, répondit-il.

— Tout le monde le sait. Ce que je te demande, c'est pourquoi.

— Parce que les conséquences sont toujours terribles pour quelqu'un, famille ou amis.

Et pour moi.

Elle redevint silencieuse. Elle ne bougeait pas, ne le regardait plus, et cette présence discrète finit par produire son effet. Il sentit ses barrières tomber d'un coup, comme si son cerveau fatigué n'attendait que cela depuis des lustres.

— Mon meilleur ami est mort. Je n'ai pas pu le sauver. C'était il y a quinze ans et je culpabilise toujours.

D'un signe de tête, elle l'encouragea à poursuivre.

— Nous appartenions à l'équipe nationale de ski junior, dit-il. On était partis disputer une compétition dans les Alpes françaises. Notre chalet a été emporté par une avalanche. J'étais dehors à ce moment-là, et lui à l'intérieur.

Elle se rapprocha de manière presque imperceptible, et lui prit la main.

— Une poutre lui est tombée dessus et lui a écrasé la cage thoracique. Ça, plus une partie du toit, plus la neige épaisse… Il n'avait aucune chance.

Comme chaque fois qu'il y pensait, le froid de cette terrible journée l'imprégna jusqu'aux os. Il ne put retenir un frisson. Kristina resserra son étreinte sur ses doigts glacés.

— Tu étais dans l'équipe nationale ? Tu devais être très bon, alors…

— Oui, en effet. Mais Nick Hariday nous surpassait largement. Tout le monde essayait de battre ses performances, surtout Ethan et moi.

— Ah, Ethan arrive dans l'histoire. J'aurais dû m'en douter.

— T'en douter ? Pourquoi ?

Sa manière d'écouter son récit sans faire de commentaire, ou presque, l'étonnait. Qu'avait-elle deviné au juste ?

— C'était très tendu entre vous les deux premières semaines, répondit-elle. Au départ, vous vous évitiez comme la peste, et puis les choses ont changé. J'imagine que vous en avez discuté ?

Elle avait décidément une intuition très fine, qui ne concernait d'ailleurs pas que lui. Elle était remarquable avec les patients, d'où qu'ils viennent et quels que soient leurs problèmes.

Que faire ? Pouvait-il rester avec elle jusqu'à la fin des temps ? Ou alors devait-il continuer à parcourir le globe, où il y aurait toujours des milliers de vies à sauver ?

— Au départ, j'ai voulu secourir Nick, dit-il. Je l'ai supplié de rester avec moi, de respirer. Comprenant qu'il ne s'en sortirait pas, je suis allé aider Ethan, un mur s'était écroulé sur lui mais il était en meilleure posture. Par la suite, je lui en ai voulu d'être vivant alors que Nick était mort.

Ethan avait effectivement abordé le sujet lors des premiers jours de repos de l'équipage, au début de la mission. Ils étaient allés boire un verre et son ancien camarade avait mis les choses sur le tapis de but en blanc. Il avait eu parfaitement raison de crever l'abcès !

Chase lui avait présenté ses excuses, chose qu'il aurait dû faire des années auparavant, pour sa froideur de l'époque. Non, il ne lui en voulait plus. Oui, il était heureux de l'avoir sauvé. S'il avait mal réagi, à l'époque, c'était tout simplement parce qu'il n'avait pas su gérer son chagrin.

Ils avaient évoqué la mémoire des deux autres garçons qui étaient décédés ce jour-là, et qui avaient été retrouvés plus tard. Ils avaient parlé de cet entraîneur trop lâche pour porter secours à quiconque, qui avait même essayé d'empêcher Chase de courir vers le chalet. Quelques années plus tard, cet homme était devenu jardinier pour une organisation caritative, histoire d'apaiser sa conscience, peut-être…

— Il est impossible d'en sortir indemne quand on survit à ça, dit Kristina dans un murmure à la fin de son récit.

Sa voix douce toucha une corde sensible au plus profond de lui. Incapable de résister, il referma les bras autour de son corps souple et tiède, et posa le menton sur ses cheveux. Puis il ajusta sa respiration à la sienne et absorba sa chaleur, en attendant que la boule d'angoisse qui lui nouait la gorge veuille bien disparaître.

Il mesurait sa chance de connaître cette femme merveilleuse qui savait écouter sans rien attendre en retour. Elle ne se formalisait ni de ses silences ni de ses réactions brusques. Elle était… formidable.

Le chagrin s'estompa graduellement au fur et à mesure que ses sens s'éveillaient au contact de Kristina. Comme si elles agissaient par leur volonté propre, ses mains lui encerclèrent la taille. Et tandis que sa bouche affamée espérait un nouveau baiser, son corps réclamait la fusion charnelle et absolue que sa raison lui refusait depuis des semaines.

— Kristina ?

Elle se dressa sur la pointe des pieds et sourit.

— Oui, chuchota-t-elle contre ses lèvres. Oui…

Galvanisé par sa réaction, il l'embrassa sauvagement. Elle avait le goût délicieux et enivrant du danger, un parfum d'interdit que le rendait fou. Il ne rêvait que d'une chose : l'entraîner dans son univers. Il voulait l'emmener dans un monde où il oublierait sa peine, ses soucis et le reste.

Quand elle glissa les mains sous sa chemise, ses caresses déclenchèrent en lui une série de frissons incontrôlables. Il avait froid et chaud en même temps. Il était devenu l'esclave de cette femme qui, de manière inexplicable, le comprenait mieux que personne…

Les seins tendus de Kristina se soulevaient au rythme de sa respiration. Lorsqu'elle se pressa plus étroitement contre lui, le désir qu'il avait d'elle devint presque douloureux. Son parfum était trop érotique, sa peau trop douce, trop brûlante pour qu'il puisse s'arrêter.

Et pourtant, en une fraction de seconde, tout s'arrêta.

— Chase, murmura-t-elle contre sa bouche, on a de la compagnie.

Quand elle s'écarta, il eut froid. Puis les mots pénétrèrent sa conscience et il ouvrit les paupières avec un sursaut.

— Hein ? À une heure pareille ?

Imbécile. Tu es responsable de cette mission et de son bon fonctionnement. C'est normal qu'on vienne te chercher.

— Désolé, Chase, mais on a un problème en cuisine. Un réfugié a voulu voler de la nourriture. Le chef est hors de lui.

Pivotant, il se retrouva face à Calvin qui le dévisageait d'un air navré. En trois secondes, il reprit ses esprits.

— On y va, répondit-il. Je te suis.

Qu'avait-il failli faire ? Il avait vraiment perdu la tête !

— Génial. Il a filé sans rien dire…

De stupeur, Kristina avait parlé toute seule à voix haute.

Si elle s'était posé des questions sur l'intérêt que Chase

lui portait, au moins elle était désormais fixée. Il était bien heureux de l'avoir pour le consoler, mais il se souciait d'elle comme d'une guigne !

« Consoler » était d'ailleurs un grand mot. Elle n'avait pas la prétention de croire qu'elle avait pu l'aider. Il culpabilisait toujours et, dans cette histoire, le mieux placé pour lui donner un coup de pouce serait probablement Ethan.

Du bout de l'index, elle effleura ses lèvres brûlantes. Chase avait l'art et la manière d'embrasser ! Quant au reste… Elle aurait sans doute eu l'occasion de le découvrir si Calvin ne s'était pas immiscé dans le scénario.

Elle aurait dû se féliciter qu'il les ait interrompus, mais c'était tout le contraire. Elle avait envie – elle aurait toujours envie – de Chase, pas seulement sur le plan physique. Elle rêvait de *faire l'amour* avec lui car elle était tombée sous son charme… Et c'était un euphémisme.

Les premières lueurs de l'aube lui redonnèrent enfin un semblant de raison.

Chase et elle n'avaient rien à faire ensemble. À quoi bon vouloir l'impossible ?

Il était temps qu'elle aille dormir. Elle aurait sans doute les idées plus claires après quelques heures de sommeil.

— Debout, ma belle ! On te réclame en salle de soins.

Kristina reconnut la voix de Jane dans un brouillard. Sa voisine de chambre la secouait par l'épaule et elle finit par émerger, non sans mal.

— Pff… Quelle heure est-il ?

— L'heure de se lever. Tu as loupé le petit déjeuner. Je ne te demanderai pas qui t'a fait veiller si tard…

— Arrête. J'ai été très occupée la nuit dernière, comme tout le monde, répondit-elle en maugréant.

— Mais bien sûr ! Si ça peut te consoler, Chase n'est pas plus frais que toi.

— Insinuerais-tu que j'ai une sale tête, par hasard ?

D'accord, elle était fatiguée, mais quand même. Chase et elle n'avaient rien fait d'autre que s'embrasser. Sauf que leurs baisers auraient pu être classés X. Ils avaient failli…

— Cerise sur le gâteau, tu as l'air de débarquer d'une autre planète, fit Jane d'un ton taquin.

La jeune infirmière ouvrit la porte de la cabine, et ajouta :

— On a besoin de tes lumières sur un cas de malaria. Si je ne te vois pas dans dix minutes, je reviendrai te chercher.

Kristina bascula les jambes hors de la couchette et sentit ses paupières se refermer. Luttant de toutes ses forces, elle se leva.

— Le temps de prendre une douche et j'arrive. Essaie de me trouver du café bien fort, s'il te plaît.

— C'est comme si c'était fait !

Étirant ses muscles endoloris, Kristina suivit sa camarade dans le couloir puis bifurqua vers le cabinet de toilette. Comme elle l'espérait, l'eau froide de la douche lui remit les idées en place. Lorsqu'elle se présenta en salle de soins, elle était presque en forme et prête pour cette nouvelle journée.

Jane lui tendit le café promis. Elle le but en silence, avec délectation.

— Merci beaucoup, dit-elle gentiment. C'est parfait. La matinée peut commencer.

— Mais avec plaisir ! Allez viens, je vais te présenter ton nouveau patient. Il est arrivé hier sans aucun symptôme. Mais dans la nuit, sa température est montée à 38,5 degrés. Il transpire, il frissonne et il se plaint de douleurs abdominales. Comme ça ressemble à la malaria, je lui ai fait une prise de sang et un frottis sanguin. Le microscope est prêt, tu pourras étudier le prélèvement dès qu'il sera sec.

L'homme maigre et en sueur roulé en boule sur son lit avait la peau légèrement jaunie, signe d'une réaction du foie. Kristina opina.

— Bien vu, dit-elle à Jane. Tu as sûrement raison. On va chercher de quel type de malaria il s'agit. En attendant, je vais lui donner une dose de phosphate de chloroquine.

Ce médicament convenait à toutes les formes de paludisme – l'autre nom de la malaria –, sauf les plus rares. Dans tous les cas, en administrer au patient ne pouvait pas nuire.

— Je vais continuer à le ventiler et à le faire boire. Veux-tu que je le réhydrate par perfusion ? demanda Jane.

— Absolument. Tu lis dans mes pensées.

Elle gagna rapidement le local à pharmacie, où elle prit le produit voulu. De retour en salle de soins, elle pria Jane de vérifier le dosage, puis prépara une seringue.

— Je vais vous faire une piqûre, dit Kristina au patient, même si elle n'était pas sûre qu'il entende.

Il battit des paupières.

— Merci beaucoup, articula-t-il en anglais.

— Avez-vous déjà eu la malaria ?

— Oui.

— Vous rappelez-vous quel type ?

— Ovale… Pas sûr.

— Le plasmodium ovale ? Merci pour cette information. J'étudierai votre frottis sanguin dès qu'il sera prêt.

Même si le parasite n'était pas toujours facile à repérer sur la plaquette, elle en avait déjà vu et pensait être capable de le faire. Elle pourrait toujours demander confirmation à Chase, qui avait une capacité en hématologie.

— Je suis le Dr Kristina. Comment vous appelez-vous ? demanda-t-elle en procédant à l'injection.

— Abdal Martin. Je suis journaliste. J'ai travaillé en Angleterre il y a cinq ans.

Comment était-il devenu réfugié ? Elle ne se sentait pas le droit de poser la question.

— Avez-vous pris un traitement préventif ?

La bouche du patient se crispa en un rictus amer.

— Oui, jusqu'à ce que la chloroquine devienne introuvable.

— Je comprends. Jane va vous poser une perfusion pour vous réhydrater. Essayez aussi de boire beaucoup. Il faut compenser les pertes liées à la transpiration.

— D'accord. Mer… ci, docteur.

Après avoir laissé le patient aux bons soins de Jane, elle alla se resservir un café, puis rejoignit la pièce minuscule qui faisait office de laboratoire. Le frottis sanguin d'Abdal étant sec, elle y appliqua une goutte d'huile avant de l'insérer sous la focale du microscope.

Elle repéra facilement le nombre augmenté de globules blancs signalant la présence d'une infection. Les globules rouges paraissaient normaux, mais elle n'était pas experte en la matière. Le plus important restait de détecter le parasite, or elle n'en voyait pas.

Au bout d'un moment, elle se leva pour étirer son dos. La position assise sur un tabouret ne lui convenait vraiment pas !

— Tu as trouvé ? demanda la voix de Chase derrière elle.

Elle se retourna et secoua la tête.

— Je n'ai pas examiné la totalité du prélèvement.

— As-tu mangé quelque chose ?

— Je n'ai pas faim.

— Hum. Si ma mémoire est bonne, c'est toi qui m'as fait un cours sur les vertus du petit déjeuner, la semaine dernière ?

— Je dois continuer à chercher le parasite.

— L'un n'empêche pas l'autre.

Le sourire de Chase acheva de lui nouer l'estomac. Si elle avalait la moindre bouchée, elle risquait d'être malade.

Quand il s'avança dans la pièce, l'air s'emplit de son parfum sauvage et masculin. Il était si sexy qu'elle eut bien du mal à ne pas se jeter dans ses bras.

— À propos d'hier soir…, commença-t-il.

— Kristina ! Abdal te réclame.

Jane venait de se matérialiser sur le seuil. Et voilà. Le tête-à-tête s'interrompait !

— J'arrive. Merci, Jane.

— On parlera plus tard, dit Chase sans cesser de sourire.

Son air détendu lui donna un peu d'espoir. Il n'avait pas l'air de regretter ce qui s'était passé. Tant mieux car elle ne l'aurait pas supporté.

Jusqu'alors, elle avait fréquenté très peu d'hommes, et aucun qui lui ait donné envie de poursuivre la relation. Mais avec Chase, c'était différent. Elle aurait eu du mal à accepter qu'il la rejette. Était-ce cela, tomber amoureuse ?

Elle le contourna en prenant garde de ne pas le toucher.

— D'accord, répondit-elle. Je vais voir Abdal et j'irai prendre un sandwich.

— J'ai un peu de temps devant moi. Je peux regarder le frottis, si tu veux ?

— Bien sûr. Vas-y.

Vingt minutes s'étaient écoulées quand Kristina regagna finalement le labo.

— Bingo ! annonça Chase. C'est bien le plasmodium ovale.

— Oh ! zut. J'aurais voulu le découvrir moi-même.

Il haussa les épaules.

— Que veux-tu, c'était une chance sur deux… Viens voir, je te montre.

Il se décala sur le tabouret roulant afin qu'elle puisse se poster devant une des lentilles du microscope. Et bientôt, elle repéra un anneau cerné de violet, bleu et rouge, avec une forme ovale à l'intérieur.

— Bien joué, dit-elle en se retournant.

Le souffle se bloqua dans sa gorge. Chase la regardait de la même façon que la veille. Il la désirait toujours, c'était une évidence.

— Chase ?

— Hum, oui. Je… Tu disais ?

— Rien.

— Je vais retourner à mes interventions de petite chirurgie.

Il descendit brusquement du tabouret et la contourna, les mains derrière le dos.

— Arrête, Chase. Tu n'es pas obligé de te sauver.

— Oh ! que si. Je le fais pour ton bien, autant que pour moi.

Sur ce, il quitta la pièce comme s'il avait un essaim de

moustiques tigres à ses trousses. Il n'avait pas pris de gants pour mettre les choses au point, elle savait donc à présent à quoi s'en tenir.

Mais elle n'en avait pas fini avec lui. S'il voulait la décourager, il devrait se lever encore plus tôt que d'habitude.

5.

— Je suis désolée, ma belle. J'ai voulu t'appeler tous les soirs depuis quinze jours, mais c'est le bazar ici. On dirait plutôt qu'on prépare un mariage royal en Angleterre !

Kristina éclata de rire. Dans le téléphone, la voix de Claire, joyeuse et excitée, était un régal pour les oreilles.

— N'empêche, tu as l'air de bien t'amuser, répondit-elle. Tu sembles très heureuse.

— Tellement heureuse que ça me fait peur, admit Claire. Et puis les gens d'ici sont adorables, prévenants, tous volontaires pour aider. Ethan devient chèvre.

— Ça ne m'étonne pas, mais il va s'y faire. Il irait marcher sur la lune pour toi. Il t'aime.

— Je sais. Et c'est réciproque.

Kristina déglutit péniblement. Le bonheur de son amie lui réchauffait le cœur, tout en lui rappelant ce qu'elle ne pourrait jamais avoir.

— Je suis très contente pour vous, dit-elle, sincère.

— Alors tu vas être doublement contente, du moins je l'espère. J'aimerais que tu sois mon témoin, Kristina.

De surprise, elle faillit lâcher le téléphone.

— Ça me touche beaucoup, mais… Tu es sûre ? On ne se connaît pas depuis longtemps.

— Peu importe ! Ça a tout de suite collé entre nous, c'est l'essentiel. J'espère juste que tu n'hésites pas à cause de Chase.

— Qu'a-t-il à voir là-dedans ?

— Ce sera le témoin d'Ethan. Tu ne le savais pas ?

— Non, du tout.

Chase n'en avait jamais parlé. Était-il gêné de vivre ce moment spécial avec elle ?

— Ça ne change absolument rien, dit Kristina d'un ton ferme. Je serai très honorée d'être ton témoin. Merci beaucoup d'avoir pensé à moi, Claire.

— Merci à toi ! s'exclama la future mariée. Je suis tellement contente !

Pour refouler les larmes qui lui perlaient aux paupières, Kristina choisit de se concentrer sur les questions pratiques.

— Quelle tenue aimerais-tu que je porte ? As-tu une couleur de prédilection ?

— Une robe bleu clair avec les épaules dégagées. Côté style, tu as carte blanche, mais n'oublie pas les talons aiguilles sexy pour affoler ces messieurs.

Elle rit.

— Je ne vais pas à votre mariage pour faire des conquêtes, voyons !

— Mais peut-être Chase te regarderait-il autrement… Où en êtes-vous, d'ailleurs ?

Voilà, on y était. Elle s'était demandé quand Claire allait mettre les pieds dans le plat.

— Arrête, ou tu devras trouver un autre témoin.

Un éclat de rire sonore lui parvint dans le téléphone.

— Ha ha ! J'ai touché juste, pas vrai ?

Impossible d'en vouloir à Claire pour sa spontanéité. Kristina finit par lui relater de bonne grâce les événements des dernières semaines.

— Chase reste marqué par le drame qu'il a vécu avec Ethan, dit-elle pour conclure. Il vit dans le passé. Il n'a pas l'air prêt à avancer pour le moment.

— Ils sont en train de se réconcilier, tous les deux, répondit Claire d'un ton doux. Ils ont déjà fait beaucoup de chemin. Donne-lui du temps, mais fais-lui comprendre que cette histoire n'est pas une raison pour te tenir à l'écart.

— Ne t'inquiète pas, je suis une grande fille. Tu ferais une excellente tata gâteau, fit-elle en riant.

— Si tu as besoin de parler, n'hésite pas. Et sérieusement, je crois que la lumière est au bout du tunnel. Je parle d'expérience.

— Merci d'être là pour moi, Claire.

Cette amitié lui était précieuse. Encore un peu et elle allait fondre en larmes…

— Je dois te laisser, on accueille de nouveaux passagers ce matin, dit-elle. On se reparle bientôt, d'accord ? Bisous.

Elle inspira plusieurs fois pour se ressaisir, puis quitta sa cabine et sortit sur le pont. Chase s'y trouvait, occupé à gérer l'afflux de personnes qui avaient besoin d'être soignées.

Il lui tournait le dos, mais un sixième sens dut l'avertir de sa présence ; soudain, il pivota vers elle.

Son sourire lumineux lui fit l'effet d'un rayon de soleil. Une vague de chaleur déferla en elle, comme après un trop long hiver, et son cœur se mit à battre follement.

Jour après jour, le véritable Chase fendait la carapace de l'homme inaccessible. Et à le voir ainsi s'ouvrir, elle sentait sa propre méfiance s'évaporer. Allait-elle faire tomber les murs derrière lesquels elle s'enfermait depuis des lustres ? Cela ne se produirait sans doute pas du jour au lendemain, mais c'était en bonne voie.

Émerveillée par ce constat, elle rendit son sourire à Chase, en essayant de lui communiquer toute la joie qu'elle éprouvait. Mission accomplie, apparemment : il eut l'air étonné et sourit de plus belle.

Existait-elle meilleure manière de commencer la journée ? Elle allait prendre la vie du bon côté, avec optimisme, et arrêter de se poser mille questions inutiles.

S'ils étaient faits l'un pour l'autre, Chase et elle finiraient par se retrouver. Dans le cas contraire, leurs chemins se sépareraient, tout simplement. Ils se reverraient peut-être de temps à autre, pour le mariage d'Ethan et de Claire ou le baptême du bébé à naître. Et le reste du temps, ils suivraient chacun leur route. Ce n'était pas plus compliqué.

Claire, elle, avait trouvé l'homme de sa vie. Quel effet cela faisait-il, d'être aimée pour soi-même, avec ses qualités et ses défauts, et d'aimer la personne en retour ? Si cela lui arrivait, Kristina donnerait énormément. Il serait hors de question de reproduire la relation froide et guindée qu'elle entretenait avec ses parents !

Dans ses rêves, toutes les nuits, Chase lui apparaissait drôle, gentil, plein de tendresse et de joie de vivre. Il n'était ni distant ni malheureux. Était-il possible que ce scénario se réalise un jour ? Qu'il soit son alter ego ?

Des fantasmes à la réalité, il y avait souvent un monde, hélas. Elle serait bien inspirée de s'en souvenir pour ne pas tomber de trop haut. Elle allait d'ailleurs consacrer ses prochaines pauses à regarder les annonces en ligne pour trouver un poste de généraliste en Angleterre.

Elle ne voulait pas trop compter sur Merrywood ni sur la promesse de Jarrod. Elle devait se prendre en charge. On n'était jamais si bien servi que par soi-même.

— Pourquoi n'y a-t-il aucun poste de libre là où j'ai envie de m'installer ?

Assise dans l'ombre bienfaisante d'un canoë de secours, Kristina rangea son téléphone dans sa poche. Ses recherches sur Internet ne donnaient rien. Elle allait abandonner pour ce soir.

— Tu es peut-être trop difficile ?

Chase. Depuis quand était-il là ? Pourquoi n'avait-elle pas deviné sa présence d'instinct ? C'était le cas, d'habitude. Elle devait vraiment être fatiguée.

— Oui, sans doute, admit-elle.

— Que cherches-tu exactement ?

Il s'assit près d'elle, étalant ses longues jambes, les bras croisés sur son torse musclé.

— Je voudrais un poste fixe.

— Tu me l'as déjà dit, mais en es-tu certaine ? N'as-tu pas envie de voyager pour mettre tes compétences au service des populations qui en ont besoin ?

À sa voix, elle comprit qu'il faisait bien peu de cas de son futur plan de carrière. Ou, du moins, qu'il ne le jugeait pas intéressant pour deux sous !

— Mes compétences aideront aussi bien les gens à la maison qu'à l'autre bout de la planète, je pense.

— À la maison, tu veux dire à Manchester ?

— Mon père y vit toujours, mais, non, je n'irai pas là-bas. Je préférerais une petite ville au sud de l'Angleterre.

— Merrywood, par exemple ?

— Comment as-tu…

— Tu meurs d'envie d'y retourner. Cela se voit comme le nez au milieu de la figure.

— N'importe quoi !

— Si, si, je te promets… Et qu'as-tu contre Manchester ? Tu étais en pension là-bas, je suppose ?

— Oui. Mon père voyageait beaucoup, on passait très peu de week-ends ensemble. Je n'en garde pas un bon souvenir. Bref… L'essentiel, c'est que je trouve un poste intéressant. J'aimerais mieux savoir où je vais à l'avance pour m'organiser. Mon contrat avec MPT se termine dans quatre semaines. On y sera vite.

— Pourquoi as-tu tellement besoin de te fixer quelque part ?

— Oh ! ça doit être l'âge, je suppose. De nombreuses femmes de trente et un ans réagissent comme moi. Et non, je ne pensais pas à mon horloge biologique, dit-elle en souriant. Je cherche à me poser depuis toujours. J'ai été déracinée suite au divorce de mes parents.

Chase lui captura la main et entremêla leurs doigts.

— Pourquoi l'armée, alors ? Tu aurais pu acheter une petite maison quelque part et t'installer dans un cabinet médical, après tes études.

— Tu n'as pas de malades à voir, toi ? Ou des plannings à refaire ?

Elle n'avait pas le courage de lui retirer sa main, mais elle ne voulait plus parler du passé. C'était une pente dangereuse.

— Tous les patients sont sous surveillance. Les autres réfugiés vont aller dormir. Le planning des prochaines semaines est bouclé. J'ai tout mon temps, répondit-il.

Le ciel orange et rose s'obscurcissait lentement, comme le bleu de la mer. Quelques étoiles commençaient à poindre au-dessus d'eux. Elle emplit ses poumons d'air salin et pivota vers lui. Elle se sentait bien, détendue en sa présence. Elle avait envie… de lui parler.

— À la fin de mon internat, alors que je participais à une campagne de vaccinations dans un lycée, un officier recruteur est venu faire une conférence. À la fin, on a déjeuné ensemble. Il m'a expliqué qu'il avait trouvé une famille dans l'armée, plus qu'avec ses parents et ses frères. Que la règle était de se soutenir, d'aider les autres. Ce discours a touché quelque chose en moi. Je me suis engagée.

— La réalité correspondait-elle à sa description ?

— Oui et non. C'était un monde très fermé. On vivait en vase clos, avec des règles strictes. Au bout de quelques mois, j'ai eu l'impression d'étouffer. Ensuite, j'ai été réformée de toute manière.

À ce moment-là, elle aurait fait n'importe quoi pour rester. Elle en avait assez d'être exclue de partout. Il y avait eu sa mère, son père, ses camarades d'école… Alors même si l'armée ne lui convenait pas vraiment, ce dernier rejet avait été la goutte d'eau !

— Ils n'ont pas pu te trouver un poste adapté, après l'accident ?

— Rien d'intéressant. Quand tu ne peux plus partir en mission, on te cantonne à faire de la médecine préventive à la base ou de la paperasse dans les bureaux.

— Ah, l'administratif. Si je pouvais trouver une solution pour réduire toutes ces tâches !

— Tu es fait pour l'action, que veux-tu.

La main de Chase se crispa dans la sienne.

— Oui, dit-il.

Pour ne pas s'engager sur ce terrain glissant, elle se tut et leva la tête vers les étoiles qui apparaissaient les unes après les autres.

— Regarde, une étoile filante ! dit-il en pointant l'index vers l'ouest.

— Vite, je fais un vœu !

Je souhaite trouver enfin ce que je cherche.

— Ne dis rien ou le vœu ne se réalisera pas, dit-il.

Il n'y avait aucun danger qu'elle lui en parle. Certaines choses devaient rester secrètes. Cela valait mieux pour tout le monde.

Elle se prit à rêver qu'une autre étoile traverse son champ de vision. Dans ce cas, elle ferait un deuxième vœu à portée plus immédiate : que Chase l'embrasse. Elle en mourait d'envie !

Pouvait-elle prendre l'initiative ? Après ce qu'il lui avait dit au labo, elle n'en était pas sûre. Il risquait fort de la repousser, une humiliation qu'elle accepterait très mal.

Jetant sa prudence aux orties, elle pivota vers lui. Au même moment, il se mit debout et la fit lever en la tirant légèrement par la main.

— Reste avec moi, murmura-t-il, comme elle chancelait.

En une fraction de seconde, elle fut dans ses bras. Il n'y avait pas eu besoin d'étoile filante. Ils étaient sur la même longueur d'onde, ce soir.

Il étouffa son sourire de sa bouche et elle s'abandonna à son étreinte sauvage. Pressée contre son corps musclé, elle sentit une chaleur diffuse s'insinuer jusqu'aux tréfonds de son être, vers des recoins intimes froids et engourdis depuis trop longtemps. Elle pourrait facilement s'habituer à cette extase. Elle pourrait même en redemander tous les jours, toute la vie…

De saisissement, l'air lui manqua. Chase dut s'en apercevoir car il s'écarta légèrement.

— Kristina ? Ça va ?

Elle lui sourit.

— Très bien, répondit-elle, puis elle l'embrassa de nouveau.

« Toute la vie » ne faisait pas partie du vocabulaire de Chase. Elle allait devoir se contenter de la magie qui les unissait par la grâce ensorcelante d'un baiser.

En attendant mieux…

— Que fais-tu à la prochaine escale ?

Occupé auprès d'un malade qui se plaignait de douleurs abdominales, Chase releva discrètement la tête. Kristina et Jane soignaient la patiente du lit voisin, une fillette dont la blessure à la jambe s'était infectée. Et, tout en s'activant, elles évoquaient le week-end de repos qui se profilait.

— Je vais me balader autour de Marseille, répondit Kristina. S'il ne fait pas trop chaud, j'irai passer une journée à Nice ou même à Vintimille. Il y a beaucoup de trains, c'est pratique. Et s'il me reste du temps, je profiterai du spa-balnéo. MPT a bien fait les choses, ils nous ont choisi un super hôtel.

Chase savait déjà qu'elle allait lui manquer. Tous les soirs, il attendait leurs rencontres sur le pont avec une impatience presque fébrile.

— Marseille, c'est trop proche du bateau, ne put-il s'empêcher de dire. L'idée de ces breaks, c'est de couper complètement avec le travail.

— Je ne serai pas sur le bateau, donc aucun problème, répondit-elle d'un ton léger. Et vous ? Qu'allez-vous faire ?

— Moi, je file à Majorque ! dit Jane. Mon copain a un appartement là-bas, il viendra me rejoindre spécialement de Londres. Trois jours de soleil, de plage et de sangria. Que demande le peuple ?

— Waouh. Génial…, dit Kristina.

Son sourire n'atteignit pas son regard et Chase eut un petit coup au cœur. Il détestait la voir triste ou morose. Il voulait qu'elle soit gaie, enjouée, heureuse de vivre !

— Moi, je rentre au bercail pour les soixante ans de ma mère, dit-il. La fête se passe à la ferme de mes parents.

Les récits de Kristina à propos de sa famille l'avaient fait réfléchir. Il mesurait sa chance d'appartenir au clan Barrington. La joie de sa mère, quand il avait promis de venir, l'avait rendu malade de honte. Il avait fait beaucoup de peine à ses proches, pendant toutes ces années où il avait maintenu ses distances…

— Super, répondit Kristina tout en logeant une perfusion d'antibiotiques dans le bras de sa patiente.

— Si tu m'accompagnais ?

Les mots avaient jailli sans qu'il pût les retenir. Vraiment, ce n'était pas malin. Tout le monde avait dû entendre et, quelle que soit la réponse de Kristina, les commérages iraient bon train dès qu'ils auraient quitté la pièce !

Elle pivota vers lui, l'air estomaqué.

— Que… Quoi ?

C'était sa chance de faire marche arrière. Jamais encore il n'avait invité une femme chez ses parents. D'abord, parce qu'il y retournait peu. Ensuite, parce que sa mère et Libby se seraient tout de suite fait des films !

— Veux-tu m'accompagner dans le Somerset ? répéta-t-il, incapable de s'en empêcher. Tu ne seras pas perdue. Tu connais déjà la moitié de la famille.

Vous entendez ? Il s'agit d'une proposition amicale. Arrêtez de fantasmer !

Elle le dévisageait comme s'il avait perdu l'esprit. C'était probablement le cas, d'ailleurs. Si elle acceptait, il allait regretter cent fois de l'avoir invitée. À l'inverse, il serait déçu si elle refusait…

Un silence étrange planait autour d'eux. Chaque soignant demeurait concentré – trop concentré – sur sa tâche, mais il semblait évident que tous étaient suspendus aux lèvres de Kristina.

— Je préfère rester à Marseille, dit-elle enfin. Merci quand même. C'est gentil de l'avoir proposé.

Et voilà, il était déçu. Quel idiot ! À quoi aurait-il pu s'attendre d'autre ?

— D'accord, répondit-il d'un ton faussement désinvolte. Je pars pour l'aéroport demain matin à 9 heures. Si tu changes d'avis d'ici là, n'hésite pas.

— Merci, répéta-t-elle.

Elle faillit lâcher la seringue qu'elle tenait et la rattrapa de justesse.

— Attention, tu vas te faire mal ! dit-il.

Il se détourna pour s'occuper de son patient. Après avoir prescrit un traitement, il laissa une infirmière gérer le suivi et partit rejoindre Calvin, qui allait l'assister pour la petite chirurgie du matin.

Heureusement, les occupations ne manquaient pas sur ce navire. Travailler l'empêcherait de revenir en boucle sur le refus de Kristina et il n'en demandait pas davantage.

Jamais il n'aurait cru possible d'être aussi vexé, déçu et frustré, mais hélas, c'était bien le cas.

Il était presque 14 heures quand Chase posa sa dernière suture. Il gagna alors le réfectoire avec Calvin pour prendre un sandwich et s'octroyer une pause amplement méritée.

— Quelle série ! dit-il. J'ai mal partout à force de me pencher sur cette table d'opération trop basse. Mais au moins, tout le monde aura été soigné avant l'arrivée à Marseille.

— On a de bonnes raisons d'être fatigués, répondit Calvin. On ne compte pas nos heures, ni le jour ni la nuit, en ce moment.

À ce moment-là, Kristina et Freja – une sage femme qui avait récemment rejoint l'équipe – firent leur entrée dans la pièce. Elles se garnirent chacune un plateau, puis vinrent s'asseoir à leur table. Elles semblaient épuisées, elles aussi.

— Je viens d'accoucher une dame qui a eu des jumeaux ! annonça Freja. Ils sont trop mignons.

— Tu as assisté à la naissance ? demanda Chase à Kristina.

— Non. J'ai aidé Jorge pour la séance de vaccinations. J'espère que j'ai bien fait.

— Mais évidemment !

Il ne cherchait pas à vérifier son travail : il avait seulement voulu entendre le son de sa voix. Pourquoi était-elle sur la défensive ?

— Freja a fait le premier bilan. J'irai ausculter les jumeaux dès que j'aurai fini de manger, dit-elle.

Sur ce, elle inclina la tête et avala d'un coup la moitié d'une bouteille d'eau. Elle était si sexy ! Il sentit le désir monter en lui comme une éruption de lave. Un regard, un geste d'elle, et il serait capable de la jeter en travers de son épaule pour l'emmener à sa cabine !

Soudain, elle bâilla à s'en décrocher la mâchoire et eut un sourire d'excuse.

— Pardon, dit-elle. Je ne tiens plus debout.

Il se ressaisit illico, se traitant d'abruti pour la quinzième fois de la journée. Kristina embrassait peut-être comme une déesse, mais elle avait refusé de partir en week-end avec lui !

S'occuper. Il devait se remettre au travail sur-le-champ. C'était la meilleure solution.

Il débarrassa son assiette et ses couverts, puis se servit un café qu'il emporta dans son bureau. Comme d'habitude, le récent survol de l'hélicoptère se traduisait par un sac de courrier à ouvrir. Le pilote leur avait aussi largué un surplus de fournitures et de médicaments dont il devait faire l'inventaire. Ainsi, il ne manquerait pas de labeur et c'était tant mieux !

Il venait à peine de s'y mettre quand l'objet de ses pensées, la femme qui hantait ses jours et ses nuits, parut sur le seuil.

Était-il victime d'hallucinations ? Kristina n'avait rien à faire ici, pourtant…

— Tu voulais quelque chose ? demanda-t-il d'un ton sec.

— Chase… Ne va surtout pas t'imaginer que ta proposition m'a déplu, tout à l'heure.

— Non, je ne crois pas ça. Je me dis juste que les chiens vont être déçus.

— Quoi ?

Elle le regarda fixement. Alors, peu à peu, un sourire étira les coins de sa jolie bouche.

— Tu as des chiens ?

— Pas moi, ma mère. Elle est gaga de ses deux bergers allemands. Eux, ils aiment tout le monde, surtout les visiteurs qui les emmènent promener dans les champs.

— Coup bas, monsieur ! J'adore les chiens. Je me suis promis d'en avoir un ou deux dès que je serai installée.

— Attends… Tu changerais d'avis pour eux alors que tu m'as dit non, à moi ? Je vais être jaloux !

— Je me laisserais bien tenter, je l'avoue. Mais non, dit-elle en haussant les épaules. Je dois chercher une robe pour le mariage et continuer mes recherches d'emploi.

— Tu pourrais faire tout ça en Angleterre aussi bien qu'à Marseille. Prends donc un peu de bon temps, Kristina.

Il allait finir par se mettre à genoux. Il était pathétique…

— Toi, tu es du genre têtu, répondit-elle.

— C'est ma plus grande qualité… Ou mon plus gros défaut.

— Oui, Jarrod m'avait prévenue ! Au fait, il m'a appelée ce matin. Lui et Libby aimeraient que je repasse à Merrywood quand j'aurai terminé ici.

Chase allait répondre quand une infirmière un peu essoufflée passa la tête dans la pièce :

— Pourrais-tu venir voir Abdal Martin, s'il te plaît, Kristina ? Sa température remonte.

— J'arrive.

Kristina se tourna vers lui et ajouta :

— On discutera plus tard, OK ?

— Euh… Oui, d'accord.

Dépité, il prit conscience qu'elle n'avait toujours pas accepté son invitation. Il allait devoir s'y faire. Il n'allait quand même pas se gâcher le week-end pour ça…

Tout de même. Si elle était venue, elle aurait pu voir Libby et Jarrod !

Il ne s'étonnait pas que sa sœur et son beau-frère aient souhaité maintenir le contact avec elle. Sur le plan professionnel et humain, peu de médecins lui arrivaient à la cheville. Elle s'investissait à deux cents pour cent, et si un jour elle avait un mari et des enfants elle ferait sans doute la même chose.

Elle méritait de rencontrer un homme aimant, gentil, attentionné. Belle comme elle l'était, physiquement et moralement, cela ne tarderait sans doute pas.

Ce pourrait être toi, idiot !

Mais c'était impossible. Il devait poursuivre sa mission en mémoire de Nick. Il était grand temps qu'il signe son nouveau contrat avec MPT.

Déterminé, il se rassit derrière l'ordinateur. Pourtant, au lieu de remplir le formulaire, il prit son téléphone et composa le numéro d'Ethan.

— Salut, ça va ? Aurais-tu une minute à m'accorder ? demanda-t-il.

— Bien sûr. Que se passe-t-il ?

— Euh… Rien de spécial. Je voulais juste bavarder un peu. Enfin… J'avais besoin de tes lumières, avoua-t-il finalement.

— Ha ! Kristina te donne du fil à retordre. Ça me plaît, ça.

— Tant mieux. Moi, ça ne me fait pas rire.

— Vas-tu éclairer ma lanterne, oui ou non ?

Il soupira, résigné. Maintenant qu'il avait appelé, autant cracher le morceau…

— Je l'ai invitée à passer le week-end chez mes parents. Elle a refusé.

— Et alors ? Tu ne vas quand même pas abandonner ? Ta légendaire obstination devrait pouvoir t'aider, non ?

— Tu parles d'expérience, je crois… Au début, ce n'était pas évident avec Claire.

— Absolument ! Alors suis le conseil de tonton Ethan : si tu veux Kristina, ne lâche rien. Accroche-toi jusqu'à ce qu'elle cède ou qu'elle disparaisse de ton univers pour de bon.

Voulait-il vraiment que Kristina entre dans sa vie ? La réponse était simple : c'était oui !

— Tu as raison, Ethan. Je vais me battre. Je n'ai pas dit mon dernier mot.

6.

— Je vais faire du shopping à Marseille demain. Si je trouve une jolie robe, je t'enverrai des photos et tu me donneras ton avis.

Kristina avait pris quelques minutes pour appeler Claire avant de débarquer dans la cité phocéenne. Toute la journée, après avoir décliné l'invitation de Chase, elle avait eu besoin de parler à son amie.

— Quoi que tu choisisses, j'approuverai ! répondit celle-ci d'un ton joyeux. Vous êtes arrivés ?

— Presque. Les lumières de la ville se rapprochent.

Elle aurait aimé avoir quelque chose de plus romantique au programme qu'une séance de shopping et des visites touristiques. Mais après tout, elle avait fait un choix…

— Tu n'as pas l'air dans ton assiette, dit Claire, perspicace. Cela aurait-il un rapport avec Chase ?

Kristina jeta un coup d'œil prudent sur le pont, lequel était désert. Elle pouvait parler.

— Oui, dit-elle en soupirant. Il m'a invitée chez ses parents, dans le Somerset, pour les soixante ans de sa mère.

— Mais c'est génial ! Tu vas bien t'amuser, d'autant plus que tu connais déjà sa sœur et son beau-frère.

— Tu n'as pas compris. La fête a lieu ce week-end. Je n'y vais pas puisque je reste à Marseille. J'ai dit non à Chase.

— Kristina Morton, c'est n'importe quoi ! Tu devrais y aller et prendre du bon temps. Je suis sûre que tu en as envie.

Un rire taquin ponctua cette déclaration. Il n'était pas

difficile de savoir ce que Claire avait en tête, à juste titre d'ailleurs. Kristina rêvait effectivement de « prendre du bon temps » avec Chase !

— J'ai répondu trop vite, dit Kristina. Après ça, je n'ai pas su comment revenir en arrière. J'ai eu peur d'avoir l'air bête.

— Tu as surtout pensé aux conséquences, me semble-t-il. Tu crains de souffrir, mais il va bien falloir te jeter à l'eau ! Moi, j'ai eu très peur qu'Ethan ne me quitte et, finalement, regarde-nous. On est en train d'organiser notre mariage.

— Oh là, du calme ! Tu vas trop vite en besogne. Chase ne m'a pas proposé un week-end en amoureux, juste une fête de famille où je ne connaîtrai presque personne.

— Tut tut ! Arrête de t'inquiéter pour tout et vis un peu.

Au risque d'être encore plus amoureuse de Chase à la fin du week-end ? Car oui, elle admettait enfin qu'elle était tombée amoureuse ! Si les choses tournaient mal, s'en relèverait-elle ?

— Ce n'est pas si simple, Claire.

— Si, ça l'est. Que risques-tu ?

De perdre mon cœur.

— De devenir zinzin.

— Oh ! ça… On a tous un petit grain de folie, non ? Et qui sait, tu pourrais avoir une bonne surprise…

Avant qu'elle n'ait pu répondre, Claire conclut :

— Ethan me fait signe, on va être en retard chez le traiteur. Il faut que je te laisse. Tiens-moi au courant quand tu auras pris ta décision. Bisou, bisou !

— Mais je t'ai dit que…

Un « bip », Claire avait raccroché. La traîtresse. Comme amie, elle se posait là !

Kristina s'étira, les mains sur la rambarde. Comme souvent le soir, sa jambe la faisait souffrir et elle se mit en position du chien tête en bas. Mains à plat sur le sol, pieds écartés et jambes tendues, fesses vers le haut, elle essaya de bannir toute pensée parasite. C'était la meilleure façon d'aider ses muscles endoloris à se décrisper. Certains jours, cela fonctionnait mieux que d'autres…

— Je t'ai fait un thé.

Elle se redressa, trop vite, et chancela légèrement. Chase, deux mugs à la main, se tenait à un mètre d'elle. Depuis quand la regardait-il ? Il aurait dû être dans son bureau et pas là, en train de contempler son postérieur. Car, à en croire son expression troublée, il venait indubitablement de le faire !

— Je croyais que tu avais beaucoup de travail avant de descendre à terre, dit-elle en bafouillant.

— J'ai terminé, répondit-il d'une voix rauque, sexy en diable. Alors… Ça marche, ces étirements ?

Cela fonctionnait bien avant qu'il ne se manifeste. Depuis qu'il était là, elle était de nouveau tendue comme un arc.

— Pas trop mal, mentit-elle.

— Tiens.

Elle prit le mug qu'il lui offrait et serra l'anse tellement fort que ses jointures blanchirent. Que dire ? Elle avait l'esprit complètement vide. C'était le black-out total.

— Quelle vue magnifique, dit-il, le regard rivé sur le paysage.

Échanger des banalités. Pourquoi pas ? Au moins, ils seraient en terrain neutre.

— Oui, répondit-elle. Vues de loin, les grandes villes semblent toujours pleines de mystère. On se demande ce que cachent toutes ces lumières, toutes ces rues.

— Et si on allait voir de plus près ? On pourrait aller prendre un verre dans un club de jazz, si ça te tente.

Prise de court, elle répondit à sa question par une autre :

— Tu apprécies ce genre d'endroits ?

— Bien sûr. Pas toi ?

— Je n'en sais rien. Je n'y suis jamais allée.

— Il est temps de combler cette lacune ! Rendez-vous à la passerelle dans… disons une demi-heure.

— Ça marche. Je vais me préparer.

Qu'aurait-elle pu répondre d'autre ? Elle avait été beaucoup trop surprise pour réfléchir et, d'ailleurs, ce premier rendez-vous « officiel » l'emplissait d'excitation et de joie.

Le seul hic, c'était qu'elle n'avait rien à se mettre !

Avec l'aide de Jane et de Freja – dont les garde-robes auraient pu habiller une armée de noctambules –, son problème fut néanmoins vite résolu. La première se fit une joie de lui prêter une minijupe rouge, tandis que la seconde l'équipait d'un top à bretelles noir et d'une paire d'escarpins aux talons vertigineux.

Bien sûr, elle eut droit à quelques plaisanteries bon enfant, mais elle ne s'en formalisa pas. Ce soir, elle aurait toutes les audaces : elle sortait avec Chase.

Ce serait probablement la seule et unique fois de sa vie.

Lorsque Chase vit Kristina, métamorphosée en créature de rêve, s'avancer vers lui sur la passerelle, il faillit pousser un sifflement admiratif.

— Waouh ! Ce look te va très bien.

— Merci. J'ai eu de l'aide, répondit-elle en souriant.

Quand il lui tendit la main, elle y plaça la sienne sans hésitation.

— Tu as la tenue adéquate pour faire la fête, alors allons-y ! Prête ?

— Prête. J'adore vivre de nouvelles choses.

Jusqu'où serait-elle prête à pousser l'expérience ? Il savait bien, lui, de quoi il avait envie. Mais chaque chose en son temps. Elle avait refusé de l'accompagner en week-end dans le Somerset et il ne devait pas brûler les étapes.

Il héla un taxi et ouvrit la portière à Kristina, essayant de ne pas loucher sur son magnifique postérieur moulé dans la jupe rouge. Puis, pendant le trajet, il garda les mains posées sur les genoux. S'il voulait mettre toutes les chances de son côté, mieux valait rester sage !

La boîte de jazz était pleine à craquer. Une longue file de clients se pressait devant le bar et Chase sourit à Kristina.

— Bienvenue dans le quartier festif de Marseille ! Que veux-tu boire ?

— Un mojito, s'il te plaît.

— Attends-moi là, je vais essayer de faire vite.

— Ha, ha, pas question ! On risque de ne jamais se retrouver.

Elle glissa la main dans la sienne et se colla contre lui. Ils avancèrent lentement vers le comptoir, où ils finirent par attirer l'attention du barman.

— Il y a une salle sur le côté et une autre à l'étage, dit celui-ci. Vous arriverez peut-être à vous asseoir là-haut.

— *Merci*, répondit Chase. On va faire le tour.

Ils réussirent finalement à dénicher une grande table, où trois autres couples avaient déjà pris place. Chase s'écarta pour que Kristina puisse s'installer et se glissa près d'elle, les coudes sur les genoux car l'espace était restreint.

— Et voilà ! Bienvenue dans l'univers des clubs de jazz !

— Tu as de la chance, ça me plaît, répondit-elle en lui coulant un regard provocateur.

Si elle voulait jouer, ils allaient être deux !

— Je compte te donner entière satisfaction ce soir, répondit-il sur le même ton.

Son rire chaleureux résonna comme un écho au plus profond de lui-même.

— Monsieur est bien sûr de lui…

— Absolument !

C'était loin d'être le cas, mais il ne l'aurait avoué pour rien au monde. Qui aurait cru qu'un jour il aurait des petits papillons au creux de l'estomac ? Pas lui, assurément !

Galvanisé par leur échange, il se leva et tendit la main à Kristina.

— On danse ?

— Avec plaisir, mais ça risque d'être un peu… sportif

en ce qui me concerne. Je n'ai pas l'habitude de porter des talons.

— Aucun problème, je te rattraperai si tu tombes !

Il s'avéra qu'elle n'avait nul besoin d'aide, au contraire. Même si elle ne fréquentait pas ce genre d'endroits, elle s'adapta tout de suite au tempo avec une grâce naturelle qui donna à Chase l'impression d'être un éléphant dans un magasin de porcelaine.

Fasciné, il admira sa poitrine ronde qui se soulevait au rythme de son déhanché. Ses bras traçaient des mouvements aériens et parfois elle virevoltait comme si elle n'avait fait que danser toute sa vie.

Comment aurait-il pu ne pas l'admirer ? Plus il la regardait, plus il avait envie de la toucher et, lorsqu'elle se rapprocha de lui, il comprit qu'il était définitivement perdu.

En tourbillonnant, elle vint lui nouer les bras autour du cou. Aussitôt, il la prit par la taille et se pencha pour l'embrasser. Après leur premier baiser, il rejeta la tête en arrière et éclata de rire. Jamais, depuis quinze ans, il n'avait été aussi heureux de vivre…

Le rire de Chase pétilla en Kristina comme des dizaines de milliers de bulles.

Dans cette boîte de jazz, au milieu des danseurs, elle découvrait un autre homme, détendu et visiblement prêt à s'amuser jusqu'au bout de la nuit. Aurait-elle pu rêver meilleur scénario ? Elle ne voulait penser ni au travail ni au week-end solitaire qui l'attendait. Seuls comptaient le moment présent et le bonheur qui la submergeait.

Ivre de désir, elle embrassa Chase à perdre haleine, vibrant sous l'effet de sensations inédites. De son côté, il l'étreignait comme si sa place était là, dans ses bras, à jamais. Comme si le destin avait voulu les réunir cette nuit et toutes les autres…

Quand les spots se rallumèrent, elle continua d'onduler

en rythme pour ne pas casser la magie. Mais une annonce au micro la fit sursauter, et brisa le charme du moment.

— C'est l'heure du dernier verre, ils vont bientôt fermer, dit Chase. On ferait mieux d'aller attraper un taxi avant que tout le monde n'ait la même idée.

L'entraînant vers la sortie, il lui caressa le dos. Devait-elle voir une signification particulière à ce geste tendre ?

— On pourrait rentrer à pied, dit-elle. Le port n'est pas si loin.

— Tu marches un peu de travers avec ces escarpins. Il faut faire attention à ton dos.

Sa sollicitude la toucha, elle n'avait pas l'habitude qu'on s'inquiète pour elle. Mais ce soir, elle refusait de s'appesantir sur les douleurs qui lui empoisonnaient l'existence. Elle voulait tout oublier dans les bras de Chase.

— Ne t'inquiète pas, ça va, chuchota-t-elle. J'aimerais beaucoup marcher avec toi, je n'ai pas envie que cette nuit se termine trop vite.

— Moi non plus, Kristina…

Ils arrivaient sur le trottoir, à présent. Chase l'attira contre lui et lui baisa le front et les joues, avant de dévorer sa bouche. Quand ils eurent repris leur souffle, elle le considéra, taquine.

— Tu as raison, il vaut mieux prendre un taxi, dit-elle d'une voix à peine audible tant elle était troublée. On sera plus vite rentrés.

Le trajet du retour se déroula comme sur un nuage. Ils descendirent de voiture blottis l'un contre l'autre, mais s'écartèrent au moment d'aborder le quai, sachant que le gardien les regardait avec curiosité.

— Bonsoir, docteur Morton. Bonsoir, docteur Barrington.

— Bonsoir, Louis, répondirent-ils en chœur.

Au pied de la passerelle, elle sentit un bras possessif lui enlacer la taille.

— Allons dans ma cabine, dit Chase dans un murmure. Je n'en peux plus d'attendre…

— Chase ! Te voilà ! Où étais-tu passé, à la fin ?

La voix masculine et tonitruante les fit sursauter tous les deux. Malgré l'heure avancée, Josip, le commandant du bateau, se tenait au sommet de la passerelle.

— Il y a un problème ? demanda Chase.

Sans la lâcher, il s'écarta légèrement et elle éprouva un désagréable sentiment d'abandon.

— Je t'ai appelé dix fois. Liam cherche à te joindre, ça a l'air urgent, dit Josip. Il est à Manille.

Chase examina son portable et fronça les sourcils.

— Douze appels manqués. Rien que ça…

— Tu ne risquais pas d'entendre la sonnerie au club, dit Kristina.

Elle s'écarta et commença à gravir les échelons de la passerelle avec l'impression d'avoir reçu une douche froide. Ces quelques heures n'auraient été qu'une parenthèse dans la vie de Chase. Qu'il le veuille ou non, le travail avait repris ses droits.

À présent, il montait les marches à côté d'elle sans la regarder. Parvenu devant Josip, il s'arrêta, les mains sur les hanches.

— Je suis en repos depuis minuit ! dit-il.

— Dis ça à Liam. Autant t'avertir, il est de mauvais poil.

Arrivée sur le pont, Kristina regarda les deux hommes discuter. Elle ne faisait plus partie du scénario. Elle savait bien que Chase n'était pas homme à fuir ses responsabilités.

— C'est bon, je vais l'appeler, dit-il. Merci, Josip. Désolé que tu aies dû veiller pour ça.

— Pas de problème. Bonne nuit, vous deux.

— Bonne nuit, dit-elle en bafouillant.

Restée seule avec Chase, elle lui posa une main sur le poignet. Elle crut qu'il allait la reprendre dans ses bras, mais il secoua finalement la tête d'un air navré.

— Kristina… Je suis désolé.

— Il ne faut pas. Tu dois appeler Liam, c'est normal. Vas-y. Je t'attendrai.

Il l'embrassa avec une infinie douceur.

— Je vais faire court, promit-il.

— Rappelle à Liam que tu as une vie…

— Ce n'est pas vraiment le cas, hélas. Quand on signe chez MPT, on est mariés avec son travail. Mais aujourd'hui, pour la première fois, j'ai envie d'autre chose et c'est grâce à toi, dit-il d'un ton tendre.

— Je vais t'attendre dans notre coin.

— Ça marche. À tout à l'heure.

La promesse d'une nuit d'amour s'éloigna en même temps que lui. La magie reprendrait-elle avec la même intensité, plus tard ? Leur bulle de bonheur s'était fissurée et elle ne le supportait pas.

— Chase ?

Il se retourna.

— Oui, Kristina ?

— Ton invitation tient-elle toujours ?

— Bien sûr, répondit-il, visiblement surpris.

— Alors… Je te rejoindrai sur la passerelle demain matin à 9 heures. Quel vol dois-je réserver ?

— Ne te tracasse pas, je m'en occupe. Je le ferai en parlant à Liam, puisque je vais au bureau.

Avant qu'elle ait eu le temps de dire « ouf », elle sentit qu'elle décollait du sol. Chase la fit tournoyer dans les airs puis lui embrassa le bout du nez.

— Somerset, nous voilà !

— Liam, tu te rends compte qu'on est en plein milieu de la nuit, ici ? J'espère que c'est urgent.

— Oh ! oh… Je dérange, semble-t-il.

Oui, et pas qu'un peu. Tu viens de gâcher la plus belle nuit de ma vie, rien que ça !

— J'étais descendu à quai boire un verre avec des amis, dit-il en s'obligeant au calme.

— Désolé, je n'ai pas pensé à ça. Je voulais absolument te joindre avant ton départ pour l'Angleterre.

Chase mit la conversation sur haut-parleur et alluma son ordinateur. Le mot « Angleterre » lui avait rappelé qu'il avait un billet d'avion à réserver.

— La situation est critique aux Philippines, dit Liam. On manque de médecins.

S'ensuivit une longue description de problèmes sanitaires que Chase écouta, pour une fois, d'une oreille distraite. Il n'arrivait pas à se concentrer. Il ne pensait qu'à Kristina, à son corps de sirène, au moment où il pourrait enfin l'emmener dans sa cabine pour finir ce qu'ils avaient commencé…

— … Et donc, j'ai besoin de toi à deux endroits à la fois, dit Liam.

— Où veux-tu que j'aille ? Au Ghana ou aux Philippines ?

— Au Ghana, je suppose. Je te redirai ça dans une semaine. Ensuite, on verra.

— Oui, je ne me projette pas si loin.

Il enregistra le billet d'avion de Kristina sur son ordinateur, puis lui envoya la copie par e-mail. Elle l'attendait, dehors, dans leur coin. Il devait aller la rejoindre !

— Liam, il faut que je te laisse.

Qu'adviendrait-il après cette nuit ? Et plus encore, après un week-end de trois jours ? Serait-il capable de changer au point de s'engager avec elle ? Il en doutait profondément. Il aurait toujours des gens à sauver quelque part…

Je suis incapable de m'arrêter, Nick. Je n'y arriverai pas.

— Tu as l'air complètement ailleurs ! dit Liam. Je n'aime pas ça. Qu'est-ce qui t'arrive ?

— Rien, je… regarde l'ordinateur en te parlant.

— Aurais-tu besoin de faire un break, par hasard ?

— Non, du tout.

Liam avait pourtant vu juste : ces neuf semaines l'avaient épuisé physiquement, et surtout moralement. Il y avait eu les retrouvailles avec Ethan, la rencontre avec Kristina. Tous ses repères avaient volé en éclats les uns après les autres.

— Je suis fatigué, il est tard, dit Chase d'un ton ferme. Je vais me coucher. À plus tard, Liam.

— Salut, bonne nuit ! On refera le point dans la semaine.

Il quitta le bureau, fâché contre lui-même. Il aurait dû ignorer la demande de Liam et remettre cet appel au lendemain. Cela n'aurait rien changé car au fond ce n'était pas une urgence.

Il avait déçu Kristina. Elle l'avait regardé partir avec regret, probablement ennuyée qu'il fasse toujours passer son travail en premier. Il n'avait pas su faire exception et, vu les circonstances, c'était impardonnable !

Il gravit quatre à quatre l'escalier des coursives et sortit sur le pont inférieur. « Leur » coin était vide. De Kristina ne restait qu'un sillage de parfum. Elle était venue, elle l'avait attendu… mais elle était partie.

Les premiers rayons du soleil se levaient sur la mer et il consulta sa montre. Oh ! non… Il avait passé près d'une heure au téléphone. Kristina avait dû croire qu'il ne viendrait pas ! Pouvait-il aller frapper à la porte de sa cabine ? Elle ne dormait pas seule, Jane était probablement là…

Malheureux et déçu au-delà de l'imaginable, il prit son téléphone pour lui envoyer un SMS.

> Je n'ai pas vu l'heure tourner. Je suis vraiment, terriblement désolé. J'aimerais qu'on recommence à zéro ce week-end. Promis, je serai à toi et rien qu'à toi. Ton billet d'avion est sur ta boîte mail.

Il envoya le texto avec l'impression d'avoir tout raté. Si Kristina lui donnait une nouvelle chance, cette fois, il ne la gâcherait pas. Il voulait au moins faire l'essai, sans quoi il risquait de passer à côté de sa vie.

Restait à savoir s'il en aurait le courage.

7.

— Je vous ai installée dans la chambre d'amis, à côté de celle de Chase. Je ne savais pas trop quoi faire…

Kristina se troubla sous le regard pénétrant de Verity Barrington. La mère de Chase la considérait avec une bienveillance touchante et elle lui sourit.

— Vous avez eu raison, répondit-elle gentiment. Merci beaucoup. C'est très gentil de votre part de m'accueillir ce week-end.

Kristina ne releva pas le commentaire sur la question des chambres. D'abord par discrétion, et surtout parce qu'elle ne savait que dire. Tout allait bien depuis le départ de Marseille, ce matin-là, mais qui pouvait prévoir l'issue du week-end ?

Force était d'admettre que Chase avait tout fait pour rattraper le fiasco de la veille. Dans le taxi, il s'était confondu en excuses. Il s'était montré prévenant et plein d'attentions pendant le vol, et à l'arrivée à la ferme il avait multiplié les efforts pour la mettre à l'aise.

En cela, il avait été bien aidé par ses parents. Alec et Verity Barrington l'avaient accueillie à bras ouverts, imités par les bergers allemands de la famille pour qui elle avait littéralement fondu !

Elle avait tout de suite trouvé ses marques dans ce cadre champêtre et reposant. Mais avait-elle eu raison de venir ? Verity les avait beaucoup observés, Chase et elle, pendant le dîner…

— Je dormirai mieux ici que sur le bateau, dit-elle. D'autant que Jane, qui partage ma cabine, ronfle comme un sonneur ! Il n'est pas toujours facile de se reposer après une dure journée.

— Secourir ces malheureux doit être compliqué, répondit Verity. Même si Chase ne dit pas grand-chose, je sais qu'il est souvent épuisé, physiquement et moralement.

— Il prend son travail très à cœur, c'est vrai.

— Beaucoup trop à cœur ! C'est bien d'être sérieux, mais il faut lâcher du lest. Il ne profite pas de la vie.

Kristina était bien d'accord, mais elle se garda de le dire. Elle se voyait mal discuter de Chase avec Mme Barrington !

— On voit tellement de choses difficiles qu'on a parfois du mal à couper, répondit-elle. Les week-ends comme celui-ci sont essentiels à notre équilibre.

— Combien de temps avez-vous passé sur le *Poséidon* ?

— Neuf semaines. Il m'en reste trois. Ensuite, je rentrerai en Angleterre et je chercherai un poste fixe.

— Si seulement Chase pouvait en faire autant !

— Un jour, peut-être, répondit-elle d'un ton vague.

Elle ne voulait pas peiner Verity, une femme chaleureuse et adorable, en lui laissant supposer que son fils ne rentrerait jamais au bercail. Elle l'ignorait d'ailleurs : la réponse appartenait à Chase et à lui seul.

— Aimeriez-vous une tasse de thé ? demanda Verity.

Elle avait pris un air déçu qui n'échappa pas à Kristina, mais qu'aurait-elle pu dire de plus ? Elle n'avait aucune influence sur Chase, quoi que ses parents puissent imaginer…

— Volontiers, répondit-elle d'un ton doux. J'en bois toujours un avant d'aller dormir.

Elles allèrent rejoindre Chase et Alec, qui s'étaient installés dans la véranda après le dîner. La conversation roula un moment sur les enfants de Jarrod et de Libby – que Kristina avait hâte de revoir – et sur les joies de la vie à la campagne.

Assise dans un fauteuil confortable, elle commençait à

avoir les paupières lourdes. La tension et la fatigue retombaient d'un coup, au point qu'elle sentait sa tête dodeliner.

— Je sais qu'il est tôt, mais si cela ne vous embête pas, je vais aller me coucher, dit-elle.

— Mais bien sûr ! se récria Verity. Allez vite vous reposer. Surtout, n'hésitez pas et faites comme chez vous.

Toute bonne maîtresse de maison aurait dit la même chose, mais y mettre une telle gentillesse était rare. Verity était aux antipodes des parents de Kristina, qui l'avaient élevée dans l'opulence sans être capables de lui témoigner un minimum d'affection…

— Bonne nuit à vous tous, dit-elle. À demain.

Elle s'échappa avant de laisser ses émotions prendre le contrôle. Elle aurait mieux fait de rester à Marseille si c'était pour réagir comme une idiote…

— Kristina !

Chase l'avait suivie dans le couloir jusqu'à la chambre d'amis. Il s'adossa au mur.

— Ça va ?

— Oui, très bien. Tes parents sont adorables.

— Alors ce n'est pas leur faute si tu es au bord des larmes ?

Son sourire tendre fut la goutte d'eau qui fit déborder le vase. Elle renifla.

— Jamais de la vie !

Soudain, deux grands bras l'entourèrent. Puis, sans la lâcher, il ouvrit la porte de sa chambre et la poussa à l'intérieur.

— Ils sont ouverts et très amicaux. Je ne m'y attendais pas, dit-elle tout bas.

— Ils sont toujours comme ça, surtout ma mère.

Il lui embrassa le bout du nez.

— Que fait-on, maintenant ? Je te laisse seule sachant que tu es toute remuée, ou je te fais un bisou ?

— Option deux, mon capitaine.

Il se pencha, effleura ses lèvres, puis s'écarta légèrement.

— Explique-moi ce qui t'a fait de la peine, Kristina.

— Chut…

Il gémit doucement lorsqu'elle reprit sa bouche et elle ouvrit les paupières pour contempler son beau visage. Il avait l'air heureux, anticipant déjà le bonheur qu'ils allaient vivre dans les bras l'un de l'autre. Était-ce enfin le bon moment ?

Si elle avait écouté son cœur, elle l'aurait entraîné sur le lit et l'aurait déshabillé pour sentir le contact de son corps brûlant contre le sien. Mais hélas, ce n'était pas si simple. La soirée romantique de la veille lui avait fait jeter sa prudence aux orties. Ici en Angleterre – sous le toit des Barrington –, la donne avait changé.

— Chase, je… ne suis pas prête.

Du pouce, il effleura ses lèvres et lui sourit.

— Dommage, dit-il dans un souffle. Mais je crois comprendre ce qui te gêne.

Au prix d'un énorme effort, elle s'écarta.

— Je suis désolée.

— Il ne faut pas, répondit-il d'une voix rauque. Tu es franche, comme toujours. C'est l'une de tes inestimables qualités.

Pour se montrer *réellement* honnête, elle aurait dû lui avouer qu'elle avait peur de souffrir. Ses vieilles angoisses avaient resurgi au plus mauvais moment, sans qu'elle ne soit capable de faire la part des choses. Elle se montrait pessimiste plutôt que de croire en l'avenir. Chassez le naturel…

— Bonne nuit, dit-elle à voix basse.

— Bonne nuit, Kristina. À demain.

Elle crut qu'il allait sortir, mais non. Il restait planté devant elle, l'air songeur.

— Quoi ? demanda-t-elle.

Il secoua la tête.

— Je… Rien. C'est sans importance.

Elle était persuadée du contraire, mais n'eut pas le temps d'approfondir la question car il se détourna et quitta la chambre, la laissant seule.

*
* *

Réveillé à l'aube, Chase décida d'emmener les chiens en promenade. « Réveillé » n'était d'ailleurs pas le terme exact car en vérité il avait somnolé plus qu'il n'avait dormi.

La veille, Kristina et lui avaient été tout près de faire l'amour. Mais, finalement, elle s'était dérobée et il avait cru perdre la raison. Après la nuit interrompue sur le bateau, ça avait été le coup de grâce.

Bien sûr, il n'avait pas insisté. Ce n'était pas son genre et, quand enfin ils se retrouveraient, il voulait que Kristina soit sûre d'elle et qu'ils soient sur la même longueur d'onde.

Car il avait enfin compris une chose : il ne désirait pas seulement qu'ils partagent le même lit. Il avait besoin des rires, des larmes, des discussions, des échanges… Il aurait toujours besoin de Kristina, maintenant et à l'avenir.

— À l'avenir ? s'écria-t-il en levant les bras au ciel.

Les chiens sursautèrent et lui lancèrent un regard apeuré. Il se pencha pour leur gratter les oreilles.

— Pardon, les gars, marmonna-t-il. Vous ne savez pas ce que c'est d'avoir peur de son ombre.

Qu'en penses-tu, Nick ? Suis-je idiot de croire qu'il y a un avenir possible avec Kristina ?

Il secoua la tête. Il ne devait pas nourrir ce genre d'espoir. Tomber amoureux de Kristina aurait été un très mauvais cadeau à lui faire : elle méritait beaucoup mieux.

Il lui fallait un homme solide, prêt à s'engager dans une vie stable, pas un aventurier comme lui. Leurs projets étaient diamétralement opposés ; or, il avait beau retourner le problème dans tous les sens, il ne se voyait pas changer de cap.

Les mains enfoncées dans les poches, il rebroussa chemin vers la maison. Il allait préparer le petit déjeuner pour aider sa mère, qui avait déjà une foule de choses à gérer en prévision de la fête. Puisqu'il était debout, autant qu'il serve à quelque chose !

Devant lui, les chiens se mirent à accélérer en jappant.

— Oh ! là… Vous avez flairé un lapin, ou quoi ?

Soudain, l'air se bloqua dans sa gorge. Kristina se tenait à quelques mètres de là, debout dans l'herbe humide, les mains croisées sur la poitrine tandis qu'elle effectuait des rotations du bassin. Sa longue chevelure dénouée ondulait au rythme de ses mouvements et il eut l'impression d'être changé en statue de sel. Seule une partie de son anatomie réagissait de manière douloureuse…

Il devait bouger. Si Kristina l'apercevait, elle allait le prendre pour un voyeur ! Ce qui finalement était le cas : il ne pouvait pas s'empêcher de la dévorer du regard.

Il s'avança vers elle avec l'impression que ses pieds pesaient une tonne.

— Bonjour, Kristina. Tu es bien matinale.

Elle sursauta visiblement et laissa retomber ses bras sur le côté.

— Bonjour. Je me lève toujours de bonne heure, même quand je suis en repos.

Peut-être, mais, à en croire les cernes sombres qui marquaient ses paupières, elle n'avait pas dû dormir beaucoup mieux que lui…

— Je sais, tu es comme moi, répondit-il en soupirant. J'allais préparer le petit déjeuner.

— Ta mère s'en charge. Elle m'a priée de te dire que les œufs, le bacon et le reste seraient prêts dans trois quarts d'heure. Elle te demande de ne pas traîner ! Quant à moi, je pensais faire une petite balade. J'ai fini mes étirements.

— Puis-je te tenir compagnie ?

— Avec plaisir.

Soulagé, il lui désigna le bout du chemin, qui montait en pente douce vers les champs.

— On peut contourner ce grand bosquet, si tu veux. En passant par là, on retombera sur l'arrière des bâtiments.

— Très bien, je te suis. C'est beau chez toi ! dit-elle, admirative. Tu as eu de la chance de grandir dans un environnement pareil.

— C'est vrai, même si je n'en avais pas conscience à l'époque. Et aujourd'hui encore, je me lasse assez rapidement de cette verdure.

— Tu n'étais pas fait pour être agriculteur, voilà tout. Ton père a-t-il été déçu ?

— Oh non ! Au contraire, il m'a toujours encouragé à faire médecine. Vois-tu, cette ferme n'est pas un héritage familial. Il l'a achetée car c'était son rêve, mais il a toujours dit qu'il laisserait ses enfants suivre leur propre route. Il doit espérer qu'un des gosses de Libby prendra la relève. Ils ont le temps d'y penser, dit-il en souriant.

— Ah, les choix de vie… Tout un programme.

— Tes parents attendaient-ils quelque chose de toi ?

Elle se rembrunit en deux secondes chrono.

— Oui, mais ils pouvaient toujours courir. Ma mère pense qu'épouser un millionnaire est la seule option possible dans la vie d'une femme. Mon père, lui, est un magnat de la finance. Il espérait que je rejoigne son entreprise, sauf que ce n'était pas mon truc.

— Je t'imagine mal brasser des millions derrière un bureau design.

— Que veux-tu, mon père n'a jamais rien compris au film.

Elle avait répondu d'un ton léger, mais un voile de tristesse obscurcissait son regard. Il préféra changer de sujet.

— Voudras-tu que je te conduise dans le centre de Merrywood ce matin ? Je sais que tu dois voir Jarrod, mais ensuite on pourrait déjeuner au pub tous les deux ?

Elle se détendit instantanément.

— Super, bonne idée ! Merci d'y avoir pensé, c'est gentil.

Il éclata de rire.

— Oh ! j'y vois aussi mon intérêt. Ma mère m'a donné une liste de courses longue comme le bras. Je dois passer chez le boucher, l'épicier, le fleuriste… Autant joindre l'utile à l'agréable.

Il ne voulait pas lui mettre la pression ni lui montrer qu'il attachait de l'importance à cette matinée, mais c'était bien le cas. Pour lui, il s'agissait ni plus ni moins d'une deuxième sortie en amoureux.

En *amoureux* ? À quoi songeait-il ?

Troublé, il s'éclaircit la voix.

— On partira après le petit déjeuner, si tu veux.

— Ça marche. Il va falloir que je fasse un peu les boutiques. Je n'ai rien à me mettre pour la soirée de demain.

— Tu me dis ça maintenant ! dit-il, faussement grognon. J'espère que tu n'es pas du genre à lécher toutes les vitrines… Mais au fait, où est ta garde-robe ? Tu dois bien avoir autre chose que des shorts et des T-shirts, quand même ?

— J'ai un dressing plein chez mon père, à Manchester. Comme je n'y vais qu'une ou deux fois par an, ce n'est pas pratique. J'ai hâte d'avoir ma propre maison, et pas que pour ça, d'ailleurs. Quand je serai installée, je pourrai m'offrir des meubles, de la vaisselle, des livres de recettes… Je suis nulle en cuisine !

La mère de Chase, férue de bons petits plats, avait inculqué les bases à ses enfants. Kristina, avec sa jeunesse déracinée, n'avait sans doute pas eu cette chance…

— Je te montrerai quelques trucs, si tu veux, dit-il.

De stupeur, il s'arrêta. Que venait-il de dire ? Ce n'était pas comme s'ils allaient vivre ensemble !

Kristina paraissait également abasourdie. Elle le regarda sans répondre, puis se remit à marcher, mais elle trébucha sur une racine et serait tombée s'il ne l'avait pas retenue par le bras.

— Attention…

La proposition de Chase avait fait l'effet d'un coup de tonnerre à Kristina. Avait-il parlé sans réfléchir ? Envisageait-il qu'ils puissent se revoir lorsqu'elle aurait quitté le *Poséidon* ?

Il ne l'avait pas lâchée et, à présent, il caressait du pouce le creux de son avant-bras. Parcourue de frissons, elle regarda sa bouche. Pourquoi n'avait-elle pas cédé à la tentation, la veille ? Elle avait passé la nuit à le regretter…

Elle se dressa sur la pointe des pieds pour effleurer ses lèvres.

— Kristina… J'ai envie de t'embrasser depuis que je t'ai vue tout à l'heure.

— Moi aussi, tu sais.

Elle reprit sa bouche puis traça une ligne de baisers vers son menton, son cou, jusqu'à la lisière de l'épaule. Alors, d'une main fébrile, elle déboutonna sa chemise et la lui ôta. Elle fit pleuvoir une multitude de baisers sur son torse et son ventre, et poursuivit son exploration en dessinant de petits cercles avec la langue autour de son nombril.

Elle aurait dû faire tout cela la nuit précédente, cette fois rien ne l'arrêterait !

— On devrait interdire ces shorts moulants, dit Chase d'une voix rauque. Tes fesses me donnent le tournis. Et si je ne mets pas tout de suite les mains sur tes jolies jambes, je vais devenir fou…

— Ne te gêne pas, murmura-t-elle sans relever la tête.

Elle trouva le bouton de son pantalon, l'ouvrit et, avec une lenteur délibérée, descendit la fermeture à glissière. Alors, elle se redressa pour le déshabiller, tandis qu'il bataillait avec l'agrafe de son short.

— Attends…

Promptement, elle se dévêtit, puis, d'une main ferme, captura le sexe durci de Chase. Elle s'émerveillait de le sentir pulser contre sa paume et aurait volontiers continué le jeu si Chase n'était soudain tombé à genoux devant elle.

Il lécha d'abord l'intérieur de sa cuisse droite. Il mordilla ensuite la gauche, prenant son temps pour accéder enfin aux recoins secrets de son intimité. Elle s'abandonna complètement, les mains crispées dans ses cheveux.

— Chase !

Avec une infinie douceur, il la coucha dans les hautes

herbes. Lorsqu'il s'allongea sur elle, le regard voilé de désir, elle lui noua d'instinct les jambes autour de la taille.

— Maintenant… S'il te plaît…

Il vint en elle d'un mouvement fluide, doux et puissant à la fois. Aussitôt, ils oscillèrent en rythme et, submergée par un flot de sensations d'une intensité incroyable, elle s'agrippa à ses épaules.

Quand le plaisir les submergea, Chase se laissa tomber sur sa poitrine en frissonnant. Elle ferma les paupières et reprit graduellement son souffle. Elle avait perdu la notion du temps, du monde, de tout ce qui n'était pas eux…

— Waouh, chuchota-t-elle.

— Waouh, en effet…

Il roula sur le dos en l'attirant contre lui.

— On va être en retard pour le petit déjeuner, dit-elle, amusée et gênée à la fois.

— Oh non, ne t'inquiète pas. Ma mère attend que tout le monde soit assis à table avant de faire cuire les œufs. En revanche… On devrait peut-être se dépêcher pour éviter les regards en coin ou les questions gênantes. Au pire, on répondra qu'on avait perdu les chiens !

Elle éclata de rire, déposa un léger baiser sur ses lèvres et se leva.

— Les chiens ? Quels chiens ?

Il se mit debout à son tour et ils se rhabillèrent en échangeant des regards complices.

— Au fait… Je croyais que tu n'étais pas prête, hier !

— J'ai passé la nuit à avoir des regrets.

— Moi, j'ai failli revenir dans ta chambre à 2 heures du matin.

Ivre de joie, elle lui enroula un bras autour de la taille et ils regagnèrent la maison à pas lents. Elle ne regrettait rien, au contraire.

Elle trouvait même dommage qu'une journée aussi chargée les attende. Car ils n'auraient sûrement pas l'occasion de recommencer tout de suite…

8.

— Youpi ! Ça fait plaisir que tu sois là !

Wendy, la réceptionniste du cabinet médical, avait bondi de son fauteuil pour venir étreindre Kristina. Émue, celle-ci l'embrassa sur les deux joues.

— Coucou, Wendy. Je suis contente de te voir.

— Tu arrives pile à l'heure de la pause. Libby a fait des muffins aux myrtilles.

— Là, je suis trop gâtée…

— Je pense qu'ils veulent te demander quelque chose, dit Chase en riant. Je les connais !

À peine avait-il fini sa phrase que Kristina reçut une grande tape sur l'épaule. Elle pivota pour se retrouver nez à nez avec Jarrod, qui la gratifia à son tour d'une vigoureuse accolade.

— Salut, ma belle ! C'est vraiment chouette que tu aies pu venir ce week-end. Libby ne va pas tarder.

— Salut, Jarrod, répondit-elle, amusée. Où est-elle donc ? Au marché ?

— Oui, elle vend des fromages, Verity n'avait pas le temps. J'imagine que tu es aussi mis à contribution, Chase ?

— Ne m'en parle pas, marmonna ce dernier.

— Viens donc en salle de repos, Kristina, dit Jarrod. Tout le monde t'attend.

— Tout le monde ? On est samedi !

— Le cabinet est de garde ce week-end. Mais même si on fonctionne en équipe restreinte, ils voulaient tous te voir.

— Oh… C'est gentil.

Chase avait visiblement l'air amusé. Il secoua la tête.

— Je vous abandonne, le devoir m'appelle.

— J'avais promis de t'aider, dit Kristina.

— Oui, mais tu as du shopping à faire et le lèche-vitrines ne me tente pas ! Rendez-vous ici à midi trente pour aller déjeuner, d'accord ? Après ça, s'il me reste des choses à faire, tu me donneras un coup de main.

— D'accord, ça marche.

Les retrouvailles avec l'équipe du cabinet furent très agréables pour Kristina, qui eut vraiment l'impression de revoir sa famille de cœur. Et son émotion monta d'un cran lorsque Jarrod la conduisit dans son bureau, où il souhaitait lui parler en privé.

— On n'est pas débordés ce matin, tant mieux, dit-il après l'avoir fait asseoir face à lui.

Une appréhension soudaine noua la gorge de Kristina. Allait-elle recevoir l'offre d'embauche tant attendue ou devrait-elle renoncer à ses rêves ?

Avant que son ex-patron n'ait pu ouvrir la bouche, Libby entra comme un ouragan. Kristina se releva et la sœur de Chase lui sauta dans les bras.

— Que je suis contente ! s'exclama celle-ci.

— Et moi donc, répondit Kristina, sincèrement touchée. Mais… Je te croyais en train de vendre des fromages ?

— J'ai passé le relais à une amie. Jarrod voulait que j'assiste à votre petit entretien. Il doit compter sur mon pouvoir de persuasion, fit Libby, malicieuse.

Kristina retint son souffle. C'était du sérieux, ou Jarrod n'aurait pas demandé à sa femme d'être présente…

— J'irai droit au but, dit celui-ci. Campbell nous quitte. Comme tu le sais, son épouse travaille dans la finance. Elle vient d'être mutée à New York avec promotion à la clé.

— C'est super. Tant mieux pour eux.

— Oui, ils sont ravis. Et en ce qui te concerne… Si tu veux le poste, il est à toi ! Tout le monde voudrait que tu nous rejoignes. L'équipe, les gens du coin… Les patients me cassent les pieds pour savoir quand tu vas revenir !

Elle eut un sourire radieux. Le poids qui l'oppressait depuis plusieurs semaines venait de s'envoler d'un coup.

— Merrywood correspond à ce que je cherche.

Allez, libère-toi. Exprime tes pensées, pour une fois.

— Ce serait un bonheur de travailler ici, dit-elle. Vous savez que j'en rêve !

— Le seul bémol, c'est que Campbell veut garder ses parts pour le moment, au cas où sa famille ne s'adapterait pas à la vie new-yorkaise, répondit Jarrod. Mais notre patientèle s'accroît et, de toute façon, on a besoin d'un médecin supplémentaire. Il s'agit bien d'un poste fixe, rassure-toi.

— Aucun souci. Prendre des parts dans le cabinet n'est pas une priorité.

Et Chase ? Qu'allait-il penser de tout cela ?

— Dis oui, Kristina ! s'exclama Libby. Si ça t'intéresse, Campbell a laissé entendre qu'il accepterait de louer sa maison au nouvel arrivant.

Voilà qui lui laisserait le temps d'en chercher une tranquillement. Tout semblait donc se profiler au mieux, à une exception près : elle verrait tous les jours la sœur et le beau-frère de Chase, plus Alec et Verity de temps à autre.

Quant à Chase, il repasserait sûrement dans le coin à l'occasion. Pour éviter de le voir, elle n'aurait pas d'autre choix que de prendre des vacances. Car, même si elle flottait sur un petit nuage depuis qu'ils avaient fait l'amour, elle devait rester lucide : leur histoire se terminerait dès qu'elle aurait quitté le *Poséidon*. Cela ne faisait aucun doute !

Supporterait-elle de côtoyer sa famille au quotidien ? Elle risquait de penser à lui non-stop, ce qui ne l'aiderait pas à avancer…

Bouleversée, elle regarda tour à tour Libby et Jarrod.

— Merci beaucoup, dit-elle d'une voix rauque. J'apprécie votre offre à sa juste valeur. Rejoindre le cabinet serait un honneur, mais avant de m'engager… je dois réfléchir. Pouvez-vous m'accorder quelques jours ?

Jarrod opina en souriant.

— J'avais prévu cette réponse. Prends tout ton temps, Kristina. Et sache que, si tu acceptes, tout le monde se mettra en quatre pour t'aider à t'installer.

— Merci, dit-elle de nouveau. J'en suis certaine.

Il jeta un coup d'œil sur sa montre, se leva et prit une enveloppe sur le bureau.

— On n'a pas parlé des conditions financières ni du contrat, mais tout est là-dedans, dit-il. Je vous abandonne, les filles. J'ai un rendez-vous à 11 heures.

Kristina se leva et sentit ses jambes trembler. Son vœu le plus cher était sur le point de se réaliser, ou presque. Car entre-temps elle était tombée amoureuse et tout avait changé. Elle s'était prise à rêver d'un avenir avec Chase…

Libby glissa un bras sous le sien.

— Viens boire un autre café. Ensuite, on ira faire les boutiques ensemble si tu veux.

— Excellente idée.

La jeune femme était aussi gentille et sympathique que Claire. Elle n'en restait pas moins la sœur de Chase, « détail » qui interdisait automatiquement certaines confidences. Et c'était dommage car Kristina aurait eu grand besoin de parler à quelqu'un.

Le dimanche matin, le jour se leva sur un ciel gris et brumeux, mais Kristina avait le cœur en joie.

Après une fête exceptionnelle, Chase l'avait entraînée dans sa chambre et ils s'étaient aimés jusqu'à l'aube. Et maintenant, ils somnolaient, étroitement enlacés. Heureux ? Elle oui, en tout cas !

— Pourquoi ce sourire ? lui murmura Chase à l'oreille.

— Parce que je me sens très bien. L'anniversaire de Verity était génial. Et l'après… encore plus sensationnel.

— Ravi que tu le précises. Mon ego allait en prendre un coup.

— Je suis contente d'être venue… À la fête ! répondit-elle pour le taquiner. Blague à part, c'est un incroyable week-end.

— Et en plus, tu as trouvé le job de tes rêves.

— Oui. Je n'en espérais pas tant…

Tout à coup, elle eut froid. Elle avait évité de penser au travail et à la proposition de Jarrod, sachant que Chase ne ferait pas partie du scénario.

— Eh…, dit-il en chuchotant. Si tu ne veux pas de ce poste, dis-le. Jarrod et Libby ne se vexeront pas.

Elle s'assit contre les oreillers. Aussitôt, il lui enroula un bras protecteur autour des épaules et elle réprima un soupir. N'avait-il pas conscience qu'ils vivaient des moments privilégiés ? Tout était simple et naturel entre eux. Les mots, les gestes tendres, la manière de se comporter envers l'autre… Pourquoi ne voulait-il pas l'admettre ?

— On ferait mieux de se lever, dit-elle. Ta mère a besoin d'aide pour ranger la maison.

Elle voulut basculer sur le côté, mais il ne retira pas son bras.

— Tu ne m'as pas répondu, Kristina. Je croyais qu'on avait dépassé le stade des cachotteries. Explique-moi, s'il te plaît.

Ce n'était pas le bon moment, mais, au fond, ce ne serait *jamais* le cas. Quand pourrait-elle lui avouer ses sentiments ou lui dire qu'elle rêvait d'un avenir commun ? C'était impossible !

Elle pivota pour lui faire face et lui caressa le bras.

— Ce travail représente une chance unique, alors ça m'effraie un peu, mentit-elle. C'est presque trop beau pour être vrai. J'ai peur qu'à la dernière minute ça capote.

Il l'embrassa sur les lèvres avec une infinie douceur.

— Il n'y a aucune raison ! Il faut croire en toi-même et saisir ta chance, justement. Tu as vécu de grosses galères. Tu t'en es brillamment sortie et, maintenant, tu es assez forte pour regarder droit devant toi et mener la vie que tu veux. Avec le charme et le sourire en plus. Tu fais craquer tout le monde !

Si seulement, toi, tu pouvais craquer...

Elle sentit des larmes brûlantes lui piquer les paupières. Comment s'étonner qu'elle soit éperdument amoureuse de cet homme ? Même s'ils se connaissaient depuis peu, il avait tout compris.

— Merci, dit-elle tout bas. J'avais besoin d'entendre ça.

Dans l'idéal, ils auraient également dû parler de son avenir, *à lui*. Mais peut-être aurait-elle l'occasion d'aborder le sujet plus tard ? Après tout, il leur restait trois semaines à passer sur le *Poséidon*...

— À ton service, répondit-il en souriant. Allez, va prendre ta douche. Je t'attendrai dans la cuisine. On a du pain sur la planche ce matin.

Chase, le cœur gros, regarda Kristina se glisser hors de sa chambre. Il avait eu beau plaisanter, il l'avait sentie malheureuse et il détestait cela.

Il n'avait pas cru à ses explications ou, du moins, pas entièrement. Il avait d'ailleurs eu envie d'insister, mais il s'en était abstenu pour ne pas gâcher la fin du week-end. La réalité les rattraperait bien assez tôt puisque cet après-midi même ils devraient reprendre l'avion pour Marseille.

Chose rare, l'idée de retourner au travail ne l'enchantait guère. Cette parenthèse magique avec Kristina l'avait propulsé dans un autre monde. Il y serait volontiers resté quelques heures ou quelques jours de plus. Et même toute la vie...

À quoi bon vouloir l'impossible ? Il devait se secouer, arrêter de rêver !

Il sauta à bas du lit et enfila son short et sa chemise, remettant la douche à plus tard, après les corvées de manutention et de rangement. Comme il s'y attendait, sa mère s'affairait déjà dans la cuisine.

— Bonjour, maman. Bon anniversaire pour de vrai puisque c'est aujourd'hui ! Tu ne devrais même pas travailler... Que puis-je faire pour t'aider ?

Sa mère l'embrassa avec chaleur.

— Merci, mon grand. Commence par prendre un bon petit déjeuner. Ensuite, tu nous feras la danse du soleil pour chasser les nuages. S'il faut démonter tous les barnums sous la pluie, on va s'amuser !

— Mais bien sûr. Si ça peut te faire plaisir...

Il la serra sur son cœur. Cette femme exceptionnelle avait toujours été là pour lui. Il avait dû lui causer beaucoup de chagrin, avec son attitude distante. Il le comprenait aujourd'hui.

— Tu es la meilleure maman du monde, lui dit-il à l'oreille.

Visiblement émue, elle battit des paupières.

— Ça tombe bien, tu n'en as qu'une. Et toi tu es le meilleur fils de la terre...

— Je n'ai pas de concurrence, voilà pourquoi, répondit-il d'une voix rauque.

— Dites donc ! Vous allez passer la journée à vous embrasser ? On a du boulot ici !

Le père de Chase, guilleret comme un homme habitué à se lever tôt, venait d'arriver dans la cuisine.

— Bon anniversaire quand même, chérie !

— Merci, chéri !

Ils s'attablèrent chacun à leur place habituelle. Chase venait de garnir son assiette quand il sentit les poils se dresser sur ses bras. Il n'eut pas besoin de se retourner pour savoir qui venait d'entrer dans la pièce.

— Bonjour à tous ! dit Kristina d'un ton gai.

Après les salutations d'usage, la mère de Chase s'empressa de donner tasse, assiette et couverts à leur invitée.

— Servez-vous bien, prenez des forces ! dit-elle. Vous allez avoir besoin d'énergie, ma pauvre.

Sitôt installée, Kristina se mit à bavarder avec les parents de Chase. Elle avait l'air si naturelle et détendue qu'il sentit une boule se former dans sa gorge. Elle trouverait facilement sa place dans cette famille si d'aventure ils prolongeaient leur relation. Elle semblait même plus à l'aise que lui. Il était toujours sur la défensive depuis la mort de Nick…

Mais il ne penserait pas à cela aujourd'hui !

Il se rejeta en arrière, son thé à la main, pour absorber l'atmosphère de ce dimanche pas comme les autres.

— Bon anniversaire, Nana !

— Bon anniversaire, Nana !

— Ni… ve… saire, Na… na !

L'irruption de ses trois neveux dans la cuisine mit soudain fin au calme de la matinée. Jarrod et Libby, flanqués de leurs trois petits diables, étaient venus mettre la main à la pâte et Chase chercha le regard de Kristina.

Son sourire amusé, indulgent, lui donna un coup au cœur. Serait-elle ainsi avec ses propres enfants ? Plus les jours passaient, plus il se demandait à quoi ressemblerait la vie avec elle. Ce qui n'avait vraiment aucun sens…

Il se leva pour aller ranger son assiette dans le lave-vaisselle.

— Ce n'est pas tout ça, mais il faut s'y mettre ! dit-il avec une gaieté qui sonnait faux. Puisque personne n'a l'air pressé, je vais montrer l'exemple.

À l'heure du déjeuner, Chase dressa le couvert tandis que Libby sortait du réfrigérateur les restes de la veille, plus une assiette de sandwichs fraîchement préparés par leur mère.

— Quelqu'un a vu Kristina ? demanda-t-il, l'air de rien, en s'asseyant à table.

— Elle est allée promener les chiens, répondit Libby. Elle a dit qu'elle faisait juste un petit tour.

Tenté d'aller la rejoindre, il s'en empêcha. Comme lui, elle avait parfois besoin de s'isoler. Avait-elle voulu réfléchir aux événements du week-end ? Elle devait bien savoir que rien n'avait changé sur le fond et qu'ils ne formaient toujours pas un vrai couple…

— Jasper, arrête de manger comme un cochon !

La voix irritée de Libby le ramena à l'instant présent. Le cadet de ses neveux essayait d'enfourner un muffin au bacon en une seule bouchée et Chase secoua la tête. Il faisait exactement la même chose, à quatre ans.

— C'est mignon, dit-il, attendri.

Ce dimanche lui plaisait de plus en plus. Si on lui avait dit qu'un jour il prendrait de nouveau plaisir à ces réunions de famille…

— Mignon, bien sûr ! dit Libby. Jasper, je vais me fâcher ! Tu es dégoûtant.

Chase se retint de rire : Libby n'aurait pas apprécié et le volume sonore aurait monté de quelques décibels. Il regretta seulement que Kristina ne puisse pas voir la scène. Elle se serait bien amusée, elle aussi. Pourquoi ne revenait-elle pas ?

— Penses-tu que Kristina va accepter ta proposition, Jarrod ? demanda-t-il.

Son beau-frère haussa les épaules.

— Tu en sais autant que moi. Elle en a envie, c'est sûr, mais quelque chose la retient.

— Elle hésite à cause de toi, Chase ! dit Libby, qui n'avait pas la langue dans sa poche.

Il la fusilla du regard.

— Kristina est une grande fille. Son plan de carrière n'a rien à voir avec moi. Elle est capable de réfléchir toute seule.

— Je n'ai jamais dit le contraire.

— Ce travail, c'est son rêve, dit-il. Elle aime beaucoup Merrywood et compte acheter une maison.

— On sera là, dit sa mère. On lui donnera un coup de main.

Ses parents étaient connus pour leur facilité à rendre service sans même qu'on le leur demande. Avec Kristina, cela allait d'ailleurs plus loin : ils l'avaient visiblement adoptée comme si elle faisait partie de la famille !

— Elle est très indépendante, répondit-il. Elle a besoin qu'on la laisse respirer. Faites-y attention.

— Tu ne parlerais pas plutôt de toi, par hasard ? demanda malicieusement Libby.

Sa sœur avait toujours eu du mal à tenir sa langue et, ce midi, elle se déchaînait au plus mauvais moment.

— N'importe quoi ! répondit-il d'un ton sec. Je ne suis pas concerné. Je vis sur un bateau à des milliers de kilomètres d'ici.

— Pour combien de temps ? Tu fais bien d'en parler, justement ! Tu ne crois pas qu'il serait bon d'arrêter la fuite en avant et de revenir au bercail ?

Là, il était coincé. S'il répondait par la négative, ses proches allaient prendre cela pour du désintérêt ou de l'indifférence. Mais s'il approuvait, Jarrod et Libby lui enverraient bientôt toutes les offres d'emploi du secteur !

— Je ne suis pas prêt à quitter MPT, répondit-il en s'efforçant de garder son calme. Les réfugiés ont besoin de moi.

Il eut soudain la chair de poule. Il regarda la porte et poussa un juron étouffé : depuis quand Kristina se tenait-elle sur le seuil ?

Quand il chercha son regard, elle baissa la tête. Puis elle entra dans la cuisine avec un sourire crispé. Envahi d'une irrépressible culpabilité, il se leva pour lui avancer une chaise.

— Assieds-toi, viens manger quelque chose.

— Merci.

Elle s'installa, prit un sandwich, et embrassa la tablée du regard.

— Chase joue un rôle très important chez Médecins Pour Tous, dit-elle d'un ton calme. L'équipe serait perdue sans lui.

Quelle femme exceptionnelle. Même s'il l'avait déçue, elle le défendait encore. Qui d'autre en aurait fait autant ?

Libby, un sourire chaleureux aux lèvres, la dévisagea. Chase songea que les regards indignés de sa sœur lui étaient exclusivement réservés, à lui. Était-ce bien étonnant ?

— Mon frère t'a dans la poche, semble-t-il, dit gentiment Libby. Tant mieux, mais ne te laisse pas influencer. Il ne faut pas que cela t'empêche de venir travailler au cabinet. On a besoin de toi !

Kristina, l'air impénétrable, avala une bouchée de sandwich.

— Aucun risque. Personne ne va décider à ma place, rassure-toi.

Chase, se penchant pour lui servir un thé, s'étonna de sentir sa main trembler. Devenait-il émotif, lui d'habitude réputé pour son flegme ? Ce qui venait de se produire n'y était pas étranger, mais il y avait pire. Il anticipait déjà l'heure des adieux avec Kristina et plus il y pensait, plus cette idée lui était insupportable.

Dans ces conditions, il n'y avait qu'une alternative. Il n'attendrait pas trois semaines pour lui faire comprendre que rien n'était possible. Il prendrait ses distances à la fin du week-end, dès leur retour sur le bateau.

Clarifier la situation serait plus honnête envers elle, et beaucoup plus sûr pour sa propre tranquillité d'esprit. Faute de quoi il risquait de laisser sa raison, et probablement son cœur, dans la bataille.

9.

— Quelle journée d'enfer…

Kristina prit appui contre le bastingage et scruta le ciel bas et lourd. La fatigue cumulée au manque de sommeil se faisait sentir. Elle n'avait presque pas dormi la nuit précédente, la faute à un retour d'Angleterre qui, comme elle l'avait craint, avait sonné le glas de ses espoirs.

Sitôt franchie la passerelle, Chase, les larmes aux yeux, lui avait dit bonsoir avant de se diriger seul vers sa cabine. À quoi bon parler, argumenter ? Dans l'état d'esprit où il se trouvait, il n'aurait sans doute rien voulu entendre. Leur bulle de bonheur avait explosé. Il s'était à nouveau enfermé dans sa tour d'ivoire, pour de bon cette fois.

— Une de plus, répondit Chase sans la regarder. Et la nuit s'annonce difficile avec l'arrivée des réfugiés soudanais.

Ils n'avaient discuté que de leurs patients ce jour-là. Les échanges avaient été brefs, tendus, comme s'ils étaient devenus des étrangers l'un pour l'autre.

Jamais elle n'aurait dû venir le retrouver dans « leur » coin. Elle n'y était désormais plus la bienvenue. Elle avait été naïve de croire qu'il allait regretter ces moments privilégiés…

Sur le point de partir, elle redressa les épaules. Leur brève histoire était peut-être finie, mais il ne s'en tirerait pas à si bon compte. C'était trop facile. Ils pouvaient au moins parler, non ?

— Libby m'a invitée à l'anniversaire de Jasper, dit-elle. J'ai reçu un mail cet après-midi.

— Moi aussi.

— J'ai répondu que j'y serai. En plus, il va faire sa première rentrée d'école le lundi suivant. Il doit avoir hâte !

— Oh ! que oui. Ces gosses grandissent trop vite…

La nostalgie qui avait point dans le regard de Chase s'effaça aussi vite qu'elle était apparue. Il avait l'art et la manière de dissimuler ses émotions, mais elle avait appris à les décrypter : même s'il jouait les durs, il restait très attaché à sa famille. Il avait seulement besoin d'être secoué pour en prendre conscience.

Quelqu'un pourrait-il un jour le remettre sur le droit chemin ? Elle n'était personnellement pas du genre à renoncer au premier obstacle. Au point où ils en étaient, elle ne risquait plus grand-chose.

— Tu vas y aller ? insista-t-elle.

— Non. Je serai en Afrique.

— Ah, d'accord. Tu as signé ton contrat ?

— Pas encore. Je le ferai plus tard dans la soirée.

Son air maussade et son visage fermé la bouleversèrent. Non seulement il se faisait du mal, mais il peinait son entourage en s'obstinant à parcourir le vaste monde. Ne pouvait-il le comprendre ?

— Fuir les gens qu'on aime n'est pas une solution, dit-elle d'un ton calme.

— Je ne fuis pas, je fais mon devoir ! J'ai besoin d'aider toutes ces populations en détresse. Rien n'a changé, Kristina. J'apporte ma pierre à l'édifice.

Loin de la décourager, sa réponse abrupte lui tapa sur les nerfs. Pour qui se prenait-il, à la fin ?

— Parce que, moi, je ne vais aider personne à Merrywood ? D'après ton raisonnement, les médecins généralistes ne serviraient à rien dans nos pays développés. Hors du danger, point de salut ! Si j'avais été prête à te suivre au fin fond de la planète, aurais-tu changé d'avis, pour nous deux ?

— Ne va surtout pas t'imaginer que je méprise ton travail, Kristina. Tu es un excellent médecin, personne n'oserait dire le contraire. Je pense même que la planète a beaucoup plus besoin de toi que de moi…

Il se passa une main nerveuse dans les cheveux, et reprit :

— Je ne t'aurais jamais demandé de me suivre… même si j'avais voulu qu'on ait une relation durable.

— *Même si ?* répéta-t-elle, s'étranglant sur les mots.

— Tu as besoin de stabilité. Tu n'en as jamais fait mystère, alors je te conseille d'accepter la proposition de Jarrod. On est trop différents. Moi, je ne veux pas me fixer.

— Dis plutôt que ça t'angoisse. Et n'essaie pas de faire dévier la conversation sur moi.

Elle avait trop de chagrin pour s'arrêter là. Puisque tout était fini, autant dire ce qui lui pesait sur le cœur.

— Dès qu'on évoque l'avenir, tu prends la tangente. D'accord, très bien. Mais…

S'avançant, elle lui enfonça l'index dans le torse.

— … abstiens-toi de me donner des conseils. Tu es très mal placé pour ça !

— Désolé, excuse-moi. Tu as raison, ce genre de discussions me rend nerveux. Je n'aime parler ni de l'avenir ni du passé. Je vis au présent.

— Tu m'as pourtant raconté l'histoire de l'avalanche…

Il eut un bref signe de tête.

— Je ne le regrette pas. Je ne regrette pas non plus ce qui s'est passé entre nous, d'ailleurs.

Il eut l'air surpris, comme s'il s'étonnait lui-même de pouvoir dire ce genre de choses. Mais pour Kristina, c'était une piètre consolation. Et maintenant qu'elle avait exprimé sa pensée, à quoi bon prolonger ces moments pénibles ?

— Autant que tu le saches, j'ai écrit à Jarrod tout à l'heure, dit-elle. J'ai accepté le poste à Merrywood.

— Si je puis me permettre, tu as bien fait. Je suis content pour toi.

— Merci. J'aurai de tes nouvelles par Libby, je suppose. Je te souhaite… une bonne continuation.

Lentement, elle gagna l'escalier des coursives. Tout était dit.

— Kristina ?

Elle se retourna. Chase avait l'air si malheureux qu'elle sentit son cœur se briser.

— Je suis désolé.

L'aimait-il au moins un peu ? Ils avaient partagé une telle alchimie, à tous les niveaux, qu'elle avait du mal à le croire indifférent. Cela ne changeait rien, mais tout de même…

Elle s'avança, se dressa sur la pointe des pieds et déposa un léger baiser sur ses lèvres.

— Je sais, répondit-elle.

Puis elle s'enfonça dans la nuit sans espoir de retour.

Chase signa les documents à renvoyer par le prochain hélicoptère, après quoi il rangea son courrier dans le carton qui lui tenait lieu de placard. La pendule murale affichait 20 heures, mais il n'avait pas faim. Cela faisait maintenant une semaine qu'il avait rompu avec Kristina et, depuis, il se demandait en boucle s'il n'avait pas commis la plus grosse erreur de sa vie.

Il ouvrit une énorme enveloppe et en vida le contenu sur son bureau.

— Maudite paperasse. Pourquoi ai-je pris ce boulot, moi ?

— Parce que tu aimes ça, peut-être ?

La porte se referma avec un clic. Absorbé comme il l'était, il n'avait pas entendu Ethan arriver. Celui-ci portait un plateau bien garni qu'il déposa sur la table. L'odeur des frites et des saucisses souleva le cœur de Chase.

— Je n'ai pas faim, dit-il en maugréant.

— Je m'en doute, mais il faut manger quand même. Je viens de dire la même chose à Kristina, d'ailleurs.

Ethan était comme promis venu finir sa mission sur le bateau. Il ne ménageait pas sa peine et, malgré cela, il trouvait encore le temps de venir titiller Chase à ses moments perdus !

— Vous vous êtes disputés ? demanda Ethan.

— Non. Pas du tout.

— Alors pourquoi travailles-tu sans arrêt, quasiment H.24 ? On est débordés, certes, mais il y a assez de personnel à bord.

— J'ai pris du retard avec l'administratif. J'aurais dû faire compta ou gestion plutôt que médecine.

— Tu as besoin d'un break ?

Il haussa les épaules.

— Non, mais je me demande parfois quel effet cela fait d'avoir un poste stable, de connaître ses patients sur le long terme… Je ne sais pas pourquoi je te dis ça. Tu vas trouver le moyen de t'en servir contre moi !

— Je suis passé par là, mon vieux. L'idée de me poser quelque part est encore fraîche, mais j'ai pris ma décision et je m'y tiendrai.

— Ça me fait plaisir pour toi.

Ethan se servit une généreuse assiettée et commença à manger avec appétit.

— Merci ! Je suis content, moi aussi. Pour être franc, j'ai hâte de me marier et de devenir papa. Qui l'eût cru ? Comme quoi, tout arrive…

Chase, mal à l'aise, attendit la suite. Il piocha quelques frites, mais elles lui parurent avoir un goût de carton. À quelle sauce allait-il être mangé, *lui* ?

— As-tu renvoyé ton contrat ? demanda finalcment Ethan.

Voilà, on y était…

— Pas encore, mais je vais le faire. Tiens, regarde, je le signe devant toi ! dit-il en empoignant un stylo.

Ethan le regarda faire en silence. N'y tenant plus, Chase le fusilla du regard.

— Quoi encore ?

— Pourquoi as-tu attendu quinze ans pour m'appeler ?

Chase eut l'impression que son estomac se creusait comme un abysse. Que répondre ? Ethan était son ami, à présent, mais cela n'avait pas toujours été le cas. Il essaya de s'en sortir par l'humour :

— J'ai eu besoin de temps avant de revoir ta trombine.

— Je crois plutôt que tu avais besoin de te réconcilier avec le passé – donc avec moi –, pour avancer un peu.

— Pas du tout. Je n'y ai jamais pensé !

Ethan haussa les épaules.

— Si tu le dis… En tout cas, moi, j'ai attendu ce coup de fil une éternité. J'ai cru qu'il ne viendrait jamais, dit-il avec une tristesse soudaine.

Chase sentit sa résistance se lézarder comme un mur instable. À quoi bon jouer les durs à cuire ? Il n'était pas plus solide qu'Ethan, au contraire…

— J'ai essayé de t'appeler, admit-il en soupirant. J'ai souvent pris le téléphone et, à chaque fois, je l'ai reposé en me disant : « À quoi cela servira-t-il ? Pourquoi gâcher sa journée et la tienne ? » Et puis un jour, je n'ai pas raccroché. Ne me demande pas pourquoi, c'est comme ça. Je suppose que c'était le bon moment.

— Oui, sans doute.

Ethan termina son assiette et s'étira nonchalamment.

— Puisqu'on est repartis sur de bonnes bases, pense à bloquer la date du mariage avant de renvoyer ton contrat.

— Bien sûr, ne t'inquiète pas. Je dois aussi réserver un week-end prolongé pour l'anniversaire de mon neveu. Du coup, j'assisterai à sa première rentrée des classes.

Libby avait dû rester bouche bée à la lecture de son mail. Mais après avoir été aussi désagréable avec elle, ce fameux dimanche, il lui devait bien cela. Et qu'il le veuille ou non, il pouvait remercier Kristina. Grâce à elle, il avait réalisé combien il tenait à sa famille…

— Super ! répondit Ethan. Tu as raison de prendre du temps pour toi. Mais en attendant, tu as de quoi t'occuper. Quand le prochain bateau de réfugiés arrive-t-il ?

Chase respira plus librement. La conversation allait enfin reprendre un tour professionnel. Soulagé, il emplit son assiette.

— Vers 6 heures demain matin, répondit-il.

— Dans ce cas, je gérerai la préparation des lits médicalisés avant d'aller me coucher.

— Parfait. Moi, je renouvellerai les stocks de la pharmacie.

— En cherchant bien, tu dois pouvoir t'occuper non-stop jusqu'à 6 heures, fit Ethan d'un ton taquin. Allez, je te laisse travailler… et manger. À plus !

Il s'éclipsa, tout guilleret, et Chase secoua la tête. Depuis quand ce stressé de nature était-il devenu si insouciant ? Claire avait sans doute joué un grand rôle dans sa métamorphose, et c'était tant mieux.

Même s'il n'avait pas oublié l'avalanche, Ethan avait appris à vivre avec. Lui-même serait bien inspiré de suivre son exemple… s'il le pouvait.

C'était, hélas, plus facile à dire qu'à faire.

Moins de vingt-quatre heures.

Kristina avait souvent pensé que ces trois semaines n'en finissaient pas, et voilà que, soudain, sa mission se terminait. Encore une nuit et elle dirait adieu au *Poséidon*.

Chose rare, elle ne savait plus quoi faire pour s'occuper. Les réfugiés qui devaient partir étaient tous en relative bonne santé. Elle s'en irait l'esprit tranquille, avec la satisfaction du devoir accompli.

Oui, cette mission lui avait beaucoup apporté sur le plan professionnel et humain. Quant au reste… Elle allait laisser l'amour de sa vie derrière elle, tout simplement.

Elle n'aurait plus l'occasion de voir Chase, de le regarder travailler, de stocker les souvenirs précieux qui nourriraient ses nuits solitaires. Le point final de leur histoire s'écrirait à 7 heures le lendemain. Il lui faudrait sans doute plusieurs mois pour s'en remettre, mais elle y arriverait…

À pas lents, elle se dirigea vers la rambarde du pont, y appuya les mains et s'étira.

— Tu as mal au dos ?

Elle tourna la tête et poussa un petit cri. Chase était là,

tout près. Fallait-il qu'elle soit perturbée pour ne pas l'avoir vu. Elle était d'ailleurs revenue dans « leur » coin sans même s'en apercevoir !

— J'ai remarqué que tu marchais de travers, dit-il d'un ton doux.

Elle frictionna machinalement sa zone lombaire, où la douleur s'était réveillée une heure plus tôt.

— J'ai fait un faux mouvement en voulant renvoyer une balle à des petits qui jouaient sur le pont, dit-elle. J'irai chez le kiné en Angleterre.

— Bonne idée. Tu en as besoin.

Son sourire amical lui mit du baume au cœur. Elle se détendit un peu.

— Il y a plus qu'un simple accident derrière ton histoire, pas vrai ? demanda-t-il.

— Pourquoi me poses-tu la question maintenant ?

— Parce que j'ai l'impression d'être passé à côté de quelque chose.

Elle haussa les épaules. Bizarrement, même si cela ne changeait rien, elle se sentait prête à aller au bout de la confidence.

— Il n'y a rien de très héroïque là-dedans, dit-elle. On était en manœuvre dans le nord de l'Écosse quand une grenade a explosé. Ça n'aurait jamais dû arriver, mais voilà… c'est arrivé. Le caporal Higgs a reçu un éclat de métal dans le cou. Je suis retombée sur une poutrelle métallique et, en plus, j'avais la cuisse transpercée. Je n'ai rien pu faire pour lui venir en aide, seulement crier mes ordres aux gars.

Elle déglutit péniblement, puis ajouta :

— Mes collègues m'ont expliqué plus tard qu'il n'y aurait rien eu à faire. Je l'ai bien compris, mais j'ai malgré tout culpabilisé pendant très, très longtemps.

Quand leurs bras se frôlèrent sur la rambarde, elle se rendit compte que Chase s'était rapproché d'elle.

— N'en parle plus si c'est trop dur, dit-il à voix basse.

— Je le vis mieux, maintenant. Tout ça grâce à George Baines, l'électricien de Merrywood, figure-toi.

— Mais comment…

— Un jour, pendant mon remplacement, le pauvre s'est électrocuté sur un chantier. Je passais dans la rue par hasard. Alertée par les cris, je suis intervenue et je l'ai ranimé. J'ai compris ce jour-là que je ne pourrais jamais sauver tout le monde, mais que les miracles ont parfois lieu quand on ne s'y attend pas. George en est la preuve vivante.

— On en a bavé des ronds de chapeau, toi et moi.

— Absolument. Mais on ne le méritait ni l'un ni l'autre.

Et si elle avait effectué un gros travail sur elle-même, lui n'en était pas là. Peut-être n'y arriverait-il jamais…

— Quand pars-tu pour l'Afrique ? demanda-t-elle.

— Après la rentrée des classes de Jasper.

Elle poussa un petit cri de surprise.

— Tu y seras ? Libby et ta mère vont être aux anges.

— Du calme. Ce n'est pas l'affaire du siècle.

Sa réaction enthousiaste lui avait déplu ? Tant pis ! Elle n'allait sûrement pas se retenir d'exprimer sa pensée.

— C'est important pour ta famille, répondit-elle.

— Toi, quand tu es partie, on ne t'arrête plus. À force, je devrais être habitué !

Même s'il avait riposté sèchement, elle devina qu'il s'empêchait de sourire. Elle le regarda, bouleversée.

— Chase…

— Non. S'il te plaît.

— Oh ! là ! Pas de panique. J'allais seulement dire que je serai contente si tu viens me voir à Merrywood. À moins que tu ne préfères complètement couper les ponts ?

Elle était pathétique, mais elle n'avait pas pu se retenir. Le revoir même brièvement serait mieux que rien…

Il eut un petit sourire triste.

— Non, je ne préfère pas, répondit-il. Je viendrai. C'est promis.

Que valait une promesse de Chase Barrington ? Elle devrait attendre quelques semaines pour le découvrir, mais au moins elle serait fixée.

La balle était dans son camp.

10.

Le bateau tanguait légèrement dans le port de Marseille quand Chase descendit à quai pour la dernière fois de la saison. Il s'essuya le front d'un revers de main. Au prochain voyage, il atterrirait au Ghana où il ferait encore plus chaud…

Posté au pied de la passerelle, Josip saluait les membres de l'équipage. Quand il le vit, le capitaine lui donna une chaleureuse accolade.

— *Ciao*, Chase. On se voit l'été prochain ?

— Oui, sans doute. Prends soin de toi en attendant.

— Oh ! j'en ai bien l'intention. Ma femme m'a déjà dit qu'elle allait m'interdire de sortir du lit pendant huit jours.

Il éclata de rire.

— Petit veinard ! Tu as bien raison. Allez, bye !

Le rire mourut sur ses lèvres. Lui n'avait personne vers qui aller. Il se sentait désespérément seul. Jamais il n'aurait cru que Kristina lui manquerait autant, mais la fin de la mission avait été un enfer.

Il avait perdu le sommeil et n'avait pu trouver de répit nulle part, surtout pas dans « leur » coin. À chaque moment de libre, il errait sur le bateau comme une âme en peine. Pire, il avait commencé à avoir mal partout…

— Tu vas passer la journée planté là ?

Il pivota, Ethan l'observait d'un air goguenard.

— Si on allait plutôt boire une bière ? proposa celui-ci.

Chase logea son sac sur son épaule et sourit.

— Enfin une parole sensée. Dommage qu'il ait fallu attendre la fin de la mission !

Ils longèrent les docks jusqu'à ce qu'ils tombent sur un pub anglais.

— On y va ? demanda Ethan. J'ai le mal du pays.

Chase le suivit, heureux à la perspective de se détendre en bonne compagnie. Le mariage aurait lieu dans quelques jours et, d'ici là, il séjournerait chez Claire et Ethan.

— C'est chouette que tu viennes à la maison, dit celui-ci après qu'ils furent installés, une pinte à la main.

— Oh ! oui ! On en fait du chemin, en quelques mois. Dommage qu'on ait attendu si longtemps.

Adolescents, ils étaient rivaux dans la même équipe et ne s'appréciaient guère. Puis, après l'accident, Chase en était venu à détester Ethan. Leurs retrouvailles lui avaient fait comprendre à quel point il avait été ridicule. Ce garçon était formidable et il regrettait de ne pas avoir fait le premier pas plus tôt.

— Selon le vieil adage, « tout vient à point à qui sait attendre », répondit Ethan, philosophe.

— Depuis quand es-tu devenu si sage, toi ?

— Depuis que j'ai trouvé l'amour, probablement !

Chase le fixa, médusé. Les hommes ne parlaient jamais d'amour entre eux, ou bien il avait loupé un épisode. Et son instinct lui soufflait que la suite n'allait pas lui plaire.

— Au fait, as-tu des nouvelles de Kristina ?

Bingo. En plein dans le mille.

— Pas spécialement. On se verra au mariage, et à Merrywood à l'occasion.

— À l'occasion seulement ? Tu l'aimes. C'est évident.

— Tu… crois ?

— Oui ! Alors, qu'est-ce que tu comptes faire ?

Inutile de nier : il savait depuis des semaines qu'il aimait Kristina. Hélas, il ne pouvait pas changer le cours de choses.

— Rien. Je pars au Ghana le lendemain du mariage. Ensuite, je ferai un aller-retour express pour l'anniversaire de

Jasper. Elle et moi, on ne se verra plus. Je ne vais sûrement pas lui demander de me suivre alors qu'elle a décroché le poste de ses rêves.

— Pourquoi n'irais-tu pas t'installer en Angleterre ?

— Impossible. Tu devrais le savoir mieux que personne.

— J'étais comme toi avant de rencontrer Claire. Au début de notre relation aussi. Mais plus maintenant.

— D'accord, tu as trouvé chaussure à ton pied, sauf que…

— Je ne voulais pas me fixer. Je bougeais de pays en pays, toujours à la recherche du pire enfer sur terre où me rendre utile.

Ethan posa brusquement son verre vide sur la table et pointa l'index vers Chase.

— Je sais exactement quelle vie tu mènes et pourquoi, Chase. Alors écoute-moi : on ne peut pas refaire le passé, mais on a le choix de son avenir. Il ne tient qu'à toi d'essayer. Tu devrais commencer aujourd'hui. Pas demain, ni le mois prochain ou, pire encore, dans un an ou deux. Rentre chez toi. Il y a beaucoup de gens à sauver en Angleterre aussi. Et comme ça, tu retrouveras Kristina. Ne te refuse pas cette chance d'être heureux.

Chase, tétanisé, recula sur sa banquette.

— Tu as la langue bien pendue aujourd'hui… Prendras-tu un autre verre ? demanda-t-il, dans l'espoir d'échapper au regard aiguisé d'Ethan.

— Avec plaisir.

Résistant à la tentation de s'enfuir sur le quai, il alla commander au bar.

Jusqu'alors, il avait refusé d'admettre son amour pour Kristina car cela aurait tout compliqué. Il avait certes pensé à lui, mais surtout à elle. À quoi bon la faire souffrir en lui avouant ses sentiments pour l'abandonner ensuite ?

Et de quel droit Ethan lui tenait-il ces grands discours ? Il aurait pourtant dû savoir – mieux que personne – qu'on ne pouvait pas changer du jour au lendemain !

Il sait aussi qu'on peut y arriver. Il l'a fait. Alors pourquoi pas toi ?

« Quand on veut, on peut », lui avait souvent répété son père. La première étape serait de mobiliser son courage. Au point où il en était, il n'avait plus grand-chose à perdre.

La vieille cabane d'été était toujours là, derrière le grand bosquet au pied de la colline.

Même si personne ne l'utilisait plus depuis quinze ans, les planches venaient d'être repeintes. La ferme n'avait jamais été si pimpante, les prés si bien entretenus. Ou alors, plus sûrement, Chase n'avait jamais prêté attention au paysage dans lequel il avait grandi.

Comme à sa visite précédente, la beauté tranquille du domaine Barrington le toucha en plein cœur. Il s'assit sur la terrasse en planches devant la maisonnette et, pour une fois, ouvrit la vanne de souvenirs restés trop longtemps enfouis.

— On voulait conquérir le monde, Nick, dit-il tout haut. On pensait faire fortune, moi comme chirurgien esthétique, toi comme architecte. On rêvait d'avoir toutes les filles à nos pieds, de partir en vacances à Hawaï…

Malgré les larmes qui roulaient sur ses joues, il se mit à rire.

— On était un peu niais et surtout pleins d'illusions. Quoi de plus normal, à dix-sept ans ?

Ils avaient passé des heures dans cette cabane, à boire de la bière en cachette et surtout à s'inventer un monde idéal. Leur bonne éducation et leur discipline de sportifs les avaient, heureusement, toujours empêchés de faire de grosses bêtises. Ils avaient été des ados normaux, tout simplement !

— Tu aurais gagné le championnat junior, mon gars. Cette victoire t'était promise. Tu la méritais.

Ces quinze ans avaient duré une éternité, mais, parfois, Chase avait l'impression que l'accident avait eu lieu la veille.

Sa perception des choses n'avait changé que récemment, au contact d'Ethan et surtout de Kristina…

— Je l'aime, Nick ! J'aime tout ce qu'elle est. Sa force de caractère, son humour, sa beauté, sa gentillesse. Mais enfin, je parle tout seul, moi !

Il embrassa le paysage du regard. Il n'habiterait plus jamais ici. Il ne viendrait plus jouer ou trouver refuge dans cette cabane. Mais ses enfants, peut-être… S'il s'installait dans le coin, tout était possible. Encore faudrait-il pour cela que Kristina l'accepte tel qu'il était, avec ses blessures, ses doutes et ses défauts…

Le soleil déclinait sur les terres, à présent. Il se leva, s'étira et ferma les paupières.

— Je ne t'oublierai jamais. J'ai fait le maximum pour honorer ta mémoire et maintenant je vais continuer d'une autre façon. J'espère que tu seras fier de moi. Salut, Nick.

Les mains enfoncées dans les poches, il rejoignit la maison où ses parents l'attendaient. Ce soir-là, il irait se coucher tôt pour être en forme. Une mission importante l'attendait le lendemain.

La mission d'une vie.

— Merci beaucoup, docteur Morton. Je suis confuse de vous avoir dérangée pour rien, mais, quand Lily est devenue toute molle, j'ai paniqué.

Kristina sourit et chatouilla le menton du bébé qui gazouillait à présent dans les bras de Sherry, sa mère.

— Ne vous excusez pas ! Dans le doute, il faut toujours venir, surtout avec un nourrisson. Je préfère ça plutôt qu'avoir un gros problème à gérer en urgence.

Elle déposa le dossier de Lily sur le comptoir d'accueil et raccompagna Sherry vers la porte.

— On se revoit pour la visite des six mois, d'accord ? N'hésitez pas à m'appeler plus tôt si besoin, naturellement.

— Merci beaucoup, docteur. Je suis contente que vous soyez revenue !

— C'est gentil… À bientôt.

Kristina fit demi-tour et alla ouvrir la salle d'attente.

— Madame Winter ?

Elle passa la tête dans l'encadrement de la porte et se figea. Au lieu de la dame âgée à laquelle elle s'attendait, Chase était assis près de la fenêtre. Il la regardait, son éternel sourire sexy aux lèvres, et elle eut un coup au cœur. Il était encore plus beau que dans son souvenir…

— Tu m'as tellement manqué ! dit-elle.

— Toi aussi, tu m'as manqué.

Il avait déjà traversé la pièce pour venir la rejoindre. Il captura ses deux mains, puis la serra contre lui.

— Je… ne savais pas que tu étais là. Libby ne m'a rien dit.

— Je suis arrivé hier. Je devais rester chez Claire et Ethan jusqu'au mariage, mais au lieu de ça… j'ai pris le premier avion pour venir ici.

Il laissa retomber ses bras. Son étreinte avait été brève mais chaleureuse. Amicale ? Pourquoi avait-il changé ses plans à la dernière minute ? Y avait-il un problème familial dont elle n'était pas informée ? Après tout, elle ne faisait pas partie du clan…

— Tu voulais voir Jarrod ou Libby ?

— Non.

Il lui reprit la main.

— Je… J'espérais… que tu m'accorderais un peu de temps. On pourrait… aller dîner au pub ?

Depuis quand était-il si peu sûr de lui ? Elle ne l'avait jamais vu danser d'un pied sur l'autre comme maintenant !

— Avec plaisir, répondit-elle.

— Super. Je suis passé tôt, mais j'avais peur de te louper si tu finissais de bonne heure.

La sonnette de l'entrée tinta. Elle recula légèrement.

— J'ai encore deux patientes à voir. La première arrive, je pense. Je vais aller l'accueillir. Wendy a terminé tôt ce soir.

— Je t'attendrai ici. Je… suis content de t'avoir manqué.

De stupeur, elle le fixa. Elle n'était pas certaine d'avoir bien entendu.

— Ça veut dire quoi, au juste ?

— Que je ne suis pas venu pour te faire de la peine. Vas-y. On en parlera plus tard.

— D'accord. Très bien.

Elle inspira profondément puis gagna le vestibule où une dame âgée venait d'entrer en s'appuyant sur une canne.

— Bonjour, madame Winter. Je suis à vous. Passons dans mon bureau.

Près d'une heure s'était écoulée quand Kristina raccompagna sa deuxième patiente.

Elle regagna une dernière fois la pièce, éteignit l'ordinateur et les lumières. Puis elle prit son sac, sa veste, ses clés et ressortit dans le hall. Chase avait dû prêter l'oreille car il avait quitté la salle d'attente. Accoudé au comptoir, il discutait désormais avec Jarrod qui venait de finir sa journée, lui aussi.

Si elle avait suivi son instinct, Kristina aurait couru se jeter dans ses bras. Elle avait besoin de sentir le contact de son corps chaud, solide et rassurant, de respirer son parfum boisé. Malgré tous ses efforts pour se persuader du contraire, il lui avait terriblement manqué !

Calme-toi. Un dîner au pub ne changera rien.

Elle s'efforça de prendre une allure décontractée pour s'avancer vers les deux hommes. L'un d'eux était l'amour de sa vie, mais il n'en saurait jamais rien…

— Coucou, dit-elle. J'ai fini.

Le sourire de Chase déclencha un délicieux frisson en elle. Elle fit mine d'ignorer l'air moqueur de Jarrod, qui poussa le vice jusqu'à lui faire un clin d'œil. Heureusement, il s'abstint de tout commentaire et, peu après, Chase et elle lui souhaitèrent le bonsoir et prirent congé.

Dans la rue, Chase glissa un bras sous le sien de la façon la plus naturelle du monde.

— Tu préfères y aller à pied ou en voiture ? demanda-t-il.

— À pied, répondit-elle sans hésitation. Une petite marche me fera du bien. Je ne bouge pas assez au cabinet.

— Tu vas chez le kiné ?

— Oui, deux fois par semaine. C'est pratique, d'avoir quelqu'un sur place à la maison médicale. De plus, elle fait de l'excellent travail.

— Je suis content pour toi. Tu as l'air en forme.

Elle lui jeta un coup d'œil prudent. Quelle signification devait-elle donner à cette remarque anodine ? Avait-il dit cela par politesse ? S'intéressait-il *vraiment* à elle ?

Elle n'allait sans doute pas tarder à connaître la réponse.

Chase s'assit en face de Kristina et posa sur la table les deux bières qu'il avait prises au bar.

Dès qu'il l'avait revue dans la salle d'attente, il avait eu envie de la jeter en travers de son épaule pour l'emmener à l'hôtel. Au moins, ainsi, il aurait pu lui montrer la force de son amour. Il avait toujours préféré l'action aux belles paroles. Preuve en était qu'il ne savait pas quoi dire…

— D'après Jarrod, tu t'es super bien adaptée, dit-il en bafouillant presque. Les patients ne tarissent pas d'éloges à ton sujet.

— Ils sont trop gentils. J'ai encore besoin de prendre mes marques, répondit-elle en rougissant.

Submergé par une vague de tendresse, il l'enveloppa d'un regard chaleureux.

— Tu as pris la bonne décision, Kristina.

Elle approuva d'un bref signe de tête.

— Oui, tout va bien. Le travail me plaît, je vais visiter deux maisons la semaine prochaine… Je ne pouvais pas espérer mieux.

— Tu comptes acheter tout de suite ? N'est-ce pas un peu rapide, comme décision ?

— Maintenant ou dans six mois, quelle différence ? Il faut que je me bouge. Personne ne fera les choses à ma place !

— Ce n'est pas faux…

Il s'interrompit brusquement. Une jeune femme d'une trentaine d'années venait de s'arrêter près d'eux.

— Bonsoir, Kristina ! Vous n'avez pas oublié la vente de produits de maquillage, samedi ?

— Bonsoir, Emmy ! Bien sûr que non, je viendrai. Comptez sur moi. C'est gentil de m'avoir invitée.

— Avec plaisir. Bonne soirée…

Chase avait suivi l'échange avec amusement, mais aussi avec intérêt. Kristina était déjà bien intégrée à Merrywood. Il lui enviait sa sociabilité et ses facultés d'adaptation !

Lorsqu'elle lui avait fait remarquer qu'on pouvait sauver des vies n'importe où, il avait aussitôt été sur la défensive. Il avait pensé qu'elle ne le comprenait pas. Puis Ethan avait rajouté de l'eau au moulin. Chase savait aujourd'hui qu'ils avaient raison tous les deux. Il devait faire un effort, ou il finirait seul, aigri et malheureux…

— Tu es déjà très populaire, dis-moi, fit-il.

Elle haussa les épaules.

— Tout le monde connaît tout le monde, ici.

— En plus, ils sont sympas. Ils se soutiennent en cas de coup dur. Je… Ils ont été très gentils avec moi, après l'avalanche. À l'époque, et pendant très longtemps, leur compassion m'a tapé sur les nerfs, mais… cela partait d'un bon sentiment.

Elle opina d'un air grave, sans faire le moindre commentaire. Il prit une profonde inspiration, et reprit :

— J'ai passé la journée en entretiens à Taunton et à Frome. Je cherche un poste, de préférence en milieu hospitalier, mais un cabinet médical m'irait aussi, dans un premier temps.

Jamais, de toute sa vie, il n'oublierait l'expression incrédule et teintée d'espoir de Kristina.

— Répète un peu ça…, dit-elle dans un murmure.

— Je rentre à la maison. Il est temps que je pose mes valises.

— Mais… Pourquoi ?

— C'est maintenant ou jamais. Si j'attends trop, je risque de te perdre et… je ne veux pas te perdre. J'ai gâché beaucoup de choses dans ma vie, mais je tiens trop à notre histoire pour reproduire la même erreur. Je t'aime, Kristina. Je veux vivre près de toi, je veux qu'on construise quelque chose ensemble. Je…

Il s'interrompit. Elle s'était figée. Elle le dévisageait, les mains crispées sur son verre.

— Dis quelque chose, demanda-t-il d'un ton implorant.

Des éclats de rire sonores montèrent du fond de la salle. Le pub se remplissait et devenait bruyant. Quelle idée avait-il eue de vouloir venir ici et, pire, de faire sa déclaration à Kristina dans un endroit pareil ?

Il se leva et lui ôta son verre des mains. Elle semblait toujours hébétée, et finalement il la prit par la main pour l'inciter à se lever.

— On devrait aller ailleurs, dit-il doucement.

Dehors, il la guida le long des rues pour l'emmener vers le 4x4 qu'il avait emprunté à son père.

— On va chez toi ? demanda-t-il.

— Tu es sûr ?

— Sûr de quoi ? Que je t'aime ? Oui !

— Ça t'est venu d'un coup, apparemment…

Il soupira.

— En fait, non. Je suis tombé amoureux de toi le premier jour, quand on a soigné ce pauvre docker. Il m'a juste fallu du temps pour le comprendre. Ou plutôt… Je refusais de l'admettre.

Elle évitait son regard, à présent. Son air indéchiffrable le mit mal à l'aise.

— Emmène-moi à la rivière, dit-elle enfin. J'ai besoin de marcher.

Même si la nuit tombait, Kristina ne s'imaginait pas poursuivre la discussion chez elle. Il lui fallait de l'air pur et de l'espace pour digérer le choc qu'elle venait de recevoir. Chase l'aimait ! Il *l'aimait…*

Elle aurait dû exulter, chanter, danser de joie, mais ce n'était pas le cas. Non qu'elle mît sa sincérité en doute : il n'aurait jamais feint d'être amoureux, ce n'était pas son style. En revanche, elle se posait déjà mille questions sur l'avenir.

Apparemment, il voulait vivre et travailler dans la région. Mais combien de temps cela durerait-il avant qu'il n'ait envie de prendre le large ? Quinze jours ? Six mois ? Un an ?

Perturbée, elle n'émergea de ses réflexions qu'en sentant la voiture ralentir. Chase s'était garé sur un petit parking près de la promenade, au bord de la rivière.

— Ici, ça te va ? demanda-t-il.

— Oui. C'est parfait.

Les soirées commençaient à être fraîches. Après être descendue du 4x4, elle enfila sa veste en jean et emboîta le pas à Chase.

— Qu'ont donné tes entretiens ? demanda-t-elle pour rompre le silence.

— Rien de concret, mais j'ai de nombreuses pistes. La plus sérieuse, c'est l'hôpital de Collingwood. Je vois le chef des urgences demain. Un poste devrait se libérer là-bas d'ici la fin de l'année. En attendant, je pourrai toujours faire des remplacements. Jarrod m'a mis en relation avec deux cliniques privées.

— Tu as l'air… enthousiaste.

— C'est le cas ! Maintenant que j'ai pris ma décision, j'ai hâte de commencer cette nouvelle vie.

Son sourire s'effaça, laissant place à une expression inquiète.

— Tu as des doutes, c'est ça ? dit-il. Tu te demandes si je ne vais pas avoir des regrets, ou me réveiller un beau matin et faire ma valise ?

Elle soupira.

— Tu lis dans mes pensées, Chase. Je suis… désolée.

— Tu cherches à te protéger. C'est normal. Je comprends parfaitement.

Il lui enroula un bras autour des épaules pour l'écarter de la trajectoire d'un cycliste. Puis, sans la lâcher, il reprit :

— Je pars pour le Ghana le lendemain du mariage de Claire et d'Ethan.

Ainsi, elle avait vu juste ! Elle avait eu raison de se montrer prudente !

— Donc, tu as fini par signer le contrat.

— Oui, dans un moment de confusion et de doute. Finalement, je ne le regrette pas ; Liam a besoin de temps pour me remplacer. Je lui dois bien ça, eu égard à tout ce qu'il a fait pour moi. Quoi qu'il en soit, la mission ne dure que quatre semaines. Ensuite, je tournerai définitivement la page MPT.

— Et tu viendras t'installer ici…

— Pour de bon, Kristina. Je te le promets. Mon cœur a enfin trouvé son port d'attache.

Elle s'arrêta de marcher et pivota pour lui faire face.

— Tant mieux, dit-elle doucement. J'ai toujours pensé que ta place était ici. J'avais envie de te taper sur la tête pour que tu t'en aperçoives.

Il eut un petit sourire en coin.

— Oh ! mais tu l'as fait. Pas physiquement, mais verbalement, et plutôt dix fois qu'une ! Et puis, je me suis réveillé quand j'ai vu à quel point tu t'entendais bien avec ma famille et avec les gens d'ici. J'ai admiré ta capacité à te reconstruire, à faire abstraction du passé, tout ça dans un endroit inconnu. J'ai réfléchi. Je me suis demandé pourquoi j'avais été si long à comprendre l'essentiel.

— Parce que tu es têtu, peut-être ?

Il éclata de rire.

— Vilaine ! Oui, sans doute…

Puis, reprenant son sérieux, il ajouta :

— J'étais sincère tout à l'heure, Kristina. Je t'aime de tout mon cœur et de toute mon âme. Je voudrais qu'on se marie, qu'on trouve une grande maison, qu'on ait des garnements blonds aux yeux bleus, et un chien…

— Vraiment ? dit-elle tout bas, les larmes roulant sur ses joues.

— Oui, vraiment. Alors… Qu'en dis-tu ?

— J'en dis que je t'aime, Chase. J'aurais pu te le dire bien avant, mais j'avais peur. Je t'aime depuis le premier jour, moi aussi.

— Oh ! trésor…

Ses lèvres se posèrent doucement sur les siennes. Ils échangèrent un long baiser plein de chaleur et de tendresse qui fit chanter le cœur de Kristina.

Quand il recula pour la dévisager, l'amour qu'elle lut dans son regard la rassura pleinement sur l'avenir.

— Veux-tu m'épouser, s'il te plaît ? demanda-t-il dans un murmure.

— Oui, oui, oui ! On se mariera à ton retour d'Afrique, si tu veux.

— Dans ce cas, on a intérêt à tout planifier dès maintenant. D'après Ethan, ce n'est pas une mince affaire d'organiser un mariage.

— Nous, on aura Verity et Libby pour nous aider.

— C'est vrai. Ils vont être fous de joie, à la maison.

Elle eut un sourire attendri.

— Veux-tu qu'on aille leur annoncer la bonne nouvelle maintenant ?

Il resserra son étreinte.

— Cela peut attendre demain. Nous avons quelque chose de plus urgent à faire.

— Ah oui ? Quoi donc ?

Il l'embrassa de nouveau, passionnément cette fois.

— Rentrons chez toi. Je vais te montrer.

— Excellente suggestion... Dépêchons-nous, mon amour.

Épilogue

— Je vous déclare à présent mari et femme. Vous pouvez emb… Oh ! vous ne m'avez pas attendu, monsieur Barrington !

Kristina, occupée à embrasser son nouvel époux, faillit éclater de rire. Le prêtre n'avait pas eu le temps de prononcer la formule consacrée : Chase l'avait prise dans ses bras pour lui donner un baiser passionné devant leurs familles et leurs amis réunis.

— Eh là, vous deux ! Il y a des enfants !

Par-dessus l'épaule de Chase, Kristina avisa Ethan qui, l'air faussement indigné, les regardait. Chase se redressa et gratifia son témoin d'une œillade assassine.

— Laisse-nous tranquilles. Va plutôt embêter *ta* femme !

— C'est bon, je vous le prête, dit Claire en riant.

Kristina glissa un bras possessif sous celui de Chase.

— Arrêtez de faire les pitres. En rang pour la haie d'honneur, tout le monde !

— On voit qu'elle a fait l'armée, dit Chase, radieux, en se tournant vers l'assistance.

— J'ai tout de suite su qui portait la culotte dans ce ménage, dit Ethan.

— Messieurs, vous n'avez encore rien vu, répondit-elle.

Chase et elle descendirent la nef à pas lents au son de l'orgue de l'église. La cérémonie avait été simple mais émouvante, et elle s'émerveillait de voir tous ces visages familiers et souriants autour d'eux. Même ses parents s'étaient mis au diapason pour cette journée spéciale !

Quand ils parvinrent devant son père, celui-ci l'arrêta d'ailleurs pour lui placer un tendre baiser sur la joue.

— Tu es magnifique, chérie ! Je suis très heureux pour vous.

— Merci, papa, répondit-elle, touchée.

Un peu plus loin, sa mère se tamponnait les yeux, manifestant une émotivité pour le moins inhabituelle. Cette vision tira quelques larmes à Kristina, qui ne se soucia pas de les contenir. Les photos du mariage refléteraient les vraies émotions du jour, et tant pis si elle avait des traces de mascara sur les joues. Elle était trop heureuse que ses parents expriment leurs sentiments, pour une fois !

À la sortie de l'église, le cortège se dirigea en ordre joyeux et dispersé vers l'unique hôtel de Merrywood, où devait se tenir la réception. Kristina, Chase et Ethan se retrouvèrent bientôt avec une coupe de champagne à la main. Claire, elle, allait devoir trinquer à l'eau pétillante, mais c'était pour la bonne cause !

— À nous quatre, dit Chase.

— À nous ! renchérit Ethan.

— On a réussi, mon vieux. Tous les deux…

Ethan s'éclaircit la gorge et tapota l'épaule de Chase.

— Oui, on l'a fait. Regarde où on en est aujourd'hui. C'est trop beau.

Chase leva sa coupe en regardant vers le ciel.

— À Nick.

— À Nick, répéta Ethan d'un ton solennel.

— Nos hommes sont formidables, dit Kristina, émue aux larmes, en se rapprochant de Claire.

— Oh ! que oui. Ça aurait été dommage qu'ils ne se retrouvent pas. Mais ils ont pu avancer et c'est génial.

— Trinquons à eux !

— Excellente idée, dit Chase qui n'en avait pas perdu une miette.

— Tu as toujours une oreille qui traîne, toi ! protesta Kristina.

Libby se rapprocha, toute souriante.

— Que veux-tu, c'est génétique, dit-elle. Bienvenue dans cette famille de fous, chère belle-sœur ! On ne te remerciera jamais assez d'avoir remis Chase dans le droit chemin.

— Une coupe, s'il vous plaît ! demanda celui-ci à un serveur qui passait. Bois et arrête de raconter des bêtises, dit-il, faussement sévère, à l'intention de Libby.

Alors qu'ils devisaient gaiement, les invités vinrent les uns après les autres les féliciter. Chase se pencha vers Kristina.

— C'est vraiment une journée parfaite, lui murmura-t-il à l'oreille.

— Hum… Tu es sûr qu'on ne peut pas faire mieux ?

Il éclata de rire.

— Tu vas devoir apprendre la patience, mon amour… On a toute la vie pour s'aimer.

— Toute la vie, ça me plaît ! Je t'aime, Chase. Et je compte bien te le prouver le plus souvent possible…

Blanche

HARLEQUIN

Ne manquez pas dès le mois prochain
dans votre collection

Blanche

la nouvelle série :

MÉDECINS SOUS LES ÉTOILES

Leur voie était toute tracée.
Une mission en Antarctique
pourrait bien changer leur vie.

Un roman inédit chaque mois de février à mars 2020

HARLEQUIN
www.harlequin.fr

Blanche

HARLEQUIN

Ne manquez pas dès le mois prochain
dans votre collection

Blanche

l'intégrale de la nouvelle série :

PRINCESSES ET MÉDECINS

Elles sont médecins.
Elles se découvrent princesses !

Une série intégrale à découvrir en février 2020

HARLEQUIN
www.harlequin.fr

Blanche

HARLEQUIN

Retrouvez en février 2020,
dans votre collection

Blanche

L'héritière du Kalyana, d'Ann McIntosh - N°1471
SÉRIE : PRINCESSES ET MÉDECINS - 1/2
En découvrant un prince sur le pas de sa porte, le Dr Sara Greer tombe des nues. Et pour cause : l'énigmatique Farhan est venu lui révéler qu'elle est la légitime héritière du trône de Kalyana – et sa promise depuis leur naissance ! Abasourdie, Sara est toutefois tentée de découvrir ses origines, dont elle ne sait rien, en raison de son adoption. Aussi accepte-t-elle de suivre Farhan dans un pays inconnu et mystérieux, qui la réclame comme sa souveraine…

Le secret d'un prince médecin, d'Amy Ruttan
SÉRIE : PRINCESSES ET MÉDECINS - 2/2
Dix ans… Cela fait dix ans que Jeena a dû quitter le Kalyana en catastrophe, parce qu'elle se découvrait enceinte du prince Maazin. Envoyée en mission humanitaire sur l'île qui l'a vue naître, elle est émue de renouer avec cette terre qui lui a tant manqué. Mais l'angoisse la saisit quand elle se retrouve face à Maazin. Alors qu'elle l'imaginait confiné au palais, Jeena découvre qu'il n'est autre que le médecin avec lequel elle va devoir faire équipe ! Une véritable épreuve pour elle : et si Maazin découvrait le secret qui les unit ?

Le sauveteur de l'Antarctique, de Robin Gianna - N°1472
SÉRIE : MÉDECINS SOUS LES ÉTOILES - 1/2
L'exploration et la découverte – voilà ce qui attend Jordan, embauchée comme médecin de la station Fletcher. Alors qu'elle subit une traversée vers l'Antarctique particulièrement chaotique, sur une mer déchaînée, elle regrette la vie bien réglée qu'elle a laissée à Londres. Cette mission de six mois sera la dernière, elle s'en fait la promesse ! Dès son retour sur la terre ferme, Jordan trouvera un mari stable, fondera une famille… C'est du moins ce qu'elle imagine, avant de croiser le regard de son voisin de cabine. Ezekiel Edwards, biologiste marin, sauveteur et grand aventurier, est l'homme le plus fascinant qu'elle ait jamais rencontré…

Retrouvailles à Bayside, de Traci Douglass
Des patients en héritage… Belle n'en revient pas : sa tante lui a légué son cabinet médical, fruit de toute une vie de travail. Si elle est touchée par ce cadeau, elle hésite pourtant à l'accepter. Cela fait bien longtemps qu'elle a quitté la petite ville tranquille de Bayside pour se bâtir une existence exaltante en Californie. Surtout, revenir sur les terres de son enfance signifierait pour elle retrouver Nicholas Marlowe. Devenu médecin comme elle, son amour de jeunesse est aujourd'hui papa d'un petit garçon. Et, facétie du destin, il est aussi le second héritier du cabinet médical…

Leur mission : sauver des vies.
Leur destin : trouver l'amour.

HARLEQUIN
www.harlequin.fr

Blanche

Le don Juan du Moorlands Hospital, de Charlotte Hawkes - N°1473

Play-boy invétéré ou bienfaiteur au grand cœur ? Depuis qu'Anouk travaille avec le Pr Solomon Gunn, elle ne sait plus très bien quoi penser de son confrère, le médecin le plus sexy du Moorlands Hospital. Jusqu'ici, elle était parvenue à garder ses distances avec lui – et même à contrôler les battements traîtres de son cœur en sa présence. Mais le découvrir aussi généreux avec ses patients, aussi humain, est une surprise troublante. Si Anouk s'est toujours refusé la moindre relation sentimentale au travail, saura-t-elle résister à l'aura de cet homme qui ne quitte plus ses pensées ?

Le doux rêve d'une infirmière, de Caroline Anderson

Face au regard intense du Dr Ryan McKenna, Beth sent son cœur s'emballer. Séparés par un drame, tous deux ne se sont pas vus depuis deux ans. Or, si Ryan est aujourd'hui de retour à Yoxburgh, c'est pour occuper un poste de médecin dans l'hôpital où elle officie comme infirmière... Sera-t-elle capable de dépasser les souffrances passées, pour travailler à son côté ? Alors que sa raison en doute, son cœur, lui, a très envie d'essayer...

Un cadeau pour nous deux, de Susan Crosby - N°1474

Infirmière en chef à l'Institut Armstrong, une prestigieuse clinique privée de Boston, Sara Beth entretient une liaison passionnée avec son patron, le séduisant Ted Bonner. Un célibataire endurci qui, même s'il lui fait vivre des instants magiques et prétend l'aimer, ne la comble pas totalement car il refuse d'envisager un avenir avec elle. Comment sortir de cette impasse et convaincre Ted que leur couple est fait pour durer ? Alors qu'elle s'interroge, le destin offre à Sara Beth une réponse des plus inattendues...

Un amour de médecin, d'Annie Claydon

Lorsqu'il voit pour la première fois l'informaticien qu'il a embauché pour l'aider à gérer sa clinique, le Dr Euan Scott est surpris de se trouver face à... une jeune femme ! S'il doute au début des capacités de Sam Lockyear, cette dernière parvient à lui prouver, au fil des jours, qu'elle est une brillante professionnelle qui n'hésite pas à s'investir à corps perdu dans son travail. Au fur et à mesure de leur collaboration, Euan apprend à la connaître et tombe peu à peu sous son charme. Mais il comprend rapidement que, malgré leur attirance réciproque, quelque chose empêche Sam de s'abandonner dans ses bras...

HARLEQUIN

Leur mission : sauver des vies.
Leur destin : trouver l'amour.

HARLEQUIN
www.harlequin.fr

Blanche

Le véritable amour de Bella, de Jennifer Taylor - N°1475

Cette fois-ci, c'est fini : Bella n'en peut plus des mensonges de Tim, son mari. Bien décidée à refaire sa vie, elle intègre un nouvel hôpital, ce qui l'amène à croiser de nouveau le chemin de Mac, un ancien ami commun, à Tim et à elle. Autant ils étaient inséparables pendant leurs études, autant leurs retrouvailles sont glaciales : Mac reproche durement à Bella son divorce d'avec son ami. Mais cela n'explique pas complètement l'incroyable tension qui règne entre eux. Cette proximité inattendue bouleverse totalement Bella… Perdue, elle sent le doute s'insinuer en elle : et si, autrefois, elle avait commis l'erreur de sa vie en épousant Tim ?

Enceinte du chirurgien, d'Amber McKenzie

Sur le plan professionnel, Chloé a tout pour être comblée : après avoir été chef des internes aux urgences de l'hôpital pendant des années, elle accède enfin au poste de médecin. Mais, côté cœur, c'est une tout autre histoire, car elle est amoureuse de l'inaccessible Tate Reed, le chirurgien le plus beau et le plus charismatique de l'établissement… et, accessoirement, l'ex de sa meilleure amie ! Impossible, donc, de rêver à quoi que ce soit avec lui. Sauf que, à la manière dont Tate la regarde, elle comprend vite que l'attirance est réciproque. Au point que, un soir, oubliant toute raison, elle finit par céder à la tentation. Loin d'imaginer les conséquences de cette passion interdite…

HARLEQUIN

Leur mission : sauver des vies.
Leur destin : trouver l'amour.

HARLEQUIN
www.harlequin.fr

OFFRE DE BIENVENUE !

Vous êtes fan de la collection Blanche ?
Pour prolonger le plaisir, recevez gratuitement

◆ 1 livre Blanche gratuit ◆
et 2 cadeaux surprises !

Une fois votre colis de bienvenue reçu, si vous souhaitez continuer à recevoir nos romans Blanche, cela se fera automatiquement. Vous recevrez alors chaque mois, 3 volumes doubles inédits de cette collection au tarif unitaire de 7,20€ (Frais de port France : 2,05€).

➡ LES BONNES RAISONS DE S'ABONNER :

Aucun engagement de durée ni de minimum d'achat.
◆
Aucune adhésion à un club.
◆
Vos romans en avant-première.
◆
La livraison à domicile.

➡ ET AUSSI DES AVANTAGES EXCLUSIFS :

Des cadeaux tout au long de l'année.
◆
Des réductions sur vos romans par le biais de nombreuses promotions.
◆
Des romans exclusivement réédités notamment des sagas à succès.
◆
L'abonnement systématique et gratuit à notre magazine d'actu ROMANCE.
◆
Des points fidélité échangeables contre des livres ou des cadeaux.

➡ REJOIGNEZ-NOUS VITE EN COMPLÉTANT ET EN NOUS RENVOYANT LE BULLETIN !

N° d'abonnée (si vous en avez un) ☐☐☐☐☐☐☐☐☐☐ BOZEA3

Mme ☐ Mlle ☐ Nom : .... Prénom : ....

Adresse : ....

CP : ☐☐☐☐☐ Ville : ....

Pays : .... Téléphone : ☐☐☐☐☐☐☐☐☐☐☐☐☐

E-mail : ....

Date de naissance : ☐☐ ☐☐ ☐☐☐☐

☐ Oui, je souhaite être tenue informée par e-mail de l'actualité d'Harlequin.

☐ Oui, je souhaite bénéficier par e-mail des offres promotionnelles des partenaires d'Harlequin.

Renvoyez cette page à : Service Lectrices Harlequin – CS 20008 – 59718 Lille Cedex 9 - France

Date limite : **31 décembre 2020**. Vous recevrez votre colis environ 20 jours après réception de ce bon. Offre soumise à acceptation et réservée aux personnes majeures, résidant en France métropolitaine. Prix susceptibles de modification en cours d'année. Vous pouvez demander à accéder à vos données personnelles, à les rectifier ou à les effacer. Il vous suffit de nous écrire en nous indiquant vos nom, prénom et adresse à : Service Lectrices Harlequin - CS 20008 - 59718 LILLE Cedex 9. Harlequin® est une marque déposée du groupe HarperCollins France – 83/85, Bd Vincent Auriol – 75646 Paris cedex 13. Tél : 01 45 82 47 47. SA au capital de 3 120 000€ - R.C. Paris. Siret 31867159100069/APE5811Z.

Rendez-vous sur notre nouveau site

www.harlequin.fr

Et vivez chaque jour,
une nouvelle expérience de lectrice connectée.

- ♥ Découvrez toutes nos actualités, exclusivités, promotions, parutions à venir...
- ♥ Partagez vos avis sur vos dernières lectures...
- ♥ Lisez gratuitement en ligne, regardez des vidéos...
- ♥ Échangez avec d'autres lectrices sur le forum...
- ♥ Retrouvez vos abonnements, vos romans dédicacés, vos livres et vos ebooks en pré-commande...

L'application Harlequin

Achetez, synchronisez, lisez... Et emportez vos ebooks Harlequin partout avec vous.

Suivez-nous !

facebook.com/HarlequinFrance
twitter.com/harlequinfrance

OFFRE DÉCOUVERTE !

Vous souhaitez découvrir nos collections ? Recevez **votre 1er colis gratuit*** **avec 2 cadeaux surprises !** Une fois votre colis de bienvenue reçu, si vous souhaitez continuer à recevoir nos livres, cela se fera automatiquement. Vous recevrez alors vos livres inédits** en avant-première.

Vous n'avez aucune obligation d'achat et cette offre est sans engagement de durée !

*1 livre offert + 2 cadeaux / 2 livres offerts pour la collection Azur + 2 cadeaux.
**Les livres Ispahan, Sagas, Allegria et Best-Sellers Féminins sont des réédités.

☛ COCHEZ la collection choisie et renvoyez cette page au
Service Lectrices Harlequin – CS 20008 – 59718 Lille Cedex 9 – France

Collections	Références	Prix colis*
❑ **AZUR**	Z0ZFA6	6 livres par mois 28,79€
❑ **BLANCHE**	B0ZFA3	3 livres par mois 23,65€
❑ **LES HISTORIQUES**	H0ZFA2	2 livres par mois 16,59€
❑ **ISPAHAN**	Y0ZFA3	3 livres tous les 2 mois 23,35€
❑ **PASSIONS**	R0ZFA3	3 livres par mois 25,09€
❑ **SAGAS**	N0ZFA3	3 livres tous les 2 mois 27,66€
❑ **BLACK ROSE**	I0ZFA3	3 livres par mois 25,09€
❑ **VICTORIA**	V0ZFA3	3 livres tous les 2 mois 25,69€
❑ **ALLEGRIA**	A0ZFA4	4 livres tous les 2 mois 30,15€
❑ **BEST-SELLERS FÉMININS**	E0ZFA2	2 livres par mois 18,75€
❑ **MAGNETIC**	K0ZFA3	3 livres tous les 2 mois 23,07€

N° d'abonnée Harlequin (si vous en avez un) ___________

Mme ❑ Mlle ❑ Nom : ___________

Prénom : ___________ Adresse : ___________

____

Code Postal : ___________ Ville : ___________

Pays : ___________ Tél. : ___________

E-mail : ___________

Date de naissance : ___________

❑ Oui, je souhaite recevoir par e-mail les offres promotionnelles des éditions Harlequin.
❑ Oui, je souhaite recevoir par e-mail les offres promotionnelles des partenaires des éditions Harlequin.

Date limite : 31 décembre 2020. Vous recevrez votre colis environ 20 jours après réception de ce bon. Offre soumise à acceptation et réservée aux personnes majeures, résidant en France métropolitaine, dans la limite des stocks disponibles. Prix susceptibles de modification en cours d'année. Vous pouvez demander à accéder à vos données personnelles, à les rectifier ou à les effacer. Il vous suffit de nous écrire en nous indiquant vos nom, prénom et adresse à : Service Lectrices Harlequin CS 20008 59718 LILLE Cedex 9. Service Lectrices disponible du lundi au vendredi de 8h à 18h : 01 45 82 47 47.

Harlequin® est une marque déposée du groupe HarperCollins France – 83/85, Bd Vincent Auriol – 75646 Paris cedex 13. SA au capital de 3 120 000€ – R.C. Paris. Siret 31867159100069/APE5811Z.

Composé et édité par HarperCollins France.

Achevé d'imprimer en décembre 2019.

CPI
BLACK PRINT

Barcelone

Dépôt légal : janvier 2020.

FSC
www.fsc.org
MIXTE
Papier issu de sources responsables
FSC® C108412

Pour limiter l'empreinte environnementale de ses livres, HarperCollins France s'engage à n'utiliser que du papier fabriqué à partir de bois provenant de forêts gérées durablement et de manière responsable.

Imprimé en Espagne.